JN089685

予幻

カバーフォト　jaminwell Luso /gettyimages
カバーデザイン　岩郷重力＋WONDER WORKZ。

1

品川駅港南口《こうなんぐち》からのびる大通りを曲がったところでキリは足を止めた。フェンスで囲まれた空《あ》き地《ち》の向こうを運河が流れている。

以前は倉庫や古い雑居ビルだったものが、この一年で解体され更地《さらち》にされたのだ。

このあたりで大規模な再開発がおこなわれていることは知っていた。手がけているのは新興のデベロッパーで、バブル時代の地上げを思わせるような強引な手段で土地を買収しているという。背後に暴力団や政治家がいるという噂もあるが、本当のところはわからない。

キリの住居はそこから二百メートルほど大通りをいった場所にある一戸建てだ。「八《や》ツ山螺子《やまネジ》製作所」という看板を掲げる古い町工場を、居抜きでそのまま借りている。

大家は町工場を経営していた老人で、今は引退し和歌山の娘夫婦の家に身を寄せていた。

その大家からひと月ほど前にハガキがきて、「売ってくれという申し出があったが、あんたが住んでいるあいだは売らないと伝えた」と書かれていた。

キリは品川駅構内のスーパーマーケットで買物をした帰りだった。

気配はスーパーの店内で感じていた。監視者の視線が熱線のように背中に浴びせられていたからだ。

駅をでてからも熱線は浴びせられつづけていた。

尾行と呼ぶにはあまりにも稚拙《ちせつ》で、「つけまわす」という表現がぴったりくる動きを相手はしている。

プロのボディガードという職業柄、感謝されるのと同じくらい恨みを買っている。警護対象者に危害を加えようとして、手ひどくキリに痛めつけられた者はひとりふたりではない。

そういう奴《やつ》らに自宅をつきとめられないよう、外出先から戻るときは気を使っていた。タクシーを家の前まで乗りつけることはせず、尾行者がいたら気づくだけの距離を徒歩で移動する。

例外はプロドライバーの大仏《だいぶつ》に送ってもらうときくらいだ。大仏は尾行がつけばただちに気づく。大仏の車にとりつけられた赤外線カメラは手を加えられていて、二キロ以上同ナンバーの車に追尾されると警告を発する。

品川駅構内のスーパーからキリをつけてきたのは、スーツを着た男の二人組だった。駅ビルの窓でその姿を確認したが見覚えはない。

刑事かもしれない。ノータイでスーツを着ていて、特に崩れた雰囲気はない。だが刑事ならもう少しまともな尾行をする。刑事でないとすれば、やくざか半グレだが、なぜスーパーで待ちうけていたかがわからない。偶然、スーパーマーケットでキリを見かけ、「いつか痛めつけてやろうリスト」に入っている者だと気づいたのか。

さもなければキリの自宅を知り、でかけるのを待っていたことになる。

いずれにしてもあたりに人けがない場所で排除しようとキリは決心した。

手にしていた買物用のトートバッグを地面におろした。中には卵のパックが入っている。

尾行者は角を曲がったところで足を止めた。

「何か用か」

キリがいうと男たちは顔を見合わせた。

「何の話です？」

ひとりがいった。

「俺の勘ちがいか？　だったらどうぞいってくれ」

もうひとりがジャケットから携帯をだした。ひと言ふた言喋《しゃべ》りかけ、携帯をしまう。ジャケットから抜いた手には拳銃が握られていた。

男との距離は約五メートル。熟練した射手なら、とびつく前に二発は撃たれる。

「オモチャじゃないことは見ればわかるよな」

男はいった。

「確かに本物のようだ」

キリは男を見つめた。

背後からエンジン音が聞こえた。バンが一方通行をバックで逆走してくる。キリのかたわらまできて停止した。

「乗ってもらおうか。乗らなきゃこの場であんたを撃って川に投げこむ。ただの脅しかどうか、プロのあんたにはわかる筈《はず》だ」

男はいって銃を握った右腕を顔にひきつけた。銃口はキリの上半身に向けられている。

射撃に精通した人間の動作だった。

もうひとりの男が火線《かせん》をさえぎらないように近づいてきて、バンのスライドドアを開いた。

キリはトートバッグに手をのばした。

「そいつはおいていけ」

銃をかまえた男がいった。キリは男を見返した。

「買ったばかりの肉が駄目になる」

「あんたが駄目になりたいか」

男の人差し指がトリガーガードからトリガーに移動した。

「わかった」

キリは答え、バンに乗りこんだ。

「一番奥にすわれ」

銃をもった男が告げ、キリが言葉にしたがうと乗りこんできた。一列おいた前の席にすわり、銃口をずっとキリに向けている。

もうひとりの男がバンの扉を外から閉めると、助手席に乗りこんだ。

バンは発進した。きた道を戻って大通りにぶつかると直進する。やがてキリの住居の前にでた。

近くに白のアルファードが止まっていた。

キリの住居の前を通りすぎ、バンは品川埠頭《ふとう》の方角に走った。入国管理局の前を通過すると、一般車は入れないコンテナ置場に入った。ゲートが開いている。

積み上げられたコンテナの陰でバンは停止した。

「ここで片づけようというわけか」

キリは銃をかまえた男にいった。中型のオートマチック拳銃で、口径は九ミリだろう。頭部なら一発で即死させる威力がある。

「あんたしだいだ」

男は答えた。

「何が目的だ?」

「引っ越す気はないか」

一瞬、言葉の意味がわからなかった。

「地上げ、なのか」

「あんたのことは調べた。並みの脅しが通じる相手じゃない。で、手っとり早く、俺たちが駆りだされた。引っ越しを承諾するか、死体になって東京湾に浮かぶか。あんたが撃ち殺されても警察は驚かない。むしろ容疑者が多すぎて困るだろう」

「まさか引っ越しを断わって撃たれたとは思わないだろうな」

「そういうことだ。ここはプロどうし、話をつけよう。恨みはないが、うんといってくれなけりゃ、あんたを撃つ。わかるよな。俺は外さない」

助手席にすわる男が立ち上がり、書類と朱肉を、男とキリを隔てる座席においた。

「そいつにサインして拇印《ぼいん》を押してくれ」

キリは書類を手にした。移転承諾書だった。

「サインして拇印を押せば、俺を生かしておく理由がなくなる」

「そうか？　かもしれないな。だとしてもサインは代筆、拇印を死体からとることもできるんだぜ」

キリは息を吐いた。まったく予想外の展開だった。こいつらは地上げ屋に雇われた殺し屋で、キリの住む家を空き屋にするのが目的だ。

「ペンがない」

書類をひきよせ、キリはいった。

「おっと」

書類をおいた助手席の男がジャケットからボールペンをとりだした。キリにさしだす。

キリはその手をつかむと引きよせた。ボールペンを奪い、男の目につき刺す。

男が悲鳴を上げ、銃をかまえていた男が発砲した。

狭い車内で銃声が耳をつんざいた。弾丸がキリの右肩をかすめ、リアウインドウをつき抜けた。

キリはボールペンをつき刺した男の体を盾に前にでた。男が撃った。盾にしていた男の体がびくんとはね、力が抜ける。

キリは思わず撃った男を見た。

「油断した奴が悪い」

弾丸はボールペンをつき刺した男の胸の中心に命中していた。即死したようだ。

さらに男が撃った。キリは死体をつきとばし、床に伏せた。

二発、三発、とたてつづけに銃弾が浴びせられた。死体を貫通した弾丸がシートの背もたれを粉砕し、床に穴を開ける。キリは狭いシートのすきまを這《は》って移動した。シートが次々と撃ち抜かれ、バンの最後部まで追いつめられた。

「いき止まりだ」

男がいって銃をキリに向けた。その瞬間、轟音《ごうおん》とともにバンに衝撃が加わった。ウインドウが粉々に砕け、破片が飛び散ると同時に車体が斜めにもちあげられる。

中腰で銃をかまえていた男の体が宙を舞った。バンの天井に叩《たた》きつけられ、床に投げだされる。

キリはとっさにシートを床に固定しているパイプにつかまった。それでも嫌というほど肩をぶつけた。

バンは横倒しになりかけ、元に戻った。再びガラスの破片がふりそそいだ。

痛みをこらえ、キリは体を起こした。

白いアルファードの鼻先がバンの横腹にくいこんでいた。金属がひしゃげる音をたてながらアルファードが後退した。

運転席には筋肉ではちきれそうな体にスーツを着けた大男がいた。エアバッグを引きむしり、ハンドルを操作している。

呻《うめ》き声がした。銃をもった男が撃ち殺した仲間の下敷きになっている。

キリは二人をまたぎこえ、スライドドアに歩みよった。

バンの運転席にいた男がよろよろと立ち上がった。拳銃を手にしていて、キリに狙《ねら》いをつけている。キリは凍りついた。

バンの運転席の扉が開けられ、外からのびてきた手が銃をかまえた運転手の腰をつかんだ。激しい勢いでひっぱられ、運転手はバランスを崩した。弾みで発砲し、銃弾がバンの天井を撃ち抜く。

運転手の腰を引いたのはアルファードの運転席にいた大男だった。まるで人形をふり回すように何度も運転手の腰をひっぱった。そのたびに運転手は車体に頭や肩を打ちつけた。

手から拳銃が落ち、運転手の目が裏返った。

キリはスライドドアを引いた。車体が歪《ゆが》んでしまったのか開かない。

「こっちだ！」

大男が叫んだ。

倒れている運転手を踏みつけ、運転席からバンの外にでた。

「急げ」

大男はもうアルファードの運転席に乗りこんでいた。アルファードは鼻先が潰《つぶ》れ、白い水蒸気を吹き上げているが、かろうじて動くようだ。

キリはアルファードの助手席に乗った。アルファードが後退しバンから離れると、向きをかえた。

パンクした前輪から激しい振動が伝わってくる。それでもコンテナ置場から遠ざかった。

「さすがの君も間一髪だったな」

しわがれた声がいった。アルファードの後部におかれた車椅子にすわる老人だ。まるで骸骨《がいこつ》のように痩せこけた体を黒いスーツで包んでいる。手には携帯電話があった。

「あんたのほうこそ大丈夫だったか」

キリは訊《たず》ねた。老人の名は睦月《むつき》、裏社会と表社会をつなぐフィクサーだ。睦月は本名ではない。

運転手の大男は如月《きさらぎ》と呼ばれている。

「この車は特別仕様でな。逆さまになっても車椅子は壊れない」

「車椅子は壊れなくても、あんたが壊れたらそれまでだ」

乾いた笑い声を睦月はたてた。

「銃をつきつけられて車に乗っている君を如月が見つけた。あとを追っていったら、銃声が聞こえてな。つっこむように如月に命じた」

「助かった」

キリはいった。

「今頃、礼か」

如月が不機嫌そうにいった。

「きてくれなかったら殺されていた。礼をいう」

キリはいった。如月は驚いたようにキリを見た。

アルファードはゲートをくぐり、よたよたと走りつづけた。同じ道を走るトラックや乗用車が避けるように追い越していく。

やがて息絶えるように停止した。

「ここまでです」

如月が悲しげにいって、ハンドルから手を離した。

「じきに代わりがくる。それまで、君を襲った連中の話を聞こう」

睦月がいった。如月が後部に移動し、車椅子と睦月をアルファードの車体に固定していた器具を外した。

「地上げ屋に雇われた殺し屋のようだ」

サイレンを鳴らしたパトカーが近づいてきた。が、アルファードのかたわらを走り過ぎ、コンテナ置場に入っていく。

「地上げ屋に恨みを買ったのか」

睦月が訊ねた。

「そうじゃない。今いる家をでていけといわれた。俺のことを調べ、脅しは通じないと考え、殺すことにしたらしい」

睦月はあきれたように首をふった。

「三十年前も荒っぽいことをした連中はいたが、いきなり殺そうとするとはふつうじゃないな」

「このあたり一帯を地上げしているデベロッパーで、かなり強引な手を使うとは聞いた」

睦月が如月を見た。

「知っているか」

「トモカ興産というデベロッパーだと思います。社長は女で、九州白央会《はくおうかい》の金が流れこんでいるという噂です」

「なるほど」

頷《うなず》いて睦月はキリを見た。

「厄介《やっかい》な連中とことをかまえたな」

「俺が望んだことじゃない。向こうが勝手に俺を排除しようとしたんだ」

「九州白央会は武闘派の暴力団で知られている。九州の外に縄張りをもたないが、情報網は広い。お前のことを調べ上げたのも、トモカ興産ではなく、白央会だろう」

如月がいった。

短いクラクションが聞こえた。ふりかえると、まったく同じ白のアルファードがまうしろに止まったところだった。

「代わりの車がきたようだ。話のつづきはそっちでしよう」

睦月がいった。新たなアルファードを運転してきたのは黒のパンツスーツを着けた女だった。長い髪を背中で束ねている。

「先生、ご無事ですか」

女は、如月が開けたスライドドアから中をのぞきこみ、睦月に訊ねた。三十に届くか届かないかというところだろう。色白でひきしまった体つきをしていて、化粧けがない。

「大丈夫だ。紹介しておこう。弥生《やよい》、キリ君だ」

睦月が告げると、弥生と呼ばれた女は感情のこもってない目でキリを見た。

「弥生です」

「キリだ」

互いにロボットのような自己紹介をした。

「あとは頼んだ」

睦月がいうと、弥生は頷いた。

「お任せください」

弥生を残し、三人は新たなアルファードに移動した。内部の仕様もまったく同じで、睦月の車椅子を固定できる。

運転席にすわった如月が発進させた。壊れたアルファードを追い越し、品川駅の方角に向かう。

「俺を待っていたようだな」

睦月の車椅子の隣のシートにすわったキリはいった。

「頼みたい仕事がある」

睦月は答えた。キリは思わず睦月を見返した。たった今殺されかけたキリに、睦月は平然と仕事を頼む気のようだ。

「忙しいのかね、今は」

見つめるキリに睦月は訊ねた。

「いや、依頼はうけていない」

「ちょうどよかった。さっきの連中がまた襲ってくるかもしれんが、それは私の依頼をうけても断わっても同じだろう。じっと家にいるよりはむしろ安全というものではないか」

「それはそうだが、いないあいだに家を燃やされてはたまらない」

「留守番の者をおこう。それとも他人には入ってほしくないか」

「見られて困るのはパソコンくらいだ」

「それは君がもてばいい」

キリは頷いた。睦月は頷き返し、

「『白果《はくか》』という団体の名前を聞いたことはあるかね。香港《ホンコン》の団体で、中国語ではバイグゥオと発音する。銀杏《いちょう》という意味だ」

「初めて聞く」

「設立したのは白中峰《はくちゅうほう》という人物で、白は一九八〇年代から、香港のテレビ局でニュースキャスターとして人気があった。一九九七年の中国への香港返還を機にニュースキャスターを引退し『白果』を設立した。体裁はある種の勉強会で、国際政治や経済事情に精通した白とともに未来を展望しようという団体だったが、やがてシンクタンクとして中国や欧米の各国政府に情報を提供するようになった。この数年は、中国政府による香港同化政策に批判的な立場をとり弾圧をうけるようになっていた。『白文書』あるいは『ホワイトペーパー』と呼ばれる『白果』による会員向けのレポートに検閲が入り、近年発行を禁止された。白中峰は四年前から『白果』をカナダに移転する計画をたて、自身の移住も考えていた。だが二年前に肺癌《はいがん》を発症し、中国本土の病院で治療をうけていたが、ひと月ほど前、死亡したと中国政府が発表した」

睦月は言葉を切り、キリを見た。アルファードは第一京浜に入り、泉岳寺《せんがくじ》のあたりを走っている。

「ここからが本題だ。白中峰には子供が三人いる。中国人の妻とのあいだに息子が二人、日本人の愛人とのあいだに娘がひとりだ。二人の息子は現在中国本土にいて、ひとりは中国外務省で働き、もうひとりは消息が不明だ。娘のほうは日本にいる。母親である日本人女性は元日本商社の香港駐在員で、『白果』の運営を手伝っていた。母親の名は岡崎静代《おかざきしずよ》、娘は岡崎紅火《べにか》という。白中峰の死の直前、岡崎紅火は母親に呼ばれ香港に渡った。『白果』の機密書類を国外にもちだすのがその目的だ。『白果』には、『ホワイトペーパー』の資料となった多くの機密書類が保管されていて、それが中国公安部に渡るのを危惧《きぐ》したのだ。実際、白中峰の死の発表直後に、公安部による家宅捜索が『白果』の本部に入り、おかれていたコンピュータや書類などが押収された。が、機密書類の大半は岡崎紅火によって間一髪、国外にもちだされた。岡崎紅火は現在東亜文化《とうあぶんか》大学大学院に在籍し、東京都内に住んでいる。君に頼みたいのは、この紅火の護衛と機密書類の保護だ。中国政府は必ず、『白果』の機密書類を入手しようとする」

「相手は中国政府だろう。保護は日本政府の仕事じゃないのか」

キリはいった。

「本来はな。が、日本政府は中国政府とことをかまえたくない。といって岡崎紅火と書類をあっさり中国に渡せば、『白果』の会員や反中国勢力に厳しく非難される。公務員を使っての護衛は難しいというので、私に相談がもちこまれた。私は適任者を知っている、と答えた」

睦月はキリを見つめ、答えた。

「なるほど。だが期間はどうなる？　一生護衛することはできない」

「それについては、現在水面下で日本政府がカナダ政府と交渉をおこなっている。交渉がまとまれば、岡崎静代、紅火の母娘《おやこ》はカナダ政府の保護をうけることになり、書類とともにカナダに移る。ただ、問題がひとつある。カナダでは半年後に首相選挙がおこなわれるのだ。現在の首相が再選される可能性が高いといわれているが、それまでは公《おおやけ》にカナダ政府も動きにくい状況だ」

「現職が再選されれば、無事に保護をうけられるのか」

睦月は頷いた。

「万一、再選されなかった場合はどうなる？」

キリは訊ねた。

「そのときは日本政府が何か手を考える他ない」

「大丈夫なのか？　日本政府が、という意味で」

「私もそこは憂慮《ゆうりょ》している。が、今はまず首相選まで、無事守ってやらなければならん」

キリはつかのま考え、いった。

「わかった。引きうけよう」

「とりあえず君との契約期間は、日本時間でカナダの首相選の結果が伝わる翌日までとする。報酬は、君の規定にしたがうが、それとは別で、返還も精算も必要ない着手金を渡すことにする」

睦月は告げた。如月が運転席から分厚い封筒をさしだした。

「五百万入っている。中に岡崎紅火の住所、連絡先を書いたメモもある」

「預かっておく。母親もいっしょなのか」

「いや。一週間ほど前から岡崎静代の所在は不明だ。最後に確認されたのは『白果』の本部から香港にある自宅に向かう姿だ。自ら行方をくらましたのか、拉致《らち》されたのかは不明だ」

キリは睦月を見つめた。

「拉致されたのだとすれば、身柄と引きかえに書類を犯人が要求してくる可能性はある」

睦月はいった。キリは静かに息を吸いこんだ。

「ひとつ訊《き》きたい。紅火という娘と『白果』の機密書類と、どちらが重要だとあんたは考えているんだ?」

「書類だ」

即座に睦月は答えた。

「『ホワイトペーパー』には、中国政府の動向や国際社会との関係に関する予測が掲載されることが多く、それらはことごとく的中した。白中峰は死の間際まで『ホワイトペーパー』を執筆し、それを中国政府に見つからない手段で岡崎静代に届けていたといわれている。そこには当然、中国政府が知られたくない、経済や外交の目標などが記されていたと考えられる」

「だがそれは予測だろう」

「いった筈だ。白中峰の予測はことごとく的中し、西側の情報機関では『ホワイトペーパー』どころか『ホワイトプロフェシー』だと呼ばれていた。であるからこそ、中国政府は白中峰の遺した『ホワイトペーパー』を抹殺したい筈だ」

「西側の情報機関といったな。アメリカか」

「アメリカだけではない。イギリスやオーストラリア、台湾などの情報機関も動いている」

「そういう連中が岡崎静代を拉致した可能性もあるということか」

「むろんだ」

睦月は頷いた。

「岡崎紅火は誰も信用できない状況にある」

「つまり俺のことも信用しない」

睦月はキリを見返した。

「信用されなければ守れないのかね？」

「こちらの指示にしたがわない人間を守るのは不可能だ」

「ではまず信頼を得ることだ」

眉ひとつ動かさず睦月は答えた。

2

ＪＲ新橋駅《しんばし》でアルファードを降りたキリは、三浦海岸に住む情報屋の佐々木《ささき》にメールを打った。

『香港の「白果」という団体と主宰者《しゅさいしゃ》について知りたい』

佐々木はインターネットから必要な情報を見つける名人で、睦月がフィクサーであることも、キリは佐々木に教えられた。

即座に返信があった。

『仕事と考えていいのか』

『睦月の依頼だ。着手金の半分を渡す。二百五十万だ』

キリが送ると、

『二時間くれ』

と返ってきた。

『了解』

キリは封筒から岡崎紅火の連絡先を記したメモをとりだした。

住所は文京区《ぶんきょう》小石川《こいしかわ》のマンションで、携帯電話の番号と思《おぼ》しい十一桁《けた》の数字が記されている。

時刻は午後四時を回ったところだ。キリはその番号を呼びだした。

知らない番号からの着信には応答しないかと考えていたが、すぐに、

「はい」

と、若い女の声が応答した。

「キリといいます。睦月という人物にあなたの身辺警護を依頼された」

キリは告げた。女はすぐには何もいわない。

キリは待った。やがて女がいった。

「睦月さんとお話をしたときに警護は必要ないと申し上げたのですが、聞いて下さいませんでした」

「日本政府は表だってあなたを保護することができない。それで睦月は私に依頼したんです」

「政府の人にも守ってもらおうとは思っていません」

女は硬い声でいった。キリは話を変えた。

「お母さんから何か連絡はありましたか？」

「ありません」

「何者かは不明ですが、お母さんを拉致《らち》した人間があなたにも危害を加える可能性があるとは思いませんか」

「わたしはそれを待っているんです」

「待っている？」

「母を拉致したのは、父の遺した書類を欲しがっている人だと思います。わたしは書類と引きかえに母をとり返したいんです」

「誰の協力も得ないでそれは可能ですか？　あなたがさらわれてしまったら元も子もない」

「書類は誰も知らない場所に隠してあります」

「あなたを脅して、ありかを訊きだそうとするかもしれない」

「覚悟はしています」

相当、気が強い。キリは息を吐いた。

「ではこうしませんか。お母さんをとり返すためのサポートを私がします。もし私を信用していただけるなら」

「あなたが信用できる人かどうか、わたしにはわかりません」

「それにはまず会うことだ。不安なら、人がおおぜいいる場所で会いましょう」

キリはいった。とりあえず会わなければ何も始まらない。

間が空いた。

「わかりました」

女はいった。

「わたしは今、大学にいます。キャンパスは水道橋《すいどうばし》にあって、東京ドームの向かいです。今すぐきていただけますか」

「私は今新橋です。三十分もあればいけると思います」

「東亜文化大の正門をくぐって歩いていくと、正面にベンチに囲まれた噴水があります。そのあたりにいます」

「わかりました。のちほど」

東亜文化大学のキャンパスはすぐにわかった。外堀通りに面した正門をくぐると、五十メートルほど先に大きな噴水が見えた。キリはそこに向かって歩いていった。

見渡したところベンチは十脚以上あって、半数以上に若者の姿がある。ベンチの周囲には木立と芝生が広がっていた。かなり広いキャンパスのようだ。

かけ声とともにスポーツウエアの集団がかたわらを走り抜けていった。

キリは木立のかたわらで足を止めた。ひとりでベンチにすわる女の姿を捜した。

不意に背後から気合とともに鋭い殺気を感じ、キリは体を沈めた。頭上を旋風のような回し蹴《げ》りが通過する。安易に背後をふりかえったら、頭に命中したろう。

キリは素早く反転した。長いフレアスカートに白いシャツを着た若い女がいた。日に焼けていて、大きな瞳をみひらいている。

スカートに隠されているが、女は左足を深く折り、右足をまっすぐのばして、重心を低くとっていた。片方の腕を体にひきつけ、もう片方の腕を顔の高さでかまえている。

中国武術のかまえのようだ。

「ハイッ」

鋭い声とともに女は体を縦に回した。今度は上から蹴りが襲ってくる。キリは低い態勢のまま、女の軸足を足で払った。

当たったと思った瞬間、女の体が宙に浮いた。キリの足払いは空を切った。

「ハイッ」

女は風車のように体を回し、さらなる蹴りを放った。

二度、三度と女の蹴りはくりだされ、よけていたキリの背が木立にぶつかった。やむなく振りおろされた足を左肘《ひだりひじ》でブロックした。ブロックしつつも反射的に肘を尖《とが》らせ、ダメージを与えた。キリが身につけた古武術は防御と攻撃が一体化している。

肘は女の脛《すね》に命中した。女の顔に驚きが浮かんだ。女は無事なほうの足でステップバックし、キリと距離をおいた。

キリはようやく体を起こした。

「今のは偶然?」

女がいった。

「偶然ではない。受け身をとりながら打撃を与えた」

キリは答えた。女は首を傾《かし》げた。

「空手?　ちがう。日本拳法でもない。どんな流派なの」

「流派などない」

女はかまえを解いた。まっすぐに立ち、キリを見つめる。一七〇センチ近い長身だ。

「あんたのそれは中国武術のようだな」

「洪拳《ホンケン》」

「聞いたことがある。南派《なんぱ》少林拳の一派で、洪家拳《こうかけん》と日本ではいわれている流派か。香港で学んだのか」

「あなたはどこで覚えたの？」

女は訊ねた。澄んだ目が鋭い。

「鳥取県の大山《だいせん》というところだ」

「大山？」

女は知らないようだ。

「一度にひとりしか弟子をとらない師匠から教わった。どんな手を使っても相手を倒すという古武術だ」

女は息を吐いた。

「そんな危険な武術が日本にもあるのね」

「危険すぎて正当な武道の世界では認められなかった」

キリが答えると、女はキリの目を見た。

「その武術を使って、あなたはボディガードをやっている」

「武術だけじゃない。対象者を守るためならどんな手も使う。卑怯《ひきょう》といわれても」

女が不意に微笑《ほほえ》んだ。とたんに目が細くなり、愛敬《あいきょう》のある顔になった。

「試すようなことをしてすみませんでした。岡崎紅火です」

「キリだ」

「キリさん。姓？　それとも名前？」

「ただのキリだ」

「わかりました。わたしのことは紅火と呼んで下さい」

いって女は右手をさしだした。キリはその手を握った。鍛えられた、固い掌《てのひら》だった。

「いくつから洪家拳を？」

「四歳です。父にいわれて近所の道場に通いました。中学生になってからは大会にもでるようになって」

「自分の身は自分で守れる、と？」

紅火は首をふった。

「そんなに甘くないことはわかっています。ですが簡単に他人を頼ることもしたくありません」

紅火はいって歩きだした。噴水のかたわらに並ぶベンチに小さなリュックがおかれている。リュックをとりあげ、紅火は腰をおろした。隣を目で示す。

「どうぞ」

キリは無言ですわった。すわる前にあたりを見渡す。ようすをうかがっているような者はおらず、目に入るのは二十歳《はたち》前後の若者ばかりだ。キャンパスという場所柄を考えれば、大人がいれば目立つ。それで紅火はキリの正体を見抜き、いきなり襲ったのだろう。

「ここの学生だと聞いたが？」

「大学院で比較文化をやっています。ドクターコースに進むつもり」

「教授をめざしているのか」

「そこまではまだ。人の役に立つ仕事をしたいとは思っているけれど。そういえば、ボディガードも人の役に立つ仕事ですね」

いって紅火はくすりと笑った。殺気とともに回し蹴りを放ってきた姿とはまるで結びつかない。

「睦月は俺のことを何といった？」

「何があってもわたしを守ってくれる人だと。警察や軍隊より頼りになる、といわれました」

キリは首をふった。

「とんだ買いかぶりだ。俺にできることなどたかが知れている。睦月をあんたに紹介したのは誰だ？」

「外務省からきたという人でした。わたしの微妙な立場について心配はしているが、日本政府としては何もできない。かわりに相談に乗ってくれそうな人を紹介する、と」

「あんたにとってはよけいなお世話というわけだ」

キリは紅火に目を向けた。

「睦月も俺もいらぬ節介をしている」

紅火の笑みが消えた。

「そう思っていましたが、あなたの話を聞いて考えがかわりました。母をとり返すには味方がいたほうが心強い。味方になってもらえますか」

「お母さんを拉致した連中と交渉をしようと考えているのか」

紅火は頷いた。

「当初わたしは、父の遺した書類を渡せば母は帰ってくると考えていました。でも書類を欲しがっている人の中には、自分にとって都合の悪いことが書かれた書類を消したいと思っている者もいる。父の言葉を書きとめ、書類を作ったのは母です。母はずっと『ホワイトペーパー』の製作を手伝っていました。母の頭の中には父が遺した言葉が入っています。この世から書類を消したい人間にとって、母の記憶もまた残したくない筈。となれば、母を返すとみせかけて書類を奪い、母を殺そうとするかもしれません」

「十分考えられる」

キリは頷いた。

「そうならないために、キリさんの力をお借りしようと思いました」

「あんたを守ることとお母さんをとり返す行動が一致しているあいだは、協力しよう」

キリがいうと、紅火は首を傾げた。

「一致しないことなんてある？」

「状況によってはお母さんを見捨ててもあんたを守らなければならない、という事態になるかもしれない。そのときはあんたの身の安全を優先させてもらう」

紅火は目をみひらいた。

「わたしを助けるために母を見殺しにするというのですか」

「そうなったときは」

キリは頷いた。紅火はじっとキリを見つめていたが、

「わかりました。たとえそうであっても、味方がひとりもいないよりはマシです」

と低い声でいった。リュックからミネラルウォーターのボトルをだし、ひと口飲む。

「それでお母さんをさらった連中について何か手がかりはあるのか?」

キリは訊ねた。

「今朝、わたしの携帯あてにメールがきました」

スマホをだし操作した紅火が画面をキリに向けた。

『あなたがおもちの書類を買いとりたいと考えている者です。ご興味があれば、直接お会いして値段の交渉をおこないたい。本日午後九時、赤坂《あかさか》のブルーホエールにお越しいただきたい。これが入場チケットです』

「送ってきたのは?」

ブルーホエールは内外のアーティストのライブ演奏を楽しみながら食事のできる一流レストランだ。添付されたチケットにはペアシートの番号が入っていた。

「返信のできないメールアドレスからです。このメールをよこした人が母を拉致したのかどうかはわかりませんが、会って話す以外、情報を得る方法がありません」

紅火は答えた。

「同行させてもらう」

キリがいうと、紅火は再びくすりと笑った。

「何がおかしい」

「キリさんていつも、そうやって上から目線なのですか。わたしが想像していたボディガードのイメージとちがいます」

キリも苦笑した。

「あんたが想像していたのは、控えめで番犬のようなボディガードだろう」

「映画では皆、そうです」

「そちらのほうがボディガードとしては正統派だ。俺は邪道といっていい」

「どう邪道なの？」

「ひとりで対象者を守る以上、ときには攻撃的な手段をとる。相手が何かをしかけてくる前に、こちらから倒しにいく。場合によっては対象者を囮《おとり》にして襲撃者を誘いだすこともする」

「失敗したことはないのですか」

キリは紅火の目を見た。

「ある」

紅火は息を吸いこんだ。キリと紅火は無言で見合った。

「それでもわたしにはキリさんしかいない」

つぶやくように紅火がいった。

「呼び捨てでいい。ただのキリだ」

紅火は頷いた。

3

ブルーホエールは赤坂ビズタワーに近いビルの地下にあった。一度自宅に帰るという紅火に、キリは文京区小石川のマンションまでつき添った。部屋の入口で安全を確認すると、キリも品川の自宅に戻った。

大学院生がひとり暮らしをするには大きな、ファミリータイプのマンションだった。もともとは母親が購入したのだと紅火が説明した。

母親は年に数度日本に戻ることがあり、そのときはこのマンションに泊まるという。

ガラスの破片をかぶりキャンパスの土がついた衣服で、高級レストランの入口をくぐるわけにはいかない。ドレスコードに反するという理由で入店を断わられたら、ボディガードの仕事が果たせなくなる。

シャワーを浴びたキリは、大仏の携帯を呼びだした。プロドライバーの大仏はふだんはキャバ嬢の「送り」の仕事をしている。キャバクラと契約し、キャバ嬢を店から自宅に運ぶ、乗り合いの白タクだ。

「忙しいか?」

単刀直入に訊ねたキリに、

「午前一時までなら、今日は空いている」

大仏は答えた。大仏というのは本名ではなく、大仏のような顔や体をしていることからキャバ嬢たちにつけられた渾名《あだな》だ。

「午後七時に小石川にきてほしい」

「積み荷は？」

「俺とTの二人だ」

Tとは警護対象者の意味だ。

「赤坂のレストラン、ブルーホエールにいく」

キリは紅火の住むマンションの住所を告げた。

「了解。現地で会おう」

電話を切ったキリは黒いスーツにダークグレイのシャツを着けた。万一着用を求められた場合に備え、ネクタイも懐ろに忍ばせた。

必要がない限りネクタイは締めない。ネクタイをしていると格闘の際につかまれる危険がある。

七時少し前に紅火のマンションにキリは到着した。大仏が運転席にすわるレガシーが建物の前に止まっている。一見ただのワゴン車だが、ミラーも含めさまざまな改造が施《ほどこ》されている。

大仏に小さく頷き、キリは紅火の携帯を呼びだした。

「キリだ。下にいる。準備ができたら降りてきてくれ」

「わかりました」

五分後、紅火がロビーに現われた。鮮やかなブルーのパンツに白いジャケットを着けている。長身なので恐しく目立つ。

「派手すぎですか」

無言で迎えたキリに紅火は恥ずかしそうに訊ねた。

「派手だが、それはマイナスじゃない。こっそりあんたを連れ去りたい連中にとって、目立つ人間は襲いづらい」

キリが答えると、紅火はほっとしたように息を吐いた。

「母が買ってくれたんですが、どんな場面で着ていいかわからなくて、一度も袖を通したことがなかったんです」

レガシーの後部席に紅火とキリは並んですわった。

「彼は大仏。プロのドライバーだ」

短くキリは紹介した。大仏はまぶかにかぶったキャップのつばに触れ、無言であいさつした。

「赤坂のブルーホエールにいってくれ」

キリが告げると、大仏はレガシーを発進させた。

「開演は八時となってます。間に合います?」

紅火が訊ねた。

「大丈夫だ」

キリは答え、

「お母さんがいなくなったときのことを知りたい」

といった。

「先週の月曜日の夕方に、本部から帰るというＬＩＮＥをわたしにくれたのが最後で、連絡がとれなくなりました」

「本部というのは『白果』の本部だな」

紅火は頷いた。

「『白果』の本部は香港島の中心、ワンチャイのビルにあって、モンコックにある自宅のマンションまで、母はＭＴＲで通っていました。ＭＴＲというのは鉄道で、向こうでは港鉄《こうてつ》と呼ばれていま す」

「それきり帰らなかった？」

「はい。ずっと通ってくれているメイドさんにも確認しました。月曜日の朝でかけたきり、戻ってないそうです」

「お母さんはひとりで暮らしていたのか」

「父が入院してからはずっとひとり暮らしでした。入院したのは、香港に近い深圳《シンセン》市の病院で、亡くなるまでは週に二度、母は通っていました」

「ひと月前に亡くなったと聞いたが？」

「はい。でも母もわたしもまだ父の遺体を見ていないんです。中国政府が返してくれなくて」

「返してくれない？」

「治安上の問題があるといって、公安が病院から遺体をもっていってしまい、それきりなんです。

遺体が今どこにあるかすら、母もわたしも知りません」

「治安上の問題というのは？」

「たぶん亡くなったことで『白果』の会員が父を神格化するのを中国政府は恐れているのだろう、と母はいっていました。父の予言は会員には大きな影響力がありましたから」

「お父さんは予言者だったと、あんたも考えているのか」

「それは正直、わかりません。でも父がとてもすぐれたアナリストであったことは確かです。特に中国共産党の動向については、政府の外の人間としてはありえないほどの情報をもっていました。その情報をもたらしたのは、『白果』の会員です。会員は、香港だけでなく中国本土や共産党の中枢部にもいたのだと思います。そうでなければ、『ホワイトペーパー』の予測があそこまで的中する筈はありませんから」

「中国政府の中枢部に『白果』の会員がいたと？」

紅火は頷いた。

「そのことを本人は当然隠している筈です。もし会員であったと発覚したら地位を失うだけでなく、今の中国では逮捕される危険もあります」

「お母さんはそれが誰なのか知っているのか」

「わかりません。会員名簿はあった筈ですが、二〇二〇年、香港で国家安全維持法が施行されるのを前に、父が暗号化したと聞いています。インターネット上に保管された名簿には、パスワードを入力しない限りアクセスできません。パスワードを知っていたのは父ひとりで、それを亡くなる前に母に伝えたかどうかは、わたしも知りません」

「お母さんをさらった人間の目的が、そのパスワードだったとは考えられないか」

「わたしもすぐにそれを考えました。ただ、体が動かなくなる直前まで父は『ホワイトペーパー』の執筆をつづけていて、それは母の手で深圳の病院から香港に運ばれ、わたしが日本にもってきました。わたしは細かに読んではいませんが、内容は近未来の国際情勢や世界経済の予測です。病気になってからの父の予測は恐しいほど的中しています。東欧で起きた戦争やインド半島の洪水、東南アジアでの政変、アメリカでのインフレの発生などを予告していました。まだ発表されていない『ホワイトペーパー』の内容を知れば、お金儲《かねもう》けに利用できると考える人もいるでしょう。母を拉致した人は、それを知りたがっているのかもしれません」

キリは低く唸《うな》った。

「それはかなりの量があるのか？」

「父が病気になる前は月に二回、なってからは月に一回、『ホワイトペーパー』は会員にメールで送られていました。母の話では、二年ぶん、つまり二十四回ぶんの原稿があり、国際情勢を見ながら順次発表するよう、父は母に命じたそうです」

「発表する順番も決まっている？」

「そうだと思います」

「するとお母さん自身は、未発表の『ホワイトペーパー』の内容を知っている。拉致した人間は、それをお母さんから訊きだそうとしているのかもしれない」

「それは無理だと思います。亡くなる直前の『ホワイトペーパー』の原稿は厖大《ぼうだい》にあるんです。自分の死が近いことを感じたのか、父はとり憑《つ》かれたように予測を書き、さらに口述で母に筆記させていました。それは本当にたいへんな量で、しかもひとつひとつの予測が細かなため、母も覚えてはいないと思います。原稿の量は約千ページもあります」

「その原稿が日本にあるんだな」

紅火は頷いた。

「父は、自分が書き、母にも筆記させた『ホワイトペーパー』をコンピュータに入力することを許しませんでした。入力するのは、会員にメールで配信する直前、その一回ぶんだけにしろと命じたんです。コンピュータに保存すれば、いつハックされ奪われるかわからないから、と。ですからわたしのもつ千ページは、すべて父や母の手書きの原稿です」

「だからわざわざ香港までとりにいったわけか」

「はい。わたしが預けられたのは原稿とそれ以外の書類が入ったトランクです」

「それ以外の書類とは？」

「父が『白果』をたちあげたときに作られたものだと思います。もしかすると中には発表されなかった過去の『ホワイトペーパー』の原稿もあるかもしれません」

「あのマンションにあるのか」

紅火は首をふった。

「いえ。もっと安全な場所に隠してあります。それは――」

「いわなくていい」

キリは紅火の言葉をさえぎった。紅火は無言でキリを見た。

「あんたの身が安全な限り、そのトランクも安全な場所にある。そう考えていいなら」

一瞬とまどったような表情を見せたが、紅火は頷いた。

「はい。大丈夫だと思います」

「着いた」

大仏の声にキリと紅火は外を見た。赤坂一ツ木通りの入口にレガシーは止まっていた。ブルーホエールの入るビルは目の前だ。

「近くで待機していてくれ」

いって、キリはレガシーを降りた。周囲の安全を確認し、紅火を降ろす。

ブルーホエールの地下入口へとつづく階段の前に立った紅火は目をみはった。

「本日の出演　ファン・テンテン」という看板を見つめている。チャイナドレスを着た女性歌手の写真が飾られていた。

「知り合いか？」

キリは訊ねた。ファン・テンテンという歌手をキリは知らない。

「台湾出身で、中国でも人気のある歌手です。わたしにはちょっと昔の歌が多いですけど、父は好きで、元気な頃はよく聞いていました。何回か会ったこともある筈です」

キリは飾られた写真のパネルを改めて見た。

四十代の初めくらいだろうか、豊満な体を深いスリットの入ったロングドレスで包み、マイクを手にしている。苦痛に耐えているかのような表情はひどく肉感的だ。

二人は階段を下りていった。

「いらっしゃいませ」

タキシードを着た女性店員が地下にあるカウンターの中にいた。

「入場券はおもちですか」

紅火がスマホに送られたコードを見せると、それを読みとった店員が二枚のチケットをさしだした。番号が記されている。

「開演は八時からで、あと二十分ございます。それまではお食事もお飲み物もお席でお楽しみいただけます」

店員のそぶりに特にかわったところはない。

「ありがとうございます」

紅火はいってチケットを受けとり、一枚をキリにさしだした。

二人は通路を進み、店内に入った。

中央にステージがあり、それを二七〇度囲むようにテーブルやカウンターが配されている。ステージにはまだ誰もおらず、照明は明るい。半数くらいの客席が埋まっている。

二人の席は、ステージを正面に見る、カウンターの並びだった。間隔を空けて設けられた二人席《ペアシート》のひとつだ。

二人が腰かけると、すぐにウエイターが近づいてきた。メニューを手にしている。

「お飲み物とお食事はいかがなさいますか」

紅火はキリを見た。

「ペリエをボトルで。食事はけっこうだ」

キリは告げた。相手が指定した店だ。薬を盛られる可能性がないとはいえない。

「承知いたしました」

ウエイターは頷き、紅火を見た。

「わたしも同じで」

緊張した表情で紅火が答える。

「食事は、ここをでたあとにしよう。何が起こるかわからない」

キリは低い声でいった。

「はい。食欲はありません」

紅火が頷いた。

ペリエが届けられた。開栓しようとしたウエイターに、

「自分でやるから」

キリはいった。氷の入ったグラスも下げさせた。氷に薬がしこまれているかもしれない。

スクリューキャップに開封されたあとがないことを確認し、キリは紅火にさしだした。

「キリさんは？」

「今はいい」

キリは首をふった。相手が用意周到なら、毒をしこんだ未開栓の飲み物を準備しているかもしれない。ここでは何も口にしないことが得策だ。

紅火は冷えたペリエのボトルを不安げに見つめ、そっとカウンターに戻した。キャンパスでもっていたのと同じリュックからミネラルウォーターのボトルをとりだし、ひと口飲む。

やがて照明が暗くなり、ステージにバンドメンバーが上がった。ピアノキィボード、ドラム、ギター、ベース、パーカッションとサックスという構成だ。

イントロがスタートした。「ナイトアンドデイ」だ。軽快なサウンドが流れるとともに拍手がわいた。隅の席にスポットライトが当たる。

ドレスを着た金髪の女がマイクを手に立ちあがった。拍手が大きくなる。女が歌い始め、スポットライトを浴びながら客席を移動し、ステージに上がった。

「ナイトアンドデイ」を歌い終えると、「ザシャドウオブユアスマイル」「枯葉」とバラードがつづいた。

ハスキーだが厚みのある歌声だった。サビのパートでは、眉根に皺《しわ》を寄せ、官能的な顔になる。アジア人だが彫りが深いので、プラチナブロンドに染めた髪に違和感はない。

三曲を歌い終えて、ファン・テンテンは腰を折った。大きな拍手と口笛、中国語と思しいかけ声がかかった。客席の大半は五十歳から上の大人だ。ざっと百人くらいだろう。

「サンキュー、サンキュー。アリガト。皆さん、ウエルカム・マイステージ」

挨拶《あいさつ》をして、客席を見渡した。英語、日本語、中国語の交じったトークが始まった。

キリは周囲を見回した。両隣の席に客はおらず、全体でも会場の入りは六割くらいだ。大半の客はステージに近いテーブルにすわっている。

「知っている顔はないか」

キリは紅火に小声で訊ねた。

「そう思ってわたしもさっきから見ているのですけど――」

紅火が答え、首をふった。

客はすべてステージを注視していて、二人をうかがっているような者はいない。

「フールオンザヒル」のイントロが始まった。

ビートルズナンバーが三曲つづく。選曲は明らかに五十代、六十代、それ以上の年齢の客を意識している。

アップテンポのビートルズナンバーが終わったとき、紅火の側の隣の席に男が腰をおろした。スーツにネクタイを締めた、三十代の白人だった。整った顔立ちでがっしりとした体格をしている。

男が日本語でいった。

「ファン・テンテンからのメッセージだ。ステージが終わったら楽屋にこい」

キリは男を見つめた。スーツのジャケットはゆったりとしていて得物《えもの》を呑んでいても外からはわからない。

「あんたは誰だ」

男は肩をすくめた。

「ただのメッセンジャーだ」

次の曲が始まる前に立ち上がり、いなくなる。

それから三十分ほどでステージが終わった。アンコールの手拍子に応え、ファン・テンテンは二曲を歌い、客席に投げキッスをしてひっこんだ。

場内が明るくなった。客が立ち上がる。

「まだ動くな」

キリはいった。いっせいに店の出入口に向けて動く人波に巻きこまれたくない。二人がすわるカウンターのかたわらの通路をぞろぞろと人が移動する。

客のほとんどが店内から消えると、キリは紅火に頷いた。二人は立ち上がった。

ステージの裏側へと向かう。通路を塞《ふさ》ぐように立っているウエイターに、

「楽屋にこいといわれた」

キリは告げた。ウエイターはインカムをつけていて、

「お名前は？」

と訊ねた。

「紅火です。ホンフォ」

紅火が答えた。

「ホンフォさんという方がおみえです」

ウエイターはインカムに告げた。返事を聞くと道を空けた。

「どうぞ」

二人は通路を進んだ。手前にバンドメンバーの楽屋があり、その先に扉の閉じた部屋があって、メッセンジャーと名乗った大男が立っていた。値踏みするようにキリを見つめ、

「どうぞ」

といって扉を開いた。二人は扉をくぐった。

化粧台の前にドレス姿のファン・テンテンがすわっていた。コーヒーと思しいカップを手にしている。大男が扉を閉め、背後に立った。

「ウエルカム！」

ファン・テンテンは紅火を見て笑顔を浮かべた。中国語で言葉をつづける。

「父のことを知っているそうです。招待したのは自分だとおっしゃっています」

紅火が通訳すると、ファン・テンテンはキリを見た。

「日本語はゴメンナサイ。あまり喋れまセン」

「イングリッシュ」

キリがいうと、顔が明るくなった。

「オウ、ユーキャンスピーク？」

キリは頷いた。

「オーライ。レッツ・トーク・イン・イングリッシュ」

ファン・テンテンはいってキリと紅火を見比べた。

「ノー・プロブレム」

紅火が英語でいった。

「『ホワイトペーパー』を買いとりたいというのはあなたか」

キリは訊ねた。ファン・テンテンは頷いた。

「そうです。ミス・ホンフォと交渉するように、ある人から頼まれました」

「その人がわたしの母を拉致したのですか」

紅火がいった。ファン・テンテンは目をみひらいた。

「拉致？　あなたのお母さんを？」

「一週間前から、彼女の母親は行方不明だ」

キリは告げた。

ファン・テンテンはキリを見つめた。

「あなたは？」

「俺の名はキリ。彼女のボディガードだ」

「ボディガード」

ファン・テンテンはつぶやき、キリと紅火の背後に立つ白人の大男に目を向けた。大男が肩をすくめた。

「ずいぶんかわいいボディガードだ」

薄ら笑いを浮かべて英語でいった。

「大事なのは見かけじゃないんでね」

キリは笑い返した。大男の顔から笑みが消えた。

「痛い目にあいたいらしいな」

キリは無言で両手を広げた。大男がキリにのしかかるように歩みよった。キリの首をつかもうとする。

キリは人さし指と中指をそろえ、大男の鳩尾《みぞおち》を突いた。一瞬の早業《はやわざ》だった。大男は硬直し、次の瞬間、手で口を押さえた。楽屋に付属した化粧室にとびこんだ。扉を閉める間もなく、嘔吐《おうと》した。

ファン・テンテンが目をみひらいた。

「何をしたの!?」

キリは無言で肩をすくめた。

胃の中身をすべて戻したらしい大男が化粧室から現われた。シャツの前がびしょ濡《ぬ》れで、顔をまっ赤《か》にしている。

「ファック・ユー!」

叫んでキリにつかみかかろうとした。キリが動くより早く紅火が動いた。体を斜めに折り、大男の顔前にまっすぐ右足を突きだす。

大男からすれば、いきなり目の前に紅火の靴底が現われたように見えたろう。大男は目を丸くしてのけぞった。

「わたしを呼びだしたのは、こんなことのためですか」

足をおろし、体をまっすぐにして紅火はいった。ファン・テンテンが首をふった。

「ジョー、下がって」

大男は息を吐き、扉の前に戻った。

「ごめんなさい。乱暴をするつもりはなかった」

ファン・テンテンがキリにいった。キリは黙っていた。

「さっきの質問に答えて下さい。母を拉致した人に頼まれたのですか」

紅火がファン・テンテンを見つめた。

「ちがうと思う。そんなことをする人じゃない」

「何者なんだ？」

キリは訊ねた。

「それはいえない。わたしが頼まれたのは、彼女に、未発表の『ホワイトペーパー』を売る意思があるかどうかを確かめること」

「売る気はありません」

紅火が即座にいった。

「どうしても？　彼は大金を用意できる。百万USドルでは？」

「自分の正体を隠して交渉するような人は信用できない」

紅火は首をふった。

「お金に色はない。その人が誰だろうと、百万ドルを手にできるチャンスよ」

紅火は一拍おいた。

「その人自身がわたしの前にきて話すまで、交渉はしません」

告げてファン・テンテンを見つめた。ファン・テンテンは息を吐いた。

「わかった。本人に訊いてみる。でも、あなたのことは多くの人間に知られている。携帯電話の番号も住んでいる場所も。お金も払わずに『ホワイトペーパー』を手に入れようとする人間が現われるかもしれない。そうなってから、売っておけばよかったと後悔しても遅い」

紅火がキリを見た。

「俺の意見を聞きたいのか？」

紅火は頷いた。

「強盗にあうかもしれないが、守りさえすれば、値段がさらに上がる可能性もある。百万ドルが二百万ドルやそれ以上に」

キリはいった。

ファン・テンテンの顔が無表情になった。

「今日の話はこれで終わり。でていってちょうだい」

「いこう」

キリは紅火に告げた。扉に向かうと、大男が立ち塞《ふさ》がった。

「次を楽しみにしてるぜ、二人とも」

「転職を考えたほうがいいな」

キリはいった。大男が荒々しく息を吸いこんだ。

「ジョー！」

ファン・テンテンの声が飛んだ。大男は不承ぶしょう扉の前を離れた。

4

「たとえ何百万ドル積まれたって、『ホワイトペーパー』を売る気はありません。あれは父の遺言です」

大仏がハンドルを握るレガシーに乗りこんだとたん、紅火はいった。

「そうだとしても、交渉の余地はあると相手には思わせておいたほうがいい。お母さんの命を永らえる理由にもなる。交渉できないとなったら、何が起きるかわからない」

キリは静かに答えた。紅火がはっとしたようにキリを見た。

「じゃあやっぱり、ファン・テンテンに交渉を頼んだ人が母をさらったのでしょうか」

「とは限らない。『ホワイトペーパー』を欲しがっている連中に、何を用意すれば手に入れられるのかを考える材料を与えることが大事だ」

キリが答えると、

「そうか。そうですよね。『ホワイトペーパー』を手に入れたいのはひとりじゃない」

紅火はつぶやいた。

「そういうことだ。『ホワイトペーパー』がお母さんの身代金になるとわかれば、お母さんをさらった連中から連絡がくる可能性もある」

「わたしはすぐに連絡がくると思っていました。でもこなかった」

「それはお母さんがあんたをかばって、『ホワイトペーパー』のありかを告げていないからかもしれない。お母さんが『ホワイトペーパー』を保管していると、さらった連中が考えていたら、まずお母さんから情報を得ようとする」

「それはつまり母を拷問《ごうもん》にかけているとかそういうことですか」

キリが遠回しに告げた言葉の意味に紅火は気づいた。

「可能性がなくはない。あんたに危害が及ばないよう、お母さんが『ホワイトペーパー』をどこかに隠しているフリをしていたなら」

紅火の目にみるみる涙が浮かんだ。

「お母さんは気丈な人か」

「はい」

涙声で紅火は答えた。

「『白果』がまだ小さな勉強会の頃から父を支え、大きくなってからは決して前にでず、父のサポートに徹していました。忙しい父のせいでわたしが寂しがらないよう、休日はいつもどこかに連れていってくれて。でも父が病気になってからは『紅火には悪いけれど、お父さんに残された時間をできるだけいっしょに過ごしたいの』と……」

嗚咽《おえつ》の声が洩れた。

「そこまで気持の強い人なら、何があっても生きのびる」

キリはいった。

「でもわたしのために拷問にあっている……」

「そうと決まったわけじゃない。『ホワイトペーパー』を金儲けの材料にできるような人間は、マフィアのような真似《まね》はしない」

「そういえば――、トライアッドも『ホワイトペーパー』を狙っているから気をつけろと洪拳《ホンケン》の仲間が忠告をくれたことがあります。まさかトライアッドが母を――」

トライアッドとは三合会《さんごうかい》を意味し、香港に拠点をおくマフィアの総称だ。

「トライアッドのどこが狙っていると？」

「それはわかりません。十四Kかもしれないし新義安《しんぎあん》かもしれない」

十四Kも新義安も香港の犯罪組織だ。

「マフィアが『ホワイトペーパー』を狙っているといったのは誰だ？」

「昔いっしょに道場に通った、今は警察官の友人です。警官という立場上、おおっぴらにわたしと会うわけにはいかず、こっそりメールで知らせてくれました」

「犯罪組織は手っとり早く金になるものにしか興味をもたない。『ホワイトペーパー』を欲しがるとすれば、誰かに頼まれたか、高く買うとそそのかされた可能性が高い」

キリはいった。

「そうなのですか」

「街で麻薬を売ったり売春の元締めをしているような連中が、『ホワイトペーパー』を材料に株を売り買いしたりすると思うか」

「確かにそうですね。マフィアはそんな面倒なお金儲けはしませんよね」

「そういうことを考えるとすれば、日本の広域暴力団の幹部くらいだろう」

「キリはそういう人に詳しいの？」

紅火が不安げに訊ねた。

「仕事柄だ。仲がいいわけじゃない。犯罪組織の人間が考えそうなことがわかるというだけだ。お母さんをさらったのがトライアッドだとしても、殺すためじゃない。殺すほうが連中にはよほど簡単だ」

「ひどいことをいうのね」

「事実だ。お母さんをさらったのが何者にせよ、『ホワイトペーパー』のありかがわかるまでは、無意味に傷つけるような真似はしないだろう」

「どうして断言できるの」

「プロしか動いていないからだ。『ホワイトペーパー』を欲しがっているのは、中国公安部や外国の情報機関だ。睦月が俺を雇ったのもそれが理由だ。プロは無駄に人を殺したり傷つけたりしない。ただしやるときは容赦《ようしゃ》がない」

紅火の顔が青ざめた。

「何か食おう」

キリはいった。

「食欲なんかない」

「わかるが、食べておかないと、いざというときに体が動かない。大仏、西葛西《にしかさい》にいってくれ」

「カレーか」

大仏が訊いた。

「そうだ」

「了解」

紅火が怪訝《けげん》そうにキリを見た。

「東京で一番うまい西インド料理を食べさせる店だ。知らない人間はまずこない」

レガシーは首都高速に入り、三十分ほどでめざすインド料理店の入った雑居ビルの前に到着した。団地に近い一画にある古いビルで、一、二階にはインドの食料品や雑貨を売る店が入り、三階がレストランだ。

車を降りた瞬間、あたりに漂うスパイスの香りに包まれた。

「こっちだ」

キリはいって階段を登った。平日の夜だからか、ビルの中にはインド人しかいない。

時間が遅いこともあってレストランは空《す》いていた。二十四時間営業で、深夜になるとＩＴ系企業で働くインド人で混み始める。

「嫌いなものは？」

テーブルにつくとキリは訊ねた。紅火は珍しげに店内を見回している。日本語はどこにもなく、壁にかかったモニターにはインド映画が映っている。

「ありません」

「ここのカレーはナンじゃなくチャパティで食う」

いってキリは手をあげた。サリーを着た年配の女性がチャイの入ったカップをふたつ運んでくる。

「こんばんは。何食べる？　いつものでいい？」

流暢《りゅうちょう》な日本語でいった。

「いつものをふたつ。あと、テイクアウトでひとつ」

「わかりましたー」

やがてサモサとサラダ、豆のカレーにチャパティがでてきた。キリの見よう見真似でチャパティをカレーにひたし口に運んだ紅火が目を丸くした。

「おいしい！」

キリは無言で頷いた。辛《から》さに奥行きがあって、あとをひく。辛いが食べつづけるのがつらいほどではない。

気づけば、紅火のカレーも空になっていた。チャパティは全粒粉を焼いた薄いパンで、発酵させていないのでそれほど腹にたまらない。

お代わりのチャイを飲んでいると、女性がビニール袋に入ったテイクアウトの料理をもってきた。

キリは立ち上がった。

「あの、お勘定は――」

訊いた紅火に、

「心配しなくていい。そのぶんも預かっている」

キリは答えた。会計をすませ、地上にでると大仏に袋を渡した。

「こいつはありがたい。夜食でいただく」

キリの携帯が振動した。佐々木だった。

「小石川に戻ってくれ」

告げて、キリは携帯を耳にあてた。

「遅くなってすまん。厖大な資料があってな、手間どった。今話せるか」

佐々木がいった。

「大丈夫だ」

キリは答えた。

「まず『白果』の主宰者だが白中峰という。一九四六年に香港で生まれ、八〇年代から九〇年代にかけ、地元テレビ局のニュースキャスターとして活躍した。一九九七年に香港がイギリスから中国に返還されると、ニュースキャスターを引退し、シンクタンク『白果』を設立した。『白果』には、中国、イギリス、台湾といった地域の会員がいて、資金とともに情報も提供された。が、中国が香港に対する併合政策をすすめるようになると、白は中国と距離をおくようになった。いずれは『白果』の活動に制限がかかると予測し、『白果』の本部移転を計画中の二年前、肺癌が見つかった。本人は国外での治療を希望したが、半《なか》ば強引に中国政府が香港に近い深圳の病院に収容。最先端の治療を受けさせたと中国政府は主張しているが、先月の頭に死亡が発表された。遺体はずっと中国政府の管理下におかれていたが、七時間ほど前に、北京《ペキン》在住の長男に渡したとの発表があった。長男の名は白福忠《ふくちゅう》、中国外務省の課長級職員だ」

「つまり遺体は北京にあるということか」

キリは訊ねた。

「ネットのニュースではそうだが、でどころが中国政府筋なので、真実かどうかはわからない」

佐々木は答えた。

「『白果』の現状は?」

キリはさらに訊ねた。

「公には何の動きもない。白の秘書だった、日本人の岡崎静代がマスコミ対応にあたっていたが、先週から発表が止まっている」

「『白果』の会員はどれくらいいるんだ?」

「会員数を発表していたのは五年前までで、その当時は個人会員を四百人と称していた。法人会員についいては発表はない」

「四百人の国籍は?」

「これも五年前までの資料だが、香港を含む中国、台湾、日本、韓国、イギリス、アメリカなどだ」

「『ホワイトペーパー』の評価は？」

「これがふたつに分かれている。当初はアジアにおける中国の動向を鋭く考察しているという評価が多かったが、中国の対香港政策が強硬になるにつれ、反中国活動のプロパガンダであるとか、妄想《もうそう》を書きつらねただけだという批判が増えてきた。『ホワイトペーパー』の内容が現状分析からさらに未来の予測に変化していったことで、それを嫌った中国政府が評価を下げるための宣伝活動をおこなった可能性は高い。客観的に見ると、アジア情勢に関してはまるきり外れた予測もあるが、六、七割は的中しているといっていいだろう。通常、シンクタンクの未来予測は、せいぜい数カ月や一年以内に起こる事態だ。白の予測はちがった。一年後、二年後といった、いわば予言で、もはや分析ではないという声がある一方、驚異的な的中率に白を予言者だと崇《あが》める者もいた。特にこの数年、『ホワイトペーパー』には未来予測の記事が多かったようだ。だがその内容を公にすることを会員に禁止したため、あまり明らかになってはいない。中国政府の目を警戒したのだろうな。それもあって『白果』を、白中峰を教祖と仰ぐカルト集団だとする声も中国政府内部ではでていたようだ。これまで極端な弾圧をしなかったのは、白の予言を中国政府も知りたがったからだという説がある。国内についてはともかく、海外の分析、予測を使えると踏んでいたのだろう。が、白が死んだ今、未発表の『ホワイトペーパー』をおさえたいと中国政府も考えている筈だ」

「未発表の『ホワイトペーパー』はどの程度あると思われているんだ？」

キリは訊ねた。

「ネット上ではゼロから十年分まで、さまざまな説が飛びかっている。中には、白は百年先の未来まで予言したが、中国の滅亡が書かれていたので、暗殺されたという噂まである」

「実態は誰も知らないのか」

「おそらくは半年分。それを中国政府がおさえているとすれば会員のもとに届くことはないだろうし、『白果』の誰かが隠しているなら、こっそり送られるだろうというのが俺の分析だ」

「『白果』の誰が隠していると？」

「可能性が最も高いと思われるのは、秘書だった岡崎静代だ。その次が『白果』の会員であることを公言していた、イギリスのウォルター・コットンという政治家だ。元ＭＩ６で退職後、国会議員になっている」

「ウォルター・コットン」

キリはくりかえした。

「年齢は五十八歳。タカ派で、対ロシア・中国に強硬な政策をとるよう主張している。『白果』のカナダ移転を後押ししていた」

「他には？」

「あくまでも噂だが、ＣＩＡや中国政府内のシンパといった説もでている。中国政府が白中峰の遺体をおさえていたのは、未発表の『ホワイトペーパー』が体内に隠されていたからだという、とんでもない話まである。まるでオカルトだ」

「日本人の会員についてはどうだ」

「日本にも会員がいたことはまちがいないだろうが、それが誰かは不明だ。未発表の『ホワイトペーパー』をおさえられないのなら、せめて会員名簿を手に入れようと考える者もいるだろう」

佐々木はいってつづけた。

「これは俺の勘だが、中国政府のかなり高い地位の会員もいた筈だ。白の分析、予測は、高度な内部情報をもとにたてられていた可能性が大きい。白が死んだ今となっては、そういう会員は、自分の痕跡を消すのに必死だろうな」

「そういうこともあるのか」

キリはいった。未発表の『ホワイトペーパー』を入手しようという者ばかりが岡崎紅火を狙ってくる、と考えていた。

「自分の痕跡を消したい会員がいる……」

キリはつぶやいた。

「そうだ。会員名簿があれば一発だが、おそらくもう誰もが見られるような形で残ってはいないだろう。これも噂だが、白は死ぬ直前まで『ホワイトペーパー』の原稿を書いていて、そこにはこれまで公開していなかった予言が多く記され、その理由として情報提供者の名があげられているというんだ。死んでいく白は、情報提供者の名を隠す必要を感じなかった。が、名前をあげられた当人は大変だ。特に中国で公職に就いているような人物は、命にかかわる。何としても未発表の『ホワイトペーパー』をおさえようとする」

「実際に動いている人間はいるのか？」

「それは俺にはわからん。が、中国の情報機関である安全部やＣＩＡが動いていても驚かないね」

「ＣＩＡがなぜ動く？」

「中国高官の会員の正体をつかめば、スパイとして使える。公表してほしくなかったら情報を流せ、とな。イギリスや台湾の情報機関も同じだろう。『ホワイトペーパー』の予言より、情報提供者に仕立てられそうな人間の名を知りたいのさ」

「なるほど」

キリが唸ると、佐々木は得意げにいった。

「具体的にどんな連中が動いているかは、これから調べてみる」

「頼む」

キリは告げて、電話を切った。紅火を見やった。

「お父さんの遺体が、中国政府から息子さんに渡されたそうだ。白福忠という人だ」

紅火は頷いた。

「わたしにとっては腹ちがいの兄にあたる人です」

「会ったことはあるか」

「一度だけ」

紅火の顔が無表情になった。

「まるで犬や猫の子だというような扱いでした」

いい思い出ではないようだ。

「今の電話は？」

紅火が訊ねた。

「情報面でのバックアップを頼んでいる奴だ。ウォルター・コットンに会ったことは？」

キリが訊き返すと紅火は目をみひらいた。

「何回もお会いしたことがあります。コットンさんは以前は香港に住んでいて、父とも仲よくしていました。ロンドンのお宅に遊びにいったこともあります」

「最後に連絡をとったのはいつだ？」

「先週の水曜日です。月曜の晩から母と連絡がとれなくなり、不安になってコットンさんの携帯にかけました。心配はわかるが、今は日本で静かにしていなさい、お母さんの行方は私が調べる、といって下さいました」

「そのときお父さんの原稿をもっていることを話したか」

紅火は頷いた。

「日本にわたしがもってきたことは話しました。どこにあるかまではいいませんでしたが」

キリが黙ると紅火はいった。

「コットンさんは信用できる方です」

「未発表の『ホワイトペーパー』を欲しがっている人間は、思ったよりも多い。中国政府の人間ばかりではないかもしれない」

「でもコットンさんは古い会員です。待っていればいずれ『ホワイトペーパー』は手もとに届きます」

「未発表の『ホワイトペーパー』を探しているのは、その内容を知りたがっている者ばかりではないという話だ。内容にかかわらずこの世から消したいと思っている人間もいるらしい」

キリがいうと紅火は目をみひらいた。

「なぜです？　その人にとって都合の悪い予測でも書かれているというんですか」

「予測ではなく、自分の名がそこに書かれているのを恐れているんだ」

「名前が……」

紅火はつぶやき、考えこんだ。

「到着した」

大仏がいった。レガシーは小石川の紅火のマンションの近くにいた。

「一周するか」

大仏が訊ね、

「頼む」

とキリは答えた。

対象者の住居は、襲撃者によって待ち伏せされている危険がある。そこでじかづけすることはせず、周辺を一周して安全を確認するのだ。

「アルファード」

大仏がいった。紅火のマンションから五十メートルほど離れた位置に白のアルファードが止まっていた。運転席に如月の姿がある。

「止めろ」

キリはいった。レガシーはアルファードの数メートル先で止まった。

「ここにいてくれ」

紅火に告げ、キリはレガシーを降りた。睦月は紅火の住所を知っているが、直接訪れる理由は思い当たらない。

アルファードに近づいていくと、後部のスライドドアを開け、女が降りた。弥生と紹介された睦月の手下だ。

「何の用だ」

向かいあうように立った弥生にキリは訊ねた。弥生はイヤフォンマイクをつけている。

「今、帰宅しました。かわります」

イヤフォンマイクに告げて、携帯をさしだした。キリは耳にあてた。

「夜間の警護を弥生に任せてもらいたい」

睦月の声がいった。

小石川のマンションは広いとはいえ、紅火のひとり暮らしだ。キリが泊まるわけにはいかない。

ホテルへの移動を提案しようとキリは考えていた。

「腕は信用できるのか」

「如月ほどではないが」

「本人に確認する」

睦月に告げ、キリは携帯を弥生に返した。

「きてくれ」

弥生をレガシーの後部席に乗せ、キリは助手席に乗りこんだ。

「睦月の部下で、あんたを朝まで警護するといっている」

キリは紅火にいった。紅火は驚いたように弥生とキリを見比べた。

「初めまして。弥生です」

まったく感情のこもらない声で弥生はいった。紅火が訊ねた。

「キリさんはどうするんです？」

「朝までどこかで待つことにする」

「このマンションは安全ではありません。必要なものを準備していただき、こちらが用意したホテルにお連れします」

弥生は紅火に告げ、キリに目を移した。

「あなたの部屋も用意してあります。わたしも紅火さんと同じホテルに泊まります」

キリは紅火を見た。

「どうする？　嫌なら拒否もできる」

「いえ。お言葉に甘えます。よろしくお願いします」

紅火はいった。弥生は頷き、

「では部屋までわたしがごいっしょします」

と、レガシーのドアを開いた。紅火はうかがうようにキリを見た。キリは頷いた。

弥生と紅火はレガシーを降り、マンションに入っていった。

「あんたは品川に帰らないのか」

大仏が訊ねた。

「いろいろあってな。今日のところは帰らない」

キリは答えた。

十分後、キャリーバッグを引いた紅火と弥生がマンションの入口に現われるのを、キリは外で迎えた。マンションの周辺に怪しい車や人がいないのは確認ずみだ。

「ついてきて下さい」

弥生は大仏に告げると、紅火とともにアルファードに乗りこんだ。

発進したアルファードをレガシーは追尾した。

尾行を警戒してか、アルファードは右左折をくりかえし、やがて外苑《がいえん》東通りに入った。市谷柳《いちがややなぎ》町《ちょう》を右折して大久保通りに入る。新大久保駅を通りすぎてから小滝橋《おたきばし》通りを左折し、西新宿に入った。青梅《おうめ》街道の手前を右に曲がり、マンションらしき建物の前で止まった。

「歌舞伎町《かぶきちょう》は目と鼻の先だぜ」

大仏がいった。

アルファードを降りた弥生が周囲を確認し、紅火とともに建物の中に入った。キリはあとを追った。

「ここは？」

「半分が民泊施設として使われているマンションです」

弥生が説明し、鍵をさしだした。「４０１」というプラスチック板がついている。

「四階はすべて民泊用で、四つある部屋全部をおさえました。キリさんは４０１を使って下さい。岡崎さんには４０４を使っていただき、わたしは４０３に入ります」

弥生がいった。

「わかった。明日の予定は？」

キリは紅火に訊ねた。

「午後から大学にいく予定です。それ以外は何もありません」

「でかける前に連絡をくれ」

紅火は頷いた。キリは弥生を見た。

「わたしの仕事は夜間の警護です。午前九時にここを離れます」

「ここを使うのは今夜だけか。それともずっとなのか」

「部屋は一週間おさえてあって、延長も可能です」

弥生はいった。

キリは紅火を見た。

「とりあえず二、三日はお世話になろうと思います」

紅火はいった。

「わかった」

三人はエレベータに乗りこんだ。建物の中は静かだ。半分が民泊用施設だというからには、半分には住人がいることになるが、まるでその気配を感じない。

エレベータを四階で降りると、壁と床の色だけが真新しい廊下がのびていた。建物じたいは、築後四十年は経過していそうだ。

「バスルームには最低限のものが用意してあります。他に必要なものがあれば、自分で調達して下さい」

401の扉の前にくると弥生はキリに告げ、つづいて404の扉を開けると中を見た。

「大丈夫です」

紅火に告げた弥生の言葉を無視し、キリは紅火より先に入った。室内はありふれた1DKだ。量産品のテーブルとクローゼット、ベッドなどがおかれている。クローゼット内部やベッドの下、さらにはバスルームの窓などを確認する。

「大丈夫だといいました」

弥生の声が尖った。

「仕事なんでな」

キリはいって、紅火を見た。

「このあと出かける予定は？」

紅火は首をふった。

「疲れました。学校のレポートを少し書いて、寝ます」

「わかった。何かあったら携帯に連絡をくれ」

キリは告げ、弥生を見た。

「朝まで任せる」

「わたしの受けもちは午前九時までです」

弥生は無表情に答えた。

「それ以降はこの建物を離れます。改めて連絡はしませんから、そのつもりで」

「了解だ」

キリは頷き、４０４のドアに向かった。

「おやすみなさい」

紅火がいった。キリはふりかえった。

「おやすみ」

告げて、４０４をでた。

４０１号室には入らず、一階まで降りた。アルファードは消え、レガシーだけが止まっている。

キリは助手席に乗りこんだ。

「品川にいってくれ」

「帰るのか？」

「荷物をとりにいく。二、三日はここにいることになりそうだ」

「了解」

大仏はレガシーを発進させた。

品川の自宅周辺に人や車の姿はなかった。

大仏を待たせ、家に入った。暗がりから猫が現われた。シャドウと名付けた黒猫だ。

キリはシャドウのために三日ぶんのキャットフードをだした。帰ったのはこのためだった。

シャドウは人が通れないような裏窓のすきまから自由に家を出入りしている。食料がなくなっても、どこか別の家でありつけるだろう、とはいえ、ほっておくわけにもいかない。

シャドウは感謝の意を示すこともなく、キャットフードの皿に顔を近づけた。二、三粒をポリポリとかじると、すぐ暗がりに消える。

キリは使っていない部屋の押し入れを開けた。大・中・小、三種類のリュックが入っている。二週間、一週間、三日間の着替えを詰めた出張用のバッグだ。三日分の着替えが入ったリュックと、居間においてあったパソコンを手にした。

家をでて鍵をかけていると、車がレガシーのうしろに止まった。キリはバッグをおき、身がまえた。昼間の連中かもしれない。

警備会社のパトロールカーだった。中から制服を着た警備員が降りてきた。

「その鍵をお借りしてよろしいですか」

警備員がいった。

「睦月先生からご不在のあいだの管理を命じられ、お帰りをお待ちしていました」

パトロールカーにはもうひとり、制服の警備員が乗っている。

「二十四時間、留守番をしてくれるのか」

「人員の交替はありますが」

警備員は頷いた。二十代の初めで、学生のアルバイトかもしれない。

誰もいないよりはマシだ。キリは警備員の掌に、鍵をのせた。

「冷蔵庫にあるものは自由に飲み食いしてくれてかまわない。たいしたものは入っていないが」

キリはいった。

「ご心配なく。準備はしております。洗面所だけ、お借りすることになると思います」

警備員は答え、キリは頷いた。

レガシーに乗りこむ。

「新宿に戻ってくれ」

大仏に告げた。

5

新宿の民泊施設に戻ったキリはシャワーを浴び、佐々木にメールを打った。

『トモカ興産というデベロッパーのことを調べてほしい』

すぐに返信がきた。

『香港の件に関係があるのか』

『俺に立ち退《の》きを迫っている地上げ屋だ』

『本来別料金だが、特別に無料サービスする』

キリは苦笑した。

『助かる』

パソコンを閉じ、ベッドに入った。

仕事に入ると、二時間おきに目が覚める習性になっている。二度ほど目を覚まし、ベッドをでたのは午前七時前だった。

顔を洗い、身仕度を整えてキリは部屋をでた。明るいときに今いる場所の状況を把握《はあく》しようと考えたのだ。

廊下にでた。４０３の扉がわずかだが開いていた。弥生が使うといっていた部屋だ。もうでかけたのだろうか。が、午前九時までは受けもちだといっていた。

キリは開いた扉に近づいた。床に倒れている弥生がすきまから見えた。

すぐに４０４の扉の前に立ち、ノックをした。

返事はない。ノブをつかんだ。鍵が開いている。

「キリだ。入るぞ」

いってノブを引いた。無人の室内が目に入った。ベッドの毛布は乱れているが、紅火の姿はない。キャリーバッグも消えていた。

キリはベッドに歩みよった。毛布の下のシーツに触れる。ぬくもりはなく、ベッドに入っていたとしても、でてから時間がたっているとわかった。

洗面所をのぞいた。洗面台にポーチがおかれている。中は歯ブラシやクレンジングクリームといった類《たぐい》だ。バスルームやトイレに残されたものはなかった。

キリは携帯をとりだし、紅火の携帯にかけた。電源が切れているか電波の届かない場所にある、というアナウンスが流れた。

404をでて、403の扉を開いた。弥生はベッドの近くに、昨夜の服装で倒れていた。左の頬《ほお》から顎《あご》に殴《なぐ》られたと思しいアザができている。

頸動脈《けいどうみゃく》にキリは触れた。肌はあたたかく、死んではいない。

「おい」

弥生の肩を揺すった。反応はない。

「しっかりしろ」

より激しく揺すった。弥生は苦しげに唸った。どうやら殴られただけではないようだ。

キリは洗面所に入ると、備えつけのタオルを濡らし、倒れている弥生の額《ひたい》にあてた。

弥生がはっと体を起こした。焦点が合わないように何度か瞬《まばた》きし、キリの顔を見つめる。

「紅火がいない」

キリはいった。弥生は額をおさえ、うつむいた。次の瞬間、顔を上げた。

「いない？」

言葉を口にしたあと呻いて再び額をおさえた。濡れたタオルを首にあてる。

「何があった？」

「覆面《ふくめん》をした奴が二人入ってきて、いきなり殴られました。そのあと、たぶん注射をされて――」

弥生はいいながら立ち上がった。

「紅火さんは？」

フラつきながらキリに訊ねた。

「いなくなった。バッグもない」

キリがいうと、無言で部屋を飛びだした。４０４の扉を開け、洗面所まで調べた。

「やられた」

ベッドにすわりこみ、頭を抱えこんだ。どうやら頭痛がするようだ。強力な麻酔薬を注射されたにちがいない。

「何時頃のことだ？」

弥生は唇をかんだ。

「おそらく午前四時過ぎです。仮眠をとろうとしてベッドに近づいたら、入ってきた」

「鍵は？　かけていなかったのか」

「あたしの部屋にはかけてなかった。いつでも飛びだせるように」

答え、弥生はジャケットから携帯をとりだした。操作し、耳にあてる。

「もしもし……。弥生です。申しわけありません。任務に失敗しました。紅火さんを連れ去られました」

額に手をあて、苦しげにいった。

「はい、はい……」

相手の言葉に耳を傾け、

「今、目の前にいます」

と答えて、携帯をさしだした。キリは受けとった。

「二人もついていて、どうしたというんだ」

「あんたのところの人間は殴られ注射をされたようだが、俺はまるで気づかず眠っていた」

睦月が訊ねた。

「犯人の心当たりは?」

「『ホワイトペーパー』を欲しがっている連中だろうとしかわからない」

「紅火さんは『ホワイトペーパー』をもっていたのか」

「もち歩いていたかという意味では、もっていなかった。安全な場所に隠してある、といっていた」

「犯人は紅火さんからありかを訊きだそうと考えたのだな」

「とは限らない」

キリがいうと、

「では何だというのだ？」

睦月は訊き返した。

「犯人は岡崎静代をさらったのと同じグループに属していて、紅火を人質に『ホワイトペーパー』のありかを母親から訊きだそうと考えたのかもしれん」

静代が娘をかばい口を割らないので、紅火を傷つけると脅す目的でさらった可能性を考えたのだ。

「なるほど。両方をおさえれば、傷つけると脅して互いの口を割らせることは可能だ」

睦月が答えたので、キリはいった。

「問題は、なぜここにいることが犯人にわかったのかだ」

「そこにはどこから移動した？」

「小石川のマンションだ」

「だったら尾行されたのだろう」

「俺の運転手もそっちの如月も、尾行に気づけないほど間抜けじゃない。情報が洩《も》れていたとは考えられないか」

紅火のベッドにすわりこんでいた弥生が険《けわ》しい表情でキリを見上げた。

「情報管理には万全を期しているが、洩れがあったかもしれん。調べてみよう。そっちは紅火さんを捜してもらいたい」

「もちろんそのつもりだ」

「弥生にかわってくれ」

キリは言葉にしたがい、携帯を弥生に返した。弥生は、はい、はいと睦月の言葉に答え、

「えっ、でも――」

といいかけ黙った。やがて、

「わかりました。そうします」

と告げて、電話を切った。

キリは扉に歩みよった。さすがに紅火は鍵をかけて寝た筈だが、扉の錠前に壊されたあとはない。

犯人には解錠技術がある。が、錠前を操作する気配に隣室の弥生が気づくのを恐れ、先に昏倒《こんとう》させたのだろう。

だがキリはまるでその気配に気づかなかった。そうした作業に慣れたプロなのか。

「紅火さんを捜すのですか」

弥生が訊ねた。

「もちろんだ。ここで手を引くわけにはいかない」

キリが答えると、

「協力するよう先生に命じられました」

不満そうに弥生がいった。

キリは弥生のすわるベッドに近い床を観察した。かすかだが、何かを引きずったような跡がある。

「嫌ならしなくていい。犯人は部屋に入ると、紅火さんにも注射をうった。その上で運びだした」

キリはいった。ベッドの下をのぞいた。細いプラスチックのキャップが落ちていた。キリはハンカチでそのキャップをくるみ、拾った。

「注射針のカバーだ。外したときに転がったんだな」

弥生に見せた。

「あなたは信用できない」

不意に弥生がいった。キリはカバーをポケットにしまい、弥生を見た。

「あたしや紅火さんは注射をうたれた。なのにあなただけは高イビキで寝ていた。どうしてです？」

「さあな。俺も部屋には鍵をかけていなかった。襲おうと思えば襲えた筈だ」

キリは答えた。

「仲間だったからじゃないのですか。犯人にこの場所を教えたのもあなただ」

弥生はキリをにらんでいる。キリは首をふった。

「話にならない」

「なぜ話にならない？　そうやってごまかす気なんだろう」

弥生が腰を落とし、拳《こぶし》を握った。空手か日本拳法をやるようだ。

「いいか。俺が紅火さんの警護を依頼されたのはきのうだ。それまで、彼女も彼女の父親のことも知らなかった。ましてや『ホワイトペーパー』にいたっては予備知識ゼロだった。警護は俺が買ってでたわけじゃなく、睦月が依頼してきたんだ。しかも、もし俺が前もって犯人に抱きこまれていたのだとしたら、ここに泊まってのこのこ、朝、あんたを起こさないだろう。紅火さんを拉致した犯人といっしょにいなくなっている」

険《けわ》しい表情でキリをにらみつけていた弥生だが、ふっと体から力を抜いた。

「理屈は通っている。だけどなぜあんただけ、無傷なんだ？」

「さあな」

いってキリは横を向いた。見当はついていた。犯人はキリとことをかまえるのを避けたかった。だから隣室の弥生を眠らせ、紅火も注射をした上で連れだした。

キリに注射をうつのは簡単ではないと見越し、気づかせないよう行動したのだ。

が、それをいえば、弥生のプライドをさらに傷つけるだろう。

「これからどうする？」

弥生が訊ねた。

「きのう、紅火さんに『ホワイトペーパー』を買いとりたいと接触してきた人間がいた。紅火さんはその申し出を断わった。その人間の周辺人物が実力行使にでたのかもしれない」

「何という人物だ？」

「ファン・テンテンという台湾出身の歌手だ。ライブハウスのチケットがメールで紅火さんあてに送られてきて、それで接触した。ファン・テンテンが今どこにいるか、調べられるか」

弥生は頷いた。携帯をとりだすと操作し、４０４号室をでていった。会話の内容をキリに聞かれたくないようだ。理屈は通っても、完全に信用するところまでは至っていないのだろう。

ひとり残ったキリはポケットから注射針のキャップをとりだした。掌にのせ、携帯で角度をかえた写真を何枚か撮った。佐々木に送る。

『これについてわかることをすべて知らせてほしい。Tをさらわれた現場に落ちていた』

Tとは警護対象者のことだ。返信はなかった。まだ寝ているのかもしれない。

紅火をさらった犯人の目的が『ホワイトペーパー』であるなら、ただちに紅火の生命が危険にさらされるということはないだろう。殺してしまったら、母親に対する脅迫材料にならない。犯人が別のグループに属し、紅火が『ホワイトペーパー』を隠していると知ってさらった可能性もある。が、その場合でも、『ホワイトペーパー』のありかが判明するまでは命は奪わない筈だ。

弥生が４０４号室に戻ってきた。

「ファン・テンテンの居どころがわかった。赤坂のスターゲートホテルだ」

「早いな」

「先生がプロモーターに手を回して調べて下さった」

「なるほど。部屋番号もわかっているのか」

弥生は頷いた。

「１２１１だ」

6

二人はタクシーで赤坂のホテルに向かった。

玄関をくぐるとロビーを抜け、十二階までエレベータで上がる。

1211の扉には「起こさないで下さい／Don't Disturb」の札がかかっていた。時刻は午前八時半を回ったところだ。

扉の前に立った弥生がキリを見た。

「任せる」

キリはいった。弥生はドアチャイムを押した。一度ではなく、二度、三度と押す。

キリは扉ののぞき穴から見えない位置に立った。

「ホワット!?」

扉の向こうからいらだったような男の声が聞こえた。

「コンシェルジュ・サービス」

弥生がいった。ドアが開かれた。Tシャツにトランクス姿のジョーが立っていた。

「起こすなという札が見えないのか！」

弥生に英語でまくしたて、斜めうしろに立つキリに気づいた。

「お前――」

弥生が掌底《しょうてい》でジョーの胸を突いた。ジョーの体がうしろに飛んだ。仰向《あおむ》けに倒れこむ。

弥生につづいて1211号室に入ったキリはうしろ手で扉を閉めた。

ジョーは倒れたまま目を白黒させている。

「ミズ・テンテン」

弥生が呼びかけた。部屋はセミスイートで、リビングルームの奥にベッドルームがある。ベッドルームの扉は半ば開いていた。

「どうしたの」

ガウンを羽織ったファン・テンテンがベッドルームから現われた。倒れているジョーに目をみはった。

「ジョー！」

ジョーが起き上がった。どうやら二人は同衾《どうきん》していたようだ。ファン・テンテンのガウンの内側はシースルーのネグリジェで、豊かな胸が見えている。

「なめやがって――」

身がまえたジョーに、

「話をしにきただけだ」

キリはいった。

「ふざけるな！」

ジョーは弥生めがけて右手をつきだした。喉《のど》をつかもうとする。弥生はそれを左手の甲で払い、ジョーの膝《ひざ》を蹴った。ジョーが片脚をついた。その顎《あご》に弥生の膝蹴りが命中した。

「何をするの!?」

ファン・テンテンが叫んだ。

「死んではいない。脳震盪《のうしんとう》を起こしただけだ。ブレイン・コンカッション」

弥生がいい、キリをふりかえった。

「この女がそうか？」

「そうだ」

弥生はファン・テンテンに近づいた。

「紅火さんはどこだ」

日本語で訊ねた。ファン・テンテンは理解できないというようにキリを見た。

「何なの？」

英語で訊ねる。

「ベニカが拉致された。心当たりはないか」

キリは英語で答えた。ファン・テンテンは首をふった。

「あるわけないじゃない。そんなことで朝から押しかけてきたの」

「きのう、あんたは『ホワイトペーパー』を売る気があるかどうかベニカに訊くよう、ある人物に頼まれたといっていたな。それは誰だ」

ファン・テンテンが目をみひらいた。

「その人がベニカを誘拐したといいたいわけ!?」

「それを確かめにきた」

「冗談じゃない！　いったでしょう。そんなことをする人じゃないって」

「それは直接訊く」

ファン・テンテンは首をふった。

「無理よ」

弥生が一歩踏みだした。ファン・テンテンは怯《おび》えたように弥生を見た。

「彼女の顔のアザが見えるか。ベニカを拉致した犯人につけられたものだ」

キリがいうとファン・テンテンは首をすくめ、両手をつきだした。

「やめて！　乱暴しないで」

「だったら答えることだ」

「待って。電話をする。その人に電話するから、この女に何もしないようにいって」

「嘘《うそ》をついたら、この女の鼻を潰す」

弥生がいった。

「何といってるの!?」

ファン・テンテンがキリを見た。

「聞かないほうがいい」

キリはいった。

「お願い！　今すぐ電話をするから」

ファン・テンテンはいって、ガウンのポケットから携帯をとりだした。

キリは弥生に目配せした。弥生は一歩さがった。

「彼女に交渉を頼んだ人間と連絡をとるそうだ」

キリは告げた。弥生はキリを見た。

「何者だ？」

「それはわからない」

電話がつながったらしい。ファン・テンテンが早口の中国語を喋った。相手の問いらしきものに答え、やりとりをくり返す。ファン・テンテンの顔には恐怖と焦《あせ》りが浮かんでいる。途中、ファン・テンテンの口調が懇願《こんがん》にかわった。

キリと弥生は待っていた。やがてほっとしたようにファン・テンテンが息を吐き、キリを見た。

「彼が会うといってる」

「いつ、どこで？」

キリは訊ねた。

「いつがいい？」

「今すぐだ。ここにきてもらおうか」

「そんな――」

いいかけ、ファン・テンテンは倒れているジョーを見て頷いた。

「わかった」

携帯に中国語で話しかけた。やがて携帯をおろした。

「一時間ほど待ってくれたらくるそうよ」

「わかった」

キリは頷いた。

呻き声をたて、ジョーが身じろぎした。意識をとり戻したようだ。だがすっかり戦意を喪失したのか床にすわりこみ、キリたちとファン・テンテンを見比べている。

「でてって！」

ファン・テンテンが金切り声で叫んだ。

「あんたなんかまるで頼りにならない」

ジョーはうなだれ、寝室に入った。やがてスーツを着け、現われた。

「ミス・テンテン――」

「連絡するまで部屋にいなさい」

恨みのこもった目をキリと弥生に向け、ジョーは部屋をでていった。扉が閉まるとファン・テンテンが訊ねた。

「あたしも着替えていい？　それともこのままでいたほうがいいかしら」

媚《こ》びを含んだ口調だった。

「着替えてくれてかまわない」

キリは告げた。ファン・テンテンは肩をすくめ、部屋に入った。

キリは弥生を見た。

「一時間後に、ここに現われるそうだ」

「何者なの？」

弥生の問いにキリは首をふった。

「わからない。紅火さんの事情について、知っているか」

「先生から少し聞いている」

「相手が何者で、どれだけの人数がくるのかもわからない。気は抜くな」

ジーンズにパーカーを着たファン・テンテンがリビングに戻ってきた。余裕をとり戻したのか、

「ルームサービスでコーヒーを頼むわ。あなたたちも飲む?」

と訊ねた。

「おかまいなく」

キリは答えた。ファン・テンテンは部屋の電話でコーヒーのポットと、カップを三組頼んだ。片言の日本語だ。

やがてコーヒーが届き、ひとつのポットから注いだコーヒーをファン・テンテンが飲むのを確認し、

「いただこう」

とキリはいった。弥生のぶんも注ぐ。弥生はコーヒーを飲むと、大きく息を吐いた。

「彼女も強いのね。あなたのガールフレンドなの?」

ソファにかけ、カップを手にしたファン・テンテンが訊ねた。

「ちがう。きのう会ったばかりだ」

キリは答えた。ファン・テンテンは目を丸くして弥生を見た。

「そんなことより、これからくる人物は何者だ?」

「台湾の実業家で、日本や中国でも会社を経営している新《シン》さんという人よ。あたしの有力な後援者で、いろいろと助けて下さっている」

「それがどうしてあんたに紅火との仲介を頼んだんだ?」

「紅火のお父さんとあたしが会ったことがあるといったら、頼まれたの。お父さんは香港でのコンサートにきてくれて、香港のテレビ局があたしに引き合わせた。当時はすごく有名なテレビ司会者だったから。会ったのは、その一度きり」

「あんたは『白果』の会員ではなかったのか」

「新さんから話を聞くまで『白果』のことも『ホワイトペーパー』についても知らなかった。でも紅火さんはきっとあたしについて知っている筈だから、仲介役に向いているといわれた」

「その新という人物は三合会《トライアッド》に関係しているか」

キリが訊ねるとファン・テンテンは首をふった。

「マフィアとつながるような人じゃない。本当に立派な紳士よ」

ドアチャイムが鳴った。動こうとしたファン・テンテンを制し、キリはドアに近づいた。

「どなたですか」

「新と申します」

日本語で返事があった。キリはのぞき穴に目をあてた。胸まで届くような顎ヒゲをのばした男が、大男二人にはさまれて立っていた。

キリは扉を開いた。大男二人はどちらも一九〇センチ近くある。あいだに立つ男は六十歳くらいで、ひときわ小さく見えた。スリーピースを着こみ、ステッキをついている。

「オウ、ミスター・シン！」

わざとらしくファン・テンテンが叫んだ。

「どうぞ」

キリは男を招き入れた。大男二人は入ってくると扉の前で止まった。

「私を呼びだしたのはあなたですか」

顎ヒゲをのばした男がキリに流暢な日本語で訊ねた。

「そうだ。名前はキリ。こちらの女性は弥生。二人とも岡崎紅火さんのボディガードだ」

「ベニカ？　ホンフォのことですね。彼女がどうしました？」

「今朝方、泊まっていた場所から拉致された」

新は驚いたようにキリを見た。

「誰が拉致したのですか」

「それを知りたくてここにきたんだ」

新は一拍おき、

「私を疑っているのですか」

と訊ねた。

「あんたが『ホワイトペーパー』の買いとりの仲介を彼女に頼んだと聞いたのでな」

キリはファン・テンテンを示していった。

新は首をふった。

「彼女に仲介を頼んだのは事実ですが、ホンフォさんを拉致したのは私ではない」

「彼女が『ホワイトペーパー』をもっていると考えた理由を聞きたい」

キリはいった。

新は肩をすくめた。

「もっているかどうかは知りません。ただ、彼女の母親と連絡がつかないので、彼女と交渉する他なかった」

「岡崎静代を知っているのか」

キリは訊ねた。

「古い友人です。彼女が『白果』で働くようになったのは、私が白中峰に紹介したのがきっかけです」

新は答えた。

「岡崎静代とはどこで知り合った?」

「彼女はもともと、私が経営する会社で働いていたのです。横浜に本社がある新貿易公司という会社です。中国語と英語が話せ、経理にも明るかった。香港にある支社が人手不足になったとき、手伝いにいってもらいました。私は白中峰がテレビの仕事を始める前から知っていて、彼が人気キャスターになってからも、ときおり会っていました」

新は淡々と答えた。

「貿易会社の社長がどうしてボディガードを二人も連れている？」

「新貿易公司の香港支社は芸能事務所もやっていましてね。その活動をおもしろくないと考えている三合会のメンバーもいます。白中峰がニュースキャスターを引退するときも、彼の番組で利益を得ていた制作会社が三合会を使って、引退を思いとどまるよう脅迫をしてきました」

「あなたがそれを救ったというわけか」

新は微笑んだ。

「救うというほど大げさなものではありません」

そして見守っているファン・テンテンを示した。

「場所をかえませんか。ミズ・テンテンには交渉の代理を頼んだだけで、彼女は何も知りません」

「わかった」

新はファン・テンテンの手を両手で包んだ。

「恐《こわ》い思いをさせて申しわけなかった。あなたにはもう迷惑をかけない」

英語で告げた。

キリと弥生は、新とそのボディガードとともにファン・テンテンの部屋をでた。ホテルの一階にあるコーヒーラウンジに移動する。

最も奥の席に新とキリ、弥生がすわり、その手前の席に他の客を寄せつけないようにボディガード二人がすわった。

「ホンフォがどのように拉致されたかを教えて下さい。小石川の自宅から連れ去られたのですか?」

飲みものを頼むと新は訊ねた。

「いや。昨夜は新宿の民泊施設に、彼女と我々二人は泊まっていた。小石川にいたのでは危険と考えてのことだ。だが朝になると彼女は消えていた。隣の部屋にいた弥生は、午前四時過ぎに押し入ってきた何者かに殴《なぐ》られ、麻酔薬を注射された。紅火も同じように注射をされて、連れ去られたのだと思う」

キリは答えた。

「注射をされたと考える理由は何です?」

新が訊ね、キリは紅火の部屋で拾ったキャップをとりだした。

「これが紅火のベッドの下に落ちていた。注射針のキャップだ」

新は手にとった。

「なるほど。こんな代物《しろもの》を用意していたとなると、相手はプロですな。人を拉致するのに馴《な》れた連中だ」

キリは頷いた。新はつづけた。

「問題は、なぜ昨夜いた民泊施設を犯人たちが知っていたのかです。情報洩《も》れを疑うべきでしょうな」

「それは――」

弥生がいいかけたのを目で制し、キリはいった。

「まったく同じことを俺も考えた。それについては、今調べている最中だ」

「あなた方二人はどこに所属されておられるのですか」

「俺たちは同僚じゃない。俺はフリーのボディガードで、彼女は俺の雇い主の部下だ。夜間だけ紅火の警護をするためにいた」

「雇い主？」

新が弥生を見た。

「それはどなたです？」

「睦月先生だ」

弥生が答えた。

「なるほど。それで理解できた。睦月先生が動いておられるのか」

「先生を知っているのか」

弥生が訊ねると新は頷いた。

「お会いしたこともあります。睦月先生は台湾にも多くの友人をおもちです」

弥生はほっと息を吐いた。

「睦月先生も『ホワイトペーパー』の読者だったわけだ。なるほど」

新はつぶやいた。キリはいった。

「俺もあなたにいくつか訊きたいことがある。白中峰の友人なら、なぜ未発表の『ホワイトペーパー』を買いとりたいなどともちかけたんだ？」

「それがそのまま答です。白中峰の古い友人だからこそ、彼にかわって『ホワイトペーパー』を発表しなければならないと考えた。静代さんがいなくなってからは尚さら」

「白中峰さんも岡崎静代さんも知っていたなら、直接紅火さんに連絡をとるやりかたもあったのではありませんか？」

弥生が口調を改め、訊ねた。

「おっしゃる通りです。実際にホンフォの携帯番号を、私は静代さんから聞いていました。しかし、先ほど申しあげたように私の会社は三合会とトラブルを抱えている。直接ホンフォに会うと、そのトラブルに彼女を巻きこみかねないと思ったのです」

「この日本で、ですか？」

「十四Kと深いつながりのある、東京の暴力団がいるのです。その連中が私をつけ狙っている可能性があります」

弥生は納得したように頷いた。

「あなたは、未発表の『ホワイトペーパー』がどこにあるのか知っているのか？」

キリは訊ねた。

「いなくなる前の静代さんに、どこで保管すべきかを相談され、日本に移すことをアドバイスしたのは私です。だから静代さんはホンフォを香港に呼びました。その後『ホワイトペーパー』がどうなったかまでは知りませんが、おそらくホンフォが管理しているだろうと考えていました」

新は答えた。

「俺も『ホワイトペーパー』がどこにあるのかを紅火から聞いていない。知る必要はないと考えたので」

キリがいうと、

「ボディガードとしては誠実な対応です。あなたは信頼に足る人物のようだ」

新は頷いた。

「紅火にもちかけた理由は何だ？」

「私はホンフォと会ったことがありません。静代さんの話では、ホンフォは母親とは必ずしもうまくいっていなかった。父親が有名人で、しかも女手ひとつで育てたということもあり、年頃のホンフォは静代さんに反抗的だったそうです。なので、静代さんも私を紹介するチャンスをなかなか作れなかった。そんな私がいきなり会おうといえば、ホンフォは警戒するでしょう。それに『ホワイトペーパー』についてホンフォがどう考えているのかも私は知らない。売ってくれと頼み、それで応じてくれるなら、よけいな説明が省けると考えたのです」

「彼女は『ホワイトペーパー』を売る気はなかった。たとえ何百万ドル積まれようと売らない、といっていた。それに『ホワイトペーパー』が母親の身代金がわりに使われる可能性にも気づいていた」

キリはいった。

「さすがに二人の子です。たいへん賢《かしこ》い」

新は満足そうにいった。キリは訊ねた。

「この日本で、あなた以外に『ホワイトペーパー』を手に入れたがっている人間を知っているか」

新は首を傾げた。

「日本人で、となると、どうでしょう。日本にも『白果』の会員はいますが、どうしても入手したいと考えている人間がどれだけいるか」

そしてキリを見た。

「ホンフォを拉致した者をつきとめたいのですか」

「そのつもりだ」

「しかしボディガードの仕事の範囲を外れるのではありませんか」

「警護対象者を拉致されて何もしなかったら、ボディガードとしては失格だ。今後、この仕事をつづけていけなくなる。無傷で紅火をとり返したい」

キリは新を見返し、告げた。

「なるほど。それでミズ・テンテンに私を呼ばせたのですね」

「紅火を拉致した者の目的は『ホワイトペーパー』だろう。紅火が『ホワイトペーパー』をもっていると知っていたかどうかはわからないが、ありかを訊きだす目的なのはまちがいない」

新は頷き、弥生に目を向けた。

「ひとつお訊きしたいのですが、睦月先生はホンフォが『ホワイトペーパー』をもっているのをご存じですか」

「それは――」

弥生がうつむいた。

「知っている。俺に紅火のボディガードを依頼したとき、香港から彼女がもちだしたと睦月は話した」

キリはいった。

「なるほど。となると、睦月先生が拉致した犯人である可能性もありますな。あなた方を動員したのは、疑いをそらすためで」

「睦月先生はそんな方じゃない！」

弥生がきっとなった。

「あくまで可能性の話です」

新がいうと、弥生はキリを見た。

「睦月先生を怪しいというなら、この男のほうがもっと怪しい。私は注射をされたが、この男は注射をされなかった。泊まっていた場所を犯人に教えたからじゃないのか」

「俺が犯人の仲間なら注射をうたせる。そのほうが疑われずにすむ」

キリがいうと弥生は頬《ほお》をふくらませた。

「疑おうと思えば睦月も疑えるというあなたの話は理解できる。が、他に『ホワイトペーパー』を欲しがっている日本人に心当たりはないか」

「日本人ではなくても、日本で活動しているエージェントなら、ホンフォを拉致しようと考えるかもしれません」

「どこのエージェントだ？　中国か」

「中国国家安全部は、中でも最も疑わしい組織でしょう。ですが他に、ＣＩＡやＭＩ６といった欧米の情報機関も未発表の『ホワイトペーパー』を入手したいと考えているかもしれません」

それを聞き、キリは昨夜の佐々木との会話を思いだした。佐々木は、未発表の『ホワイトペーパー』に、『白果』に情報を提供していた中国高官の名が記されている可能性があり、それをつきとめればスパイとして利用できるとＣＩＡが考えて動いている可能性に触れていた。

「先生に連絡します」

弥生がいって携帯をとりだした。

「どうぞ。可能なら私も、睦月先生とお会いして話をしたい」

新はいった。弥生が立ち上がり、その場を離れた。睦月との会話を聞かれたくないのだろう。

キリは新を見すえた。

「あなたのバックには誰もいないのか」

「私のバック？」

「台湾政府だって『ホワイトペーパー』には興味があるのじゃないか？」

「そうですな。台湾に対し、将来中国がどう動くか、誰もが知りたいでしょう」

新は微笑んだ。キリはいった。

「あなたに訊きたい。『ホワイトペーパー』はどのていど、未来をいい当てていたんだ？」

新は息を吐いた。コーヒーを飲み、キリから目をそらすと、ロビーを見渡した。ロビーには多くの外国人がいる。

「恐しいほどにいい当てていました。秘密の会員であった中国政府高官からの情報がもとになっていたかどうかはわかりませんが、白が病気になり死期が近づくにつれて、その精度は高くなっていました。自分の死期を知った人間には、決してその目で見ることのかなわない未来が見えるのかと思ったほどです。それはもう分析ではなく予言でした」

「金儲けに利用できると考える人間が現われてもおかしくないほどに？」

キリは訊ねた。

「まったくおかしくありません。資源の取引は、国際情勢の大きな影響をうけます。原油、石炭、鉄鋼、火薬の原料となる硝石《しょうせき》や硫黄《いおう》、医薬品など、あらゆるものが投資の対象となる」

キリは黙った。紅火を拉致したのは、そういう連中の手先かもしれない。

弥生が席に戻ってきた。

「先生と連絡がつきました。今夜、お会いになるそうです」

新に告げる。

「今夜？」

「先生は今、関西方面におられる」

訊ねたキリに弥生は答えた。

「情報の洩れに関して、何かいっていたか」

「あの宿舎を手配したのを知っていて、ひとり連絡がつかない者がいる」

「誰だ？」

「それは新さんに関係ない。新さん、今日の午後九時に、ここにまたお越しいただけますか？」

弥生は新に訊ねた。

「睦月先生とお会いできるのですか」

「はい。午後九時にここというのは、先生のご指定です」

「わかりました。参りましょう」

新は頷いた。立ち上がる。

「それではこれで私は失礼します」

告げてキリを見た。

「あなたがご自身の評判のためにも、ホンフォをとり戻して下さることを期待しています」

「全力を尽すつもりだ」

キリが頷くと、ボディガードとともに新はホテルのロビーをでていった。

キリは弥生に目を向けた。

「連絡のとれない者のことを聞こう」

「それに関してだが、まずわたしが動く」

弥生がいった。

「俺はカヤの外か」

キリは弥生を見つめた。

「そうはいわない。あんたはついてきてかまわない。調査はわたしのやり方で進めるというだけで」

弥生が答えた。表情からもかなり気合が入っているのがうかがえた。キリは小さく頷いた。

「いいだろう。それで連絡がつかないというのは何者だ？　睦月の部下か」

「ちがう。あの民泊施設の実質的な所有者だ。酒部《さかべ》という男で、本業は金融屋だ」

「金融屋？」

「簡単にいえば高利貸しだ。借金のカタにとった不動産を仲間の不動産業者に回し、税務署に目をつけられないような稼ぎ方をしている」

「すると昨夜の民泊施設も借金のカタにとったところなのか」

弥生は頷いた。

「建物ごとそっくり前の所有者から入手して、空いた部屋を民泊用に貸しだしている。民泊業務を請け負っているのは酒部の会社とは異なる業者だ」

「情報はどっちから洩れたんだ？　酒部かその業者か」

「それはまだわからない。今はまず酒部のところで話を訊く」

「わかった」

二人はホテルをでるとタクシーに乗りこんだ。弥生は西新宿の高層ビルの名を運転手に告げた。

ビルに到着すると、三十七階に上がり、「Ｆランド」と扉に記されたオフィスを訪ねた。

すりガラスに金文字で「Ｆランド」と記された入口には、制服を着けた女が二人すわっている。

「酒部社長にお会いしたい。睦月先生のところからきたといえば、わかる筈だ」

弥生は受付の女に告げた。

「お約束はいただいておりますでしょうか」

女が訊ねた。弥生は首をふった。

「いや。緊急の用件で、アポイントをとる時間はなかった」

「お待ち下さい」

いって、女は耳にはめたインカムに触れた。内線電話ではなくインカムで連絡をとりあっているようだ。やがて弥生を見た。

「酒部は不在ですが、役員の坂野《ばんの》という者がお話をうかがいます。それでよろしいでしょうか」

弥生は無言で頷いた。女がインカムに言葉を告げ、一分としないうちに男が現われた。

長身で、体にフィットしたスーツを着こなし、甘いマスクをしている。年齢はまだ四十になったかどうかというところだろう。

「お待たせしました。坂野です。お話をうかがわせて下さい」

整った白い歯並びを見せ、弥生とキリに告げた。

弥生が面食らったような表情になった。キリも意外だった。高利貸しというからにはどんな強面《こわもて》の役員がでてくるのかと思ったら、まるで俳優かモデルのような二枚目だ。

「どうぞ、こちらへ」

さわやかな笑顔を二人に向け、すりガラスの奥へと案内する。

仕切りにはさまれたプラスチック製の椅子に弥生とキリは腰かけた。向かいに坂野がすわり、名刺をだした。

「Ｆランドの総務担当役員の坂野と申します。よろしくお願いいたします」

「弥生だ。名刺はもってない」

弥生が気まずそうにいった。

「俺はキリ。同じく名刺はない」

「けっこうです。弥生様にキリ様ですね。ではご用件をうかがいます。あ、お待ち下さい」

いって坂野はスーツのポケットからスマホをだした。操作し、中間にあるテーブルにのせた。

「同じ会話のくり返しになるのを避けるため録音させていただきます。弥生様、キリ様、かまいませんよね」

白い歯を見せつけ、訊ねた。

「かまわない」

弥生が答えた。

「それはありがとうございます。ではもう一度、頭に戻って。ご用件をうかがいます」

「酒部さんにお会いして訊きたいことがある」

弥生がいった。

「どのようなことでしょう」

「昨夜、我々は酒部さんから紹介された民泊施設に泊まった。そこに何者かが押し入り、いっしょに泊まっていた知人を連れ去った。我々がその民泊施設にいることを犯人に教えた者がいる」

「なんと。そんなことが！」

坂野は大げさに目をみひらいた。

「それで警察には連絡をされましたか」

「していない。警察には解決できない」

弥生が答えた。坂野は再び目を丸くした。

「警察には解決できないとはどういうことなのでしょうか」

弥生が答に詰まった。キリは口を開いた。

「国際的な問題がかかわっている。解決できるとしても、警察では時間がかかる。その間に拉致された者に何が起こるかわからない」

「国際的な問題。それは大変だ。で、私どもはどうお役に立てばいいのでしょう」

わざとらしく坂野が訊ねると、弥生がいきなりそのネクタイをつかんだ。坂野の顔を引き寄せる。

「下らないごたくはいいから、酒部がどこにいるか教えろ」

坂野は目を白黒させた。

「待って下さい。そうおっしゃられても、当Fランドは民泊施設などやっておりません」

「だからいったろう。酒部社長の紹介をうけた、と」

「そうなると酒部の個人的な知り合いということになります。そこまでは私どもは――」

「ふざけるな。お宅が借金のカタにとったマンションを民泊業者に貸しだしていることはわかっているんだ」

弥生は押し殺した声でいった。

「そういわれましても……」

坂野はまばたきした。

「喋ったほうがいい。ついさっきも彼女は外国人の大男を半殺しにした。空手の達人だ」

「か、空手？」

坂野が弥生を見直した。

「マーシャルアーツだ。お前のそのきれいな歯と鼻を粉々にしてやろうか」

弥生がネクタイを離し、かわりに拳を作った両手を胸の前で交差させた。

「か、勘弁して下さい」

坂野は両手で顔をおおった。

「酒部はどこにいる？」

キリは訊ねた。

「どこにいるか、本当にわからないんです。昨夜から社長とは連絡がつかなくて」

「前歯と鼻と、どっちがいい？」

弥生が訊ねた。

「本当です。本当なんです！」

悲鳴のように聞こえる声で坂野は答えた。

「酒部の携帯の番号を教えろ」

キリがいうと、坂野はテーブルにおいた携帯を操作し、番号をだした。「酒部社長」とあり、固定電話と携帯電話とあわせて四つの番号が表示されている。

キリはそれを自分の携帯で撮影した。

「かけてみろ」

弥生がいった。

「借りるぞ」

キリはいって坂野の携帯を手にし、携帯の番号からかけていった。ふたつ目の番号で応答があった。

「もしもし――」

横柄な男の声が応えた。キリはスピーカーホンにすると、無言で坂野に携帯を渡した。

「あ、もしもし、社長ですか。坂野です」

坂野が早口で喋り始めた。

「あの、今、睦月様のところからいらした方が見えていまして、社長とお会いしたいと――」

バカヤローという怒声が坂野の携帯から響いた。

「そんなものうまくごまかせよ！　何を馬鹿正直に電話してやがる」

「その言葉を睦月先生にお伝えしていいのだな」

弥生がいった。

「えっ」

酒部が絶句し、やがて、

「だ、誰だ？」

と訊ねた。

「睦月先生のところの者だ。先生は昨夜のことはあんたに責任がある、と考えている」

弥生は坂野がさしだした携帯に告げた。

「昨夜のことって、何ですか」

「あんたが紹介した民泊施設から、先生の大切な客人が拉致された。あの施設の所在地を犯人に教えられたのはあんたしかいない」

「ちがいます！　ちがいますって」

酒部は叫んだ。

「いいわけは先生にするんだな。先生が聞いて下さればの話だが」

弥生は冷ややかにいった。

「お願いします。教えたのは私じゃないのですから」

「じゃ誰が教えたというんだ？」

弥生は訊ねた。

「それは金子《かねこ》です」

「金子？」

「うちが建物を預けている民泊業者です」

「他人に責任を押しつけるつもりか」

「いや、本当なんですって。睦月先生からお話があったときに、私がすぐ相談したのが金子です」

弥生がキリを見た。キリは口を開いた。

「それであんたは今、どこにいる？」

「え、あんたは誰だ？」

「拉致された人間を護衛していた者だ。あんたの話が本当かどうか、直接会って確かめたい」

キリはいった。

「いや、私は今、出張で北海道にきている。しばらく帰れない」

キリは坂野を見た。坂野が目を伏せた。

「そんなわかりやすい嘘をつくくらい、睦月のことをなめているというわけか」

「先生に報告する」

弥生がいった。

「わかった、わかりました。会います」

「どこで会う？」

「待ってくれるなら、会社にいきます」

弥生はキリを見やり、

「すぐにこい」

といって、手をのばし坂野の手から携帯をとりあげると、通話を切った。

坂野がため息を吐《つ》いた。

「これで私は終わりだ。クビになる」

「客の情報を平気で売るような社長のところで働いてもいいことは何もない」

弥生がいった。

「そんな簡単にいいますけど――」

「酒部はどこからくるんだ？」

坂野の言葉をさえぎりキリは訊ねた。

「隣にたっているロイヤルハイアットホテルです。都合が悪くなると、社長はいつもあのホテルに逃げ込むんです」

坂野は答えた。意気消沈している。

「あの、たぶん、ボディガードを連れてきます」

「ボディガード？　やくざ者か何かか」

弥生が訊ねた。

「以前は加能会《かのうかい》の人を使っていましたが、暴力団じゃまずいとなって、今はプロのボディガードです」

「なるほど」

それから十分もしないうちに、仕切りの向こうから三人の男が現われた。でっぷりと太り髪をオールバックになでつけた男と、胸板の厚いスーツの男が二人だ。オールバックの男はブランド物のジーンズに派手な柄のシャツを着ている。

「社長！」

坂野が立ち上がった。

「まったく使えない奴だ。クビだ、お前なんか。でていけ！」

オールバックの男は坂野に告げた。坂野はうなだれ、いなくなった。

「さて、お待たせしましたな」

オールバックの男はいって、坂野がすわっていた椅子に腰をおろした。スーツの男二人はその背後に立った。ひとりがじっとキリを見つめた。

「さっきもいったが、民泊のことを教えたのは私じゃなく金子だ」

電話よりも強気な口調でいった。

「その金子さんにはどこにいけば会える？」

弥生が訊ねた。

「金子の会社はこの近くだが、あんたらには勧めない。ここととちがって、ちょっとガラの悪い社員が多いんだ」

「いいから教えろ」

いらだったように弥生がいった。

「いくら睦月さんのところの人だからって、あまり強気にならないほうがいいのじゃないか」

酒部は弥生とキリを見比べた。実際に会って、たいした相手ではないと踏んだようだ。

「その言葉を睦月先生にも伝える」

弥生がいうと、酒部は鼻を鳴らした。

「あんたたちは客人の護衛に失敗し、その責任を私になすりつけたいだけだろう。本当に有能なボディガードなら、客人を拉致されたりしない筈だ」

「返す言葉もないな」

キリはいった。酒部は勝ち誇ったように背後のボディガードを見やった。

「だが、本来は秘密の筈の民泊施設を拉致犯が知っていた責任はあんたにある、と俺は考えている」

キリがつづけると、酒部は話にならないというように手を振った。

「もういい。帰ってくれ。さもなけりゃつまみださせる。あんたらとちがって、こっちのボディガードは本物だ」

「なにっ」

弥生が腰を浮かせた。キリは酒部の背後の二人を見やった。

「あの、ちょっと訊きたいんですが」

キリを見つめていたボディガードが口を開いた。

「何だ」

酒部が横柄に訊ねた。

「こちらの方は、もしかしてキリさんとおっしゃるのじゃありませんか」

キリはボディガードに目を向けた。

「どこかで会ったことがあるか」

「いや、そうじゃないんで」

ボディガードはいって、仲間と目を合わせた。

「社長、相手が悪いです」

もうひとりのボディガードがいった。

「何が悪いんだ」

酒部がむっとしたように訊いた。

「いや、このキリさんて人は、俺らの業界じゃ有名な腕ききなんです。二人じゃ逆立ちしたって敵《かな》いません」

「何だと!?」

酒部は目をみひらいた。

「つまみだしてくれるのじゃないのか」

キリはいった。

「冗談でしょ！」

二人はあわてたように手をふった。

「お前ら、何いってる。こんな細っこいガキひとり、つまみだせないのか」

「社長がそうおっしゃるのはわかりますがね、こちらも体が元手の商売だ。キリさんが社長をどうにかしようっていうのなら、体を張ります。けど、こっちからキリさんに仕掛けるのは願い下げだ。腕や足を折られたら、商売できなくなる」

もうひとりも頷いた。

「この人は古武術の達人で、指一本で人を殺せるって評判なんです」

「何だとぉ」

酒部はまじまじとキリを見つめた。

「そこまで悪名が高いとは知らなかった。が、無用な争いをしないですむなら、それに越したことはない」

キリはいった。酒部は信じられないように唸り声をたてた。

「お前ら、クビにしてやるからな。こんなことなら加能会の連中のほうがよほど頼りになった」

「やくざ者なんかじゃとうてい太刀打《たちう》ちできる人じゃありません」

初めにキリに名を訊いたボディガードが首をふった。

「そんなに強いのか」

酒部がキリに顔を近づけた。

「ろくに飯も食ってないような体しかしてないくせに」

「いい加減にしろ！」

弥生がいらだったような声をあげた。

「その金子という民泊業者の会社がどこにあるか教えろ」

キリは酒部を見返した。

「教えてくれるか」

酒部は息を吐いた。

「北新宿一丁目のクレスポビルの四階だ」

弥生が携帯のアプリで検索した。

「ここか」

つきだされた携帯の画面を見て酒部は頷いた。

「そうだ」

「もういいだろう。帰ってくれ」

もうひとりのボディガードがいった。

「あとひとつ訊きたいことがある。あんたは睦月の客人の正体を金子に話したのか?」

キリは訊ねた。

「睦月先生の依頼はワンフロアすべてということだった。それでどんな人が使うのですかと訊いたら、海外からの客人だといわれた。そう金子にとりついだ」

酒部はそっぽを向いて答えた。

「妙じゃないか。海外からの客人だというだけで、金子は宿泊者の正体を知ったというのか」

キリはいった。

「海外はどこだと金子から訊かれた。国によってはヤバいブツをもちこむのがいるので知りたい、と。それで先生に訊いたら香港だと教えられ、金子に伝えた」

「本当にそれだけか」

弥生が尖った声をだした。

「それだけだ」

弥生はキリを見た。

「本当だと思うか」

「その金子に訊けばわかるだろう。ちがっていたらまた戻ってくればいい」

「本当だ！　俺は香港からきた奴とは何の関係もない。情報を洩らしたとすりゃ金子だ」

酒部が声を張りあげた。

7

Fランドをでたキリと弥生《やよい》は、金子の会社に徒歩で向かった。途中、弥生が携帯で報告を入れる。教えられたクレスポビルの前までくるとキリの携帯が振動した。佐々木だった。

「待て」

キリはいって、画面を開いた。

『各国機関の動きについて調べてみたが、思ったほど情報が流れていない。これはどこかの機関が本気で動いていて、そのための情報統制をネットでもかけているからだと思われる。そういうことができるのは、ＣＩＡか中国国家安全部といったあたりだ。ひきつづき情報収集をするが、高いレベルの工作員が動いている可能性がある。ことをかまえると、あっさり消される危険がある連中だ。用心しろ』

メールでそう記されていた。

「どうした？」

弥生が訊《たず》ねた。

「いや、何でもない」

キリは答え、弥生を見やった。

「いこうか」

クレスポビルは七階だての雑居ビルで、四階は「カネコ」と表示がでているだけで、会社名なのか個人名なのかもわからない。

「これだな」

弥生がいい、エレベータを呼ぶボタンを押した。四階で止まっている。

「ここもあんたのやり方でいくのか」

キリがいうと、一瞬迷ったように黙ったが、

「そうさせてもらう」

と弥生は頷《うなず》いた。

二人を四階に運んだエレベータの扉が開いた。

廊下に六人の男がいた。作業衣やジャージなどを着け、猛々《たけだけ》しい空気を漂わせている。

二人がエレベータを降りると、

「どこにいく?」

作業衣の男が訊ねた。頰《ほお》と首すじにひきつれたような傷跡がある。

「酒部さんに教えられ、金子さんに会いにきた」

弥生が答えると、

「社長に何の用だ」

男はにらんだ。

「それは金子さんに直接話す」

「そういわれて、はいどうぞというわけにはいかないんだよ。ここで回れ右するか、俺たちにつまみだされるか、どっちがいい?」

弥生があきれたようにキリを見た。

「つまみだすって言葉が好きな奴《やつ》ばかりだ」

その顔に恐怖はない。

「ああ?」

男が弥生に顔を近づけた。

「ひとつ訊《き》いていいか。我々が睦月《むつき》先生のところの人間だと知っているのか」

弥生が顔をそらし、訊ねた。

「ムツキ？　誰だ、そりゃ」

「なるほど。じゃあ手加減はいらないということだな」

いうなり弥生が前蹴《まえげ》りを男の胸に放った。男の体が仰向けにふっとんだ。

「何しやがる!?」

「手前《てめえ》、死にてえのか」

男たちが血相をかえた。

弥生がすっと体を低くすると、前に立つふたりの足を払った。二人はもんどりを打った。

そのまま低い姿勢からジャンプする勢いで次のひとりの顎《あご》に肘《ひじ》打ちを叩《たた》きこむ。

「嘘だろ」

残る二人が目をみひらいた。

「このぅ」

傷跡のある男が立ち上がり、弥生につかみかかった。それをかわし、うしろ蹴りを放つ。

男が床に膝《ひざ》をついた。信じられないというように弥生をふりかえる。

「やめとけ。お前らに太刀《たち》打ちできる相手じゃない」

キリはいった。弥生の動きは多くの人数を相手の戦闘に長《た》けていた。緒戦から短時間で相手の戦意を削《そ》ぐやり方だ。

「何だと、この野郎」

キリにのばしてきた腕を払い、脇の下を突いた。ぎゃっと悲鳴をあげ、その男はうずくまった。

「何した!?」

「刺したのか」

男たちがどよめいた。キリは二本の指を立てた。

「これで押しただけだ」

脇を突かれた男は右腕を抱えこみ、脂汗を流している。

「腕の感覚がねえ！」

「何なんだ、お前ら」

ひとりが薄気味悪そうにいい、男たちは後退《あとずさ》った。

「金子さんと話をしにきただけだ。無用な怪我をしたくなけりゃどけ」

弥生がいった。

「ふざけんな。お前らをのこのこいかせたら、俺らが社長にどやされる」

傷跡のある男がいった。

「こうなりゃとことんやってやる！」

弥生が顔をしかめた。

「だったらここに金子社長を呼んだらどうだ？　お前たちのがんばりを見せて、ボーナスでもだしてもらえ」

キリはいった。

「何いってやがる」

「いいかもしれねえ」

「おい、社長呼んでこい！　ついでにあと何人かも」

「おう！」

ひとりが通路の奥に向け走った。弥生があきれたようにキリを見た。

「よけいなことを――」

「向こうからきてくれるのなら手間が省ける」

キリはいった。弥生はフンと顔をそむけた。

残った男たちと向き合っていると、足音がして奥からさらに男たちがでてきた。

中には金属バットや木刀を手にしている者もいる。

「俺に用ってのは、お前らか」

木刀を手にした男がいった。スキンヘッドで、削げたような頬に異様に鋭い目をしている。どう見てもカタギの顔ではない。黒いシャツに今どき見ないような腹巻をしていた。

「金子さんか」

弥生がいった。男は肩をそびやかした。

「酒部《さかべ》社長から話は聞いてる。腕自慢が二人くるから相手してやってくれ、とな」

「殴り合いをしにきたのじゃない。話を訊きたいだけだ」

キリは告げた。

「話を訊きたい人間がいきなり相手を蹴り倒すかよ！」

傷跡のある男が叫んだ。

「蹴った？　わたしが？」

弥生はわざとらしく訊き返した。

「そっちが勝手に転んだのだろう」

キリは思わず弥生を見た。この状況でそんなセリフを吐くとは、よほどの恐《こわ》いもの知らずだ。

「ははは っ」

金子が乾いた笑い声をたてた。

「度胸のいい姐《ねえ》さんだ。俺の女にならねえか」

「勝手にやってくれ」

キリはいって腕を組み、壁によりかかった。

「おい！」

弥生が目を怒らせ、キリを見た。

「そっちの兄さんのほうは、少しはものが見えてるようじゃねえか」

金子がいった。

「この姐さんに、邪魔するなといわれてる。だからよけいな真似《まね》はしたくない」

「おもしれえな。けど、一回死んでくれや」

金子がいうと、男たちがおおっと叫び、襲いかかってきた。

キリは先頭の男を蹴り倒し、次の男の喉に手刀を打ちこむと、別の男のわき腹に肘打ちを見舞った。三人ともしばらくは立ち上がれないほどのダメージを加える。

弥生も二人を昏倒《こんとう》させた。

「やるな」

金子の表情がかわった。木刀の下をつかむと払う。木刀と見えたのは仕込みの日本刀だった。

「手前《てめえ》らぶっ刺して、現場に埋めてやるよ」

日本刀をふりかぶる。次の瞬間、弥生の体が跳んだ。とび蹴りが金子の顎に命中した。

金子は壁に思いきり背中を打ちつけるとそのまま尻もちをついた。すでに白目をむいている。

キリは金子が落とした日本刀に手をのばした男の手首を払った。男はひっと叫んだ。

「手首を砕《くだ》かれたら不便だぞ」

キリは男の目を見ていった。

「勘弁して下さい」

男はいって手をひっこめた。キリはそのまま日本刀の柄を踏んだ。

「社長、社長！」

傷跡のある男が金子に呼びかけた。金子は呻き声をたてた。

「手前ら――」

傷跡のある男がキリと弥生をにらみつけた。

「救急車を呼ぶか？　が、この状況を見たらまちがいなく１１０番通報されるだろう。そうなれば、まずお宅の社長が銃刀法違反でパクられることになる」

弥生がいった。

「救急車は呼ぶな」

金子が身じろぎし、いった。

「大丈夫すか」

傷跡のある男が訊くと、

「ああ。姐さんのキックが効いた」

答え、金子は支えられながら立った。

「あんたら、化け物みてえに強いな。よかったらうちにこねえか。俺ぁ腕っぷしの強い奴が大好きなんだよ」

顎をさすり、笑みを浮かべた。もともと凶暴な顔つきが、笑うとよけい恐しくなる。

「ふざけるな」

弥生が答えると金子はキリを見た。

「あんたはどうだ?」

「俺の仕事はボディガードだ。極道とはちがう」

「いちおうこれでもカタギでね。ま、バックがいるにはいるが」

金子は首をふった。

「そんなことより話を聞かせてもらおうか。新宿の民泊施設に泊めた客をさらったのはお前たちか」

弥生が詰め寄った。

「その話はこっちでしよう。お前ら、仕事に戻れ。ヤスだけ、つきあえ」

金子はいった。ヤスと呼ばれたのは傷跡のある男だ。

金子は通路の途中にある「応接室」にキリと弥生を案内した。黒地に金の応接セットがおかれ、甲冑《かっちゅう》と日本刀が飾られている。

四人は向かいあってソファに腰をおろした。

「さらったのはうちじゃねえ」

ヤスが応接室の扉を閉めると金子が口を開いた。

「じゃ、誰だ?」

「手を下したのが誰かまではわからねえが、少し前から香港《ホンコン》出身の女の客がきたら知らせるように、うちのバックから通達があった」

「バック?」

弥生が訊き返すと、

「加能会《かのうかい》だ」

金子は答えた。加能会は関東一円に縄張りをもつ暴力団で、新宿にも事務所がある。

「酒部のFランドも加能会の息がかかってるな」

キリはいった。ボディガードに加能会の人間を使っていたことがあると、Fランドの坂野《ばんの》がいっていた。

「よそさまのことは知らねえよ」

金子は薄笑いを浮かべた。

「加能会がなぜ香港出身の客のことを知りたがる?」

弥生が訊ねた。

「さあな。いわれたから知らせただけだ。さらうなんて聞いちゃいなかった」

「本当か」

弥生が金子をにらみつけた。

「本当だ。いちいちわけなんか訊いてたら、何かあったとき共犯になっちまうだろうが。そんな素人《しろうと》みたいな真似はしねえ」

金子が首をふった。弥生がキリを見た。

「加能会の窓口は誰だ?」

キリは訊ねた。

「窓口?」

「香港出身の女の客がきたら教えろといった組員だ」

金子は渋い表情になった。

「いわなきゃ駄目か」

「加能会と聞いただけで殴りこむほど、俺たちを馬鹿だと思ったのか」

キリはいった。

「駄目か。お前ら殴りこませてハチの巣にしてやろうと思ったんだが」

金子はスキンヘッドをなで回した。

「食えない男だ」

弥生があきれたようにいった。

「組員の名を教えろ」

キリは金子を見つめた。

「しようがねえ。通《とおり》って奴だ」

「通？」

「通り道の通だ。本当はトンというらしいが、日本式に通って名乗っている」

「日本人じゃないのか」

弥生が首を傾《かし》げた。

「中国人だ。日本に長くて、加能会の盃《さかずき》をもらってから十年くらいになる」

「中国人で、加能会の組員なのか」

「かわってるだろ。日本のやくざに憧れてたのだとよ」

「その通が、香港から女の客がきたら教えろとあんたにいったのか」

弥生が訊ねた。

「そうだ」

「どこにいったら会える？　加能会の本部以外で」

キリは訊いた。

「そうだな」

金子は再びスキンヘッドをなでた。

「池袋に新華僑《しんかきょう》ばかりの店が入ったビルがある。何つったっけ、黒龍《こくりゅう》ビルか。東北地方の──東北地方ったって、青森とかじゃねえぞ。中国の東北地方出身の奴らがやってる飯屋とかスーパーが入ったビルがあって、その地下の『オーケーバー』って店を、通の女がやってる。女の名はシャンだったたか。通はその店に通ってるから、張っていりゃ会える筈《はず》だ」

弥生がキリを見た。

「日本人が入っても問題がない店なのか」

キリは訊ねた。

「日本人の客もくるって聞いたことがあるから大丈夫だろう」

弥生が携帯で検索した。

「池袋駅北口のここか？」

黒龍ビルの場所を地図アプリに表示させ、かざした。

「そこだ。その地下の『オーケーバー』だ」

金子は答えた。弥生が調べ、

「二十四時間営業となっている」

と告げた。

「通の外見は？　どんな男だ」

キリは訊ねた。

「髪を七・三に分けていてサラリーマンみたいなタイプだ。脱ぐと紋々《もんもん》しょってるが。それも唐獅《からじ》子牡丹《しぼたん》ときたもんだ」

金子は笑った。

「なるほど」

キリがいうと弥生は首を傾げた。

「何がなるほどなんだ」

「古い映画だよ。あんたが生まれる前だ」

金子がいった。

「通の年はいくつくらいなんだ？」

キリは訊ねた。

「四十前くらいかな。日本にきたばかりの頃、日本語を早く覚えようと、池袋でオールナイトの映画ばかりを見て、それで唐獅子牡丹に憧れたらしい」

金子は答えた。

「通の携帯の番号を教えろ。あんたから聞いたとはいわない」

キリはいった。金子は渋い顔になったが、傷跡のある男に顎《あご》をしゃくった。

「ヤス、教えてやれ」

「はい」

ヤスが作業衣のポケットから携帯をだし操作すると、番号を読みあげた。弥生がそれを自分の携帯に打ちこんだ。

「ご協力、感謝する」

告げて、キリは立ちあがった。

「よう、あんたの名前、教えてくれ」

金子がいった。

「キリだ」

金子は小さく頷いた。

「聞いたことがある。ボディガードだっていうのは本当だったんだな」

答えず、キリは弥生を目でうながした。

8

クレスポビルの前でタクシーを拾い、キリと弥生は池袋に向かった。

「新《シン》がいっていた、十四Kとつながりのある暴力団が加能会で、それが紅火《べにか》さんをさらったということなのか」

タクシーの中で弥生がつぶやいた。キリに話しているというより、ひとり言に近い。

「断定はできない」

キリがいうと、弥生は鋭い目を向けた。

「なぜだ」

「手口が周到すぎる。極道ならもっと力にものをいわせる筈《はず》だ」

「じゃあ通は犯人じゃないのか」

「さあな。ただ紅火の情報が流れたのが、加能会とは限らないということだ」

「加能会じゃなかったらどこだ?」

キリの携帯が振動した。佐々木から新たなメールが届いたのだ。

『写メでもらったキャップだが、アメリカ、M社製の量販皮下注射器のキャップだ。日本にも輸入されているが、流通量は多くない』

キリはそれを弥生に見せた。

「アメリカ製……CIAか」

弥生は目をみひらいた。

「とは限らない。中国の工作員がわざとアメリカ製を使ったのかもしれん」

キリがいうと、弥生は息を吐いた。

「だったら何もわかっていないのと同じだ。加能会じゃない、CIAとは限らない、中国かもしれない……」

「『ホワイトペーパー』を欲しがっている者はそれだけ多い」

弥生は首をふった。

「わたしには荷が重い」

「だからといって紅火を見殺しにはできない」

キリがいうときっとなった。

「あたり前だ。何があっても連れ戻す」

黒龍ビルの前で二人はタクシーを降りた。あたりをいく人間の大半が中国人だ。池袋のこの地域は、新中華街、あるいは池袋チャイナタウンと呼ばれている。聞こえてくる会話も中国語ばかりだ。

二人は地下へとつづく階段を下りた。大音量のカラオケが聞こえた。ショッキングピンクのネオン管で「ＯＫＢＡＲ」と掲げられている。カラオケは中国語だ。

弥生が腕時計をのぞき、顔をしかめた。

「まだ昼過ぎだ」

「二十四時間営業だからな」

答えてキリは金属製の扉を押した。

ガラスを張った半円形のカウンターがふたつ、Ｓ字を描くように店内を横切り、内側にドレスやミニスカートの女が何人も立っている。

二十席ほどある椅子の約三分の一が埋まり、ひとりの客がカラオケを歌っていた。巨大な液晶画面が三台、壁にかかっている。客たちの前にはビールやウイスキーなどのボトルがおかれていた。

「ニイハオ！」

超ミニスカートをはいた女がキリに声をかけ、すぐに日本人とわかったのか、

「いらっしゃいマセ」

訛《なまり》のある日本語でいった。

「こんにちは」

キリはいって空《あ》いている椅子に腰をおろした。弥生が隣にかける。

女がプラスチック板に入ったメニューをさしだした。

「ショット、ボトル、どちらもあります。ご飯食べたかったら、出前とれます」

「ビールを」

キリはいった。

「わたしはウーロン茶」

弥生がいうと、女は頷き、店のつきあたりにあるバーコーナーへと歩みよった。白いシャツに蝶《ちょう》ネクタイをつけた男が生ビールのグラスとウーロン茶のグラスを用意し、女が運んできた。揚げた緑豆が小皿にのっている。

「千五百円です」

女がいい、キリは払った。二千円だし、

「釣りはチップだ」

というと、女は、

「シェシェ」

と受けとった。

キリは店内を見回した。二人の他は客も従業員もすべて中国人だ。通らしい、七・三分けの男性客はいない。ちらちらと視線を向けてくる者はいるが、特に悪意は感じなかった。

「お客さん、カラオケ歌うか。日本語もあるよ。一曲百円」

ミニスカートの女がカラオケの端末を手に寄ってきた。

「タグニノハ」

客のひとりが二人に向かって叫んだ。

「えっ？」

弥生が訊き返した。客が中国語を喋《しゃべ》った。

「キタグニノハル、歌って下さいといってます」

女がいった。「北国の春」のことだ。

キリは弥生を見た。

「知ってるか」

「知ってはいるが、わたしが歌うのか」

弥生がキリをにらんだ。

「女が歌ったほうが喜ばれる」

女が拍手をし、弥生を指さすと中国語で何ごとかをいった。その客も拍手し、親指を立てた。キリはサムアップを返した。

女が端末を操作する。別の女がマイクをもってきた。

「北国の春」のイントロが流れだし、弥生の顔が赤くなった。

「覚えてろよ」

小声でキリにいい、マイクを手にした。

弥生の歌はうまかった。変にカラオケにすれておらず、ていねいに歌う。それがよかったのか、歌い終わると店内の人間すべてが拍手した。弥生は顔をまっ赤にして顔を伏せた。

「たいしたもんだ」

キリは小声でいった。

「うるさい」

別の客のカラオケが始まった。キリはミニスカートの女を手招きした。

「シャンさんはいるか」

「ママさん？　もうすぐキマス」

女はいった。キリは頷き、

「一杯飲むかい？」

と女に訊いた。女はぱっと表情を明るくした。

「いいデスカ。コークハイ、もらいます。千円デス」

キリは千円札をカウンターにおいた。女が札を手にバーコーナーにいき、コーラの入ったグラスをバーテンダーから受けとった。ウイスキーはほとんど入っていない。

女は戻ってくるとグラスを掲げた。

「ガンベイ」

キリと弥生もグラスを掲げた。

十分ほどすると、髪を明るく染め、チャイナドレスを着た長身の女と、紺のスリーピースにネクタイをしめた男が店に現われた。男は髪を七・三に分けている。

「シャンさんとトンさんだな」

キリは女にいった。女は頷いた。キリと弥生は目を見交した。

チャイナドレスの女は一度店の奥に入り、トンはキリたちに近い席に腰をおろした。

弥生が立ち上がり、トンに近づいた。

「トンさんですね」

キリも立ち、弥生の反対側からトンをはさんだ。

トンは驚いたように弥生を見やり、次にキリを見た。訛のない日本語で訊ねた。

「どこ？　池袋署？」

弥生のいでたちに、刑事と思ったようだ。

「警察官ではないが、訊きたいことがある。この店やシャンさんに迷惑をかけたくないので、表で話さないか」

キリはいった。

「刑事でもない人と話す理由はないね」

トンは肩をそびやかした。

「岡崎《おかざき》紅火の情報を誰に流したのか教えてくれたらすぐ帰る」

キリはいった。トンの表情がかわった。

「何だ、お前ら――」

立ち上がろうとするトンの肩をキリはつかんだ。

トンの顔が歪《ゆが》んだ。

「い、痛い！」

「怪我をさせたくない。表にでてくれるか」

キリはささやいた。トンは腰を浮かした。

三人は「オーケーバー」の扉をくぐり、地上にでた。

「あなたたち、中国人だと思って、私をなめてるのか」

表にでるなり、トンは叫んだ。あたりにいる人間が足を止めた。

「なめてなんかいない。あんたが加能会の人間だというのもわかっている」

弥生が冷ややかにいった。トンは目をみひらいた。

「岡崎紅火が昨夜泊まっていた民泊施設から拉致《らち》された。さらったのは加能会か」

キリは訊ねた。

「私を加能会だと知っていて、喧嘩《けんか》を売っているのですか」

「買ってくれるのか」

弥生がいってトンに向き直った。

「やめたほうがいい。この姐《ねえ》さんはあんたの友だちの金子の会社でも、何人か叩きのめしてきたばかりだ」

キリはいった。トンは口をあんぐりと開いた。

「何ですって」

「あんたが中国拳法の達人だというなら止めないが、そうでなかったら大怪我をする」

「脅しても駄目です。この近くにも加能会の事務所があるんですよ」

「じゃあ助っ人を呼ぶか。ついでに岡崎紅火がどこにいるのか、そいつらにも訊く」

キリはいった。トンの顔がこわばった。

「組は関係ないのか。だったら助っ人は呼ばないほうがいいな」

トンの目をみつめ、キリはいった。トンは瞬《まばた》きし、いきなり表情を変化させた。眉根を下げ、困ったように訊ねた。

「あなたたち、いったい誰ですか」

今にも泣きだしそうな顔をしている。弥生があきれたようにいった。

「どうしたんだ。喧嘩をするのじゃなかったのか」

「許して下さい。荒っぽいのは本当は駄目なんです」

「それじゃあ唐獅子牡丹が泣くだろう」

キリがいうと、体をのけぞらせた。

「そんなことまで知ってるんですか」

「金子から得た情報を誰に伝えたのか教えれば、荒っぽいことにはならない」

弥生がいった。

「情報って、何の情報です？」

「荒っぽいことをしたいんだな」

弥生がかまえをとった。

「ちょ、ちょっと、待って、待って」

トンが両手で顔をかばった。

「岡崎紅火が昨晩、新宿の民泊施設に泊まっていることを誰に教えた？」

キリは訊ねた。

「岡崎紅火？」

トンがいい、弥生の手が閃《ひらめ》いた。パシッという音がして、トンが顔をおさえた。

「駄目、乱暴は駄目よ」

「じゃあ正直にいうんだ。この姐さんが怒ると、俺も手をつけられない」

キリはいった。

「はあ……。わかりました」

トンは肩を落とした。

「ハヤシ先生です」

「ハヤシ？　中国人じゃないのか」

「ちがいます。大久保にある『トモダチ学院』という日本語学校の先生です」

「トモダチ学院？」

弥生が訊き返した。

「検索してみろ」

キリはいった。弥生が携帯をだした。操作し、かざした。

「大久保一丁目にある、ここか」

「そうです」

トンは頷いた。

「ハヤシ先生は日系アメリカ人で、日本語と英語を教えています。私も昔、教わった」

「ハヤシと紅火の関係は？」

「知りません」

「いい加減なことをいうな」

弥生が手を上げた。

「本当です。ハヤシ先生はギャンブルが好きで、よく会うんです。先月会ったときに頼まれました」

トンは甲高《かんだか》い声で答えた。

「よく会うって、どこで会うんだ？」

キリは訊ねた。

「それは……その、カジノです」

「どこのカジノだ」

「うちがやっているカジノです」

「闇カジノか」

トンは頷いた。

「あの、そこで私、ディーラーをしているもので……」

キリと弥生は顔を見合わせた。

「ハヤシは何といって頼んだんだ？」

弥生が訊ねた。

「東亜文化大の大学院生の女が『トモダチ学院』の授業料を払わないで逃げている。居場所を知りたい、と」

「それを信じたのか」

「先生のいうことですから」

トンは頷いた。

「先生がいうには、自宅にはさんざん督促《とくそく》をしたから、どこか民泊施設に逃げこむだろうって。その大学院生は香港出身なので中国人旅行者のフリをするかもしれない。顔の広いトンなら見つけられるだろうって」

「そんないい加減な話を信じたのか」

弥生がにらんだ。

「日本にきてすぐの頃、ハヤシ先生にはお世話になったので」

トンはうつむいた。弥生が息を吐いた。

「どいつもこいつも誰かに頼まれたというばかりで、まるで玉ネギの皮をむいているみたいだ」

「ハヤシの写真はあるか」

キリは訊ねた。

「あります」

トンの顔が輝いた。携帯をとりだし操作する。チップの山を抱え、満面の笑みを浮かべた男の写真を掲げた。面長《おもなが》で顎《あご》ヒゲをのばし、年齢は五十代のどこかだろう。

「ハヤシの仕事は『トモダチ学院』の教師だけか？」

キリは訊ねた。

「わかりません。でもお金はもっています。負けても負けても、うちのカジノにきます」

「つまり他の稼ぎもあるということだな」

弥生の言葉にトンは頷いた。

「ハヤシの住居はどこだ？」

「麻布《あざぶ》十番《じゅうばん》です」

「いったことがあるのか」

「ハヤシ先生はいろんな国の留学生やＯＢを集めてホームパーティをよく開くんです。広い３ＬＤＫで、私も何回かいきました」

「場所を教えろ」

弥生が携帯の地図アプリで麻布十番の地図をだしていった。

「このマンションです。二十二階の２２０１号室です」

「ハヤシの携帯の番号は？」

トンは教えた。

「紅火が民泊施設に泊まることをハヤシに知らせたのはいつだ？」

キリは訊ねた。

「きのうの夕方、六時くらいにＬＩＮＥで知らせました」

「ハヤシは何と答えた？」

「何も。お礼だけです。あとはこちらで対処するから、と」

トンは首をふった。弥生はキリを見た。

「いったい何者なんだ？」

「ギャンブルに注《つ》ぎこむ金をもっていて、ホームパーティにやくざから留学生まで集めている。語学学校の教師の給料で、麻布十番の３ＬＤＫには住めない。あんたなら正体を知っているのじゃないか」

キリはトンを見つめた。トンは首をふった。

「私は知らないですよ。ハヤシ先生は留学生に親切にしてくれます。それだけです」

「本人に訊く」

弥生がいって、トンを見すえた。

「この話が嘘だったら、どんなことになるかわかっているな。あんただけじゃなく、加能会にもマズいことになるぞ」

「本当です。ハヤシ先生に訊いて下さい」

トンは哀願するように手を合わせた。


キリと弥生は麻布十番に向かった。ハヤシが住むというマンションは新一の橋の交差点近くにたつ高層ビルだった。下層階に商業施設が入り、上層階が住居のようだ。

ロビーのエレベータホールは、低層階用と上層階用に分かれている。上層階にいくエレベータを動かすにはカードキィか、エントランスのインターホンでの連絡が必要なようだ。

弥生はインターホンで2201のボタンを押した。

インターホンから男の声が流れでた。

「五号エレベータに乗って下さい」

告げるなり、インターホンは切れた。誰何《すいか》されることもなかった。

「誰かとまちがえているのか。宅急便の配達とか」

弥生が怪訝《けげん》そうにつぶやいた。

「だとしても、いかない手はない」

キリはいって、五号エレベータに歩みよった。キリと弥生以外に乗りこむ者はおらず、10から32までのボタンが並んでいる。22のランプがすでに点《とも》っていた。部屋から操作できるようだ。

キリは試しに23のボタンを押してみた。点灯しない。住人が許可した階にしか止まらない仕組みのようだ。

「セキュリティも万全だな」

見ていた弥生がいった。

「あんたがいったように、ただの語学学校の教師が住めるようなマンションじゃない」

エレベータを見回し、つづけた。エレベータ内にはＢＧＭが流れている。

二十二階でエレベータの扉が開いた。壁も床も褐色で統一された廊下がのびていた。高級ホテルのような間接照明だ。

「２２０１」の扉の前に立ち、弥生がインターホンを押した。返事はない。

「どういうことだ？　入ってこいという意味か」

弥生はキリを見た。

「用心したほうがいいな」

キリはつぶやいた。罠《わな》かもしれない。

二人は耳をすませた。廊下は静まりかえっている。２２０１はもちろん、他の部屋からも物音ひとつ聞こえない。

弥生が頷き、扉の正面を避けるように壁ぎわにはりついた。

扉ごしにいきなり撃ってくることはないだろうと思いながらも、キリも体を離し、腕をのばしてドアノブをつかんだ。

ドアノブを引いた。鍵はかかっておらず、ドアが開いた。

半分ほど扉を開き、キリは待った。何も起こらない。

さらにノブを引き、大きく扉を開いた。弥生がさっと頭を動かし、中のようすをうかがった。

「誰もいない」

小声でいった。

キリは扉の内側に入ると、体をかがめた。

そのまま神経を張りつめる。わずかな匂いがした。無煙火薬の匂いだった。

キリは立ち上がった。弥生がキリにつづいて室内に入り、扉を閉めた。

「ハヤシさん、いらっしゃいますか」

弥生が呼んだ。

返事はなかった。ある可能性がキリの頭をよぎった。

部屋は、靴を脱がずに上がれる外国人仕様だ。キリの正面にはまっすぐと左右に分かれた通路がある。どの通路も、先は扉が閉まって見通せない。

「ここにいろ」

キリは告げ、室内に上がった。

「ハヤシさん」

声をかけながら、まずまっすぐの通路を進み、扉を開いた。

二十畳近くあるリビングルームだった。はめ殺しの大きな窓があり、長椅子が正面におかれている。

その長椅子にTシャツにジーンズを着けた大柄な男が横たわっていた。Tシャツの胸に血痕がある。トンの携帯で見た、面長で顎ヒゲをのばした男だ。

キリは歩みより、首すじに触れた。脈はない。が、まだ体はあたたかかった。

「マジか――」

声が聞こえた。リビングの入口に弥生が立ち、目をみひらいている。

「救急車を呼ぼう」

弥生が携帯をとりだした。キリは首をふった。

「もう遅い」

Tシャツの血痕の中心に、黒く丸い穴がふたつ開いていた。

キリは携帯をとりだした。知り合いの機動捜査隊の刑事、金松《かねまつ》の番号を呼びだす。

「はい」

ぶっきらぼうな声で金松が応えた。

「麻布十番はあんたの管轄《かんかつ》か」

キリは訊ねた。

「そうだが、今日は俺は非番だ」

「殺人があった。自称日系アメリカ人のハヤシという人物のマンションだ。銃で撃たれた死体を見つけた」

「くそ」

金松が吐きだした。

「マンションの住所と部屋番号を。すぐ人をやる。わかっていると思うが、あたりのものに触るなよ」

「もちろんだ」

キリは答え、電話を切った。

9

「すると何か、あんたたちを上にあげたのはマル害じゃなくて、ほしだっていうのか」

いつものスーツ姿ではなく、ジーンズにパーカーを着た金松がいった。２２０１号室のリビングではなく、ベッドのおかれた部屋にキリと弥生はいた。リビングは鑑識係に占拠されている。

キリと弥生はベッドにかけ、正面に金松とスーツ姿の刑事が二人いた。二人は機捜ではなく、警視庁捜査一課の人間だ。

最初に駆けつけた機捜の刑事が明らかな殺人だと断定し、捜査一課に連絡をしたのだ。

金松はいわば巻き添えだった。通報者であり容疑者でもあるキリを知る者として呼びだされたようだ。

キリの職業とこれまでのかかわりについて金松が捜査一課の刑事に説明した。

捜査一課の刑事は、山口《やまぐち》と久保野《くぼの》といった。久保野のほうが山口より四、五歳年長だ。

「おそらく犯人でまちがいない。2201のボタンを押すと、『五号エレベータに乗って下さい』といってインターホンが切れた。ハヤシだったら、俺たちが誰かも訊かずに、そうは答えないだろうし、その時点でまだ撃たれていなかったことになる」

キリはいった。

「犯人がマル害の知り合いで、ここにきていたとしたらどうだ?」

金松がいった。

「知り合いだったかもしれないが、これから誰かが上がってくるとわかっていて、ハヤシを撃つだろうか」

キリがいうと、金松は頷いた。

「そうだな」

「いずれにしても、あなたが誰なのか、インターホンにでた人物は訊かなかったのですね」

山口が訊ねた。リビングの壁にとりつけられたインターホンをふりかえる。

「画面がついています。インターホンにでた人物はあなたがたを見たにもかかわらず、五号エレベータに乗るよう指示した、と」

「そのときはもうハヤシを撃ったあとだったということだ」

キリはいった。

「なぜそんなことをしたのでしょう。まかりまちがえばあなたがたと鉢合わせするかもしれないのに、エレベータまで動かした」

「階段を使って上か下に移動すれば、鉢合わせはしない」

キリは答えた。

「しかし、あなたたちを二十二階まで上げた理由は何です？　死体を発見させるためですか？」

キリは首をふった。

「それはわからない」

久保野の上着の内側で携帯が鳴った。とりだし、耳にあてた。

「なるほど。わかった」

「俺たちが犯人だと疑っているなら、このマンションのロビーの防犯カメラの映像を調べてくれ。インターホンで話している姿が映っている筈だ。俺たちの前に２２０１に上がっていった者が犯人だ」

キリはいった。

「それを今、調べさせました。ロビーのインターホンには、呼びだしボタンを押した者をすべて録画する機能がついていますが、今日、２２０１号を訪ねたのは、あなたたち二人だけです」

「そんな馬鹿な」

弥生が目をみひらいた。

「いや、犯人がこの部屋のキィをもっていれば、インターホンを使わなくてもロビーの扉をくぐり、エレベータであがることができる」

キリはいった。

「その通りです。もちろんあなたたちが本当のことを話して下さっているのであれば、ですが」

久保野がいった。

「何だと」

弥生の顔が険《けわ》しくなった。

「我々を疑っているのか」

「通報して下さった方に失礼だとは思いますが、何でもかんでも疑うのが、私らの商売でしてね」

久保野は淡々と答えた。

「吐くなら今のうちだぞ」

金松がいった。さっと弥生が金松に向き直った。

「やめとけ。冗談は通じない」

キリはいった。金松は苦笑した。

「そいつは失敬。この女性はともかく、キリについてはこの現場のほしじゃないことは俺が保証します。こいつが人を殺すなら、銃は必要ありません。素手で簡単に殺せる男ですから」

ハヤシの死因は銃で胸を撃たれたことだと検視で判明していた。

「ほう」

久保野がキリを見つめた。年齢は四十代初めだろう。眼鏡をかけ、刑事というより教師のような風貌《ふうぼう》だ。

「ここを訪ねた理由を含め、じっくりと話をうかがいたいものですな」

「それは――」

いいかけ、弥生が口をつぐんだ。

「話せないのですか」

山口が訊ねた。弥生は黙っている。

「我々は岡崎紅火という大学院生の警護を頼まれていた」

キリはいった。

「おい――」

弥生がキリを見た。

「ここは警察に協力させてもらう。あんたは睦月の部下だが、俺はフリーのボディガードだ。警察との関係を悪くしたら、今後の仕事がやりにくくなる」

「自分がそんなにかわいいのか」

弥生はキリをにらんだ。三人の刑事は無言で二人のやりとりを見つめている。

「警察に協力したくない理由があんたにはあるのか？　俺にはないぞ」

キリはいった。弥生は頰《ほお》をふくらませた。

「別に協力したくないわけじゃない。仕事のことをベラベラ喋りたくないだけだ」

「睦月というのは、あの睦月か」

金松が訊ねた。

「そうだ。そもそも岡崎紅火の警護を俺に依頼したのが睦月だった。その後、対象者が女性ということで、彼女が睦月の指示で加わった」

「ちょっと」

金松が部屋の隅に久保野と山口を呼び、小声で話した。

「えっ」

驚いたように山口がいうのが聞こえた。キリは弥生を見た。弥生は表情を硬くし、キリと目を合わせようとしない。

三人が戻ってくると、久保野が口を開いた。

「睦月という、あなたたちの依頼人については改めて調べさせていただくとして、なぜ岡崎紅火という人物を警護していたのですか」

弥生は黙っている。キリは口を開いた。

「岡崎紅火の父親は白中峰《はくちゅうほう》という香港出身の中国人で、『白果《はくか》』という団体の主宰者《しゅさいしゃ》だった。『白果』はある種のシンクタンクで、そこがだしている『ホワイトペーパー』と呼ばれるレポートは、国際情勢、特に中国の動向を予測する上で、非常に役立つといわれている。特に二年前に白中峰が肺癌《はいがん》を発症してからは、予測というより予言に近いものにかわっていったらしい。その予言は次々と的中し、『白果』の会員だけでなく、各国の情報機関も、内容に注目していたという話だ」

その白中峰がひと月前に中国本土の病院で死亡し、遺言ともいえる未発表の『ホワイトペーパー』を岡崎紅火が保管していたことをキリは告げた。

「未発表の『ホワイトペーパー』のありかを知っているのは、岡崎紅火だけだ。その岡崎紅火が、今朝いなくなった」

「いなくなった？」

山口が訊き返した。

「自宅を避け、泊まっていた民泊施設から消えた。隣の部屋にいた弥生は、突然押し入ってきた覆面の男たちに殴られ、麻酔を注射され意識を失った。岡崎紅火も同じような手段で連れだされたのだと思う」

「そいつは立派な犯罪だぞ」

金松が眉をひそめた。

「なぜ通報しなかった？」

「時間が惜しかった。岡崎紅火を拉致したのが、日本人とは限らない。ぼやぼやしていると国外に連れだされる可能性もある。少しでも早く、拉致した犯人をつきとめる必要があった」

「それでつきとめられたのか」

「その結果がここだ」

キリは民泊施設の所有者からたどって、このマンションに住むハヤシを訪ねてきたことを話した。

「なるほど。今朝の事件を通報しなかったのは問題ですが、話のスジは通っていますな」

久保野がいった。

「あとは、あなたがたが警護していた人物が拉致されたこととここでの殺人が関係しているかどうか、です。どう思われます?」

キリを見つめる。

「それを俺もずっと考えていた。『ホワイトペーパー』は、欲しがっている者には重要かもしれないが、人を殺してまで手に入れる価値があるのか」

「確かに。それでキリさんの考えは?」

「もしハヤシを撃った理由が『ホワイトペーパー』なら、犯人は日本人ではない」

「ほう」

「なぜそんな風に思うんです?」

山口が訊ねた。

「人を殺すのに銃を使うのは、日本ではプロの犯罪者が大半だ。プロは、利益とリスクを常に天秤にかける。ハヤシを恨んでいた人間がプロか、プロを雇ったのではないとしたら、『ホワイトペーパー』と引きかえに殺人で追われるリスクをおかさない」

「日本人でないとしたら、何人《なにじん》だと?」

「アメリカ人か中国人か、あるいはそれ以外の国か。いずれにしても日本で殺人容疑をかけられることをさほど恐れていない人物だ」

　久保野が感心したようにキリを見た。

「ただのボディガードとは思えませんな。みごとな推理だ」

「警察の捜査に推理は必要ないだろう。あんたたちは事実の積み重ねで、犯人を見つけだす」

　キリはいった。久保野は頷いた。

「おっしゃる通りです。しかし捜査に役立つ推理は、情報としてぜひお聞きしたい。犯人が、キリさんのお考えになっているような人物だとして、このマル害を撃ち殺した動機は何だとお考えですか」

「それは俺にもわからない。ハヤシが岡崎紅火を拉致した犯人の仲間だったとして、なぜ殺されたのか。仲間割れなのか、口を塞《ふさ》がれたのか」

「マル害の商売は何だったんだ？」

　金松が訊ねた。

「表向きは日本語学校の教師だ。だがその稼ぎだけでこのマンションの家賃は払えないだろうし、闇カジノに通っていたという情報もある」

「闇カジノ？」

「加能会がやっている闇カジノだ」

「カジノで稼いだ金で家賃を払っていたと？」

　山口はいった。

「それはないだろう。負けても負けても通っていたという話だ。もともと大金をもっていたか、本業が別にあったか、だ」

キリは答えた。

「どんな本業です？」

久保野が訊ねた。

「これは推測でしかないが、ハヤシはこの部屋に日本語学校の生徒やＯＢを呼んでよくパーティを開いていたらしい。当然くるのは外国人ばかりだ。そういう連中を交流させ、コネクションを作るのが目的だったとすると――」

キリはいって、言葉を切った。

「なるほど。そういうことか」

久保野がつぶやいた。

「キリさんは、マル害がどこかの国のスパイだったと考えているようだ」

山口を見ていった。

「ハヤシは日系アメリカ人だといったな」

金松がいった。

「自称だ。実際はどうかわからない」

「リビングで、マル害のものと思われるアメリカ合衆国のパスポートが見つかっています」

山口がいった。

「するとアメリカ人だというのは本当だったんだな。そのパスポートが偽造品でない限りは」

キリがいうと、

「偽《にせ》のパスポートを目にとまる場所にはおかないでしょうから、おそらく本物でしょう」

久保野が頷いた。

「アメリカのスパイだったということか」

弥生が口を開いた。

「とは限らない。中国が雇い、スパイ活動をおこなわせていた可能性もある」

キリはいった。

「またか。あんたの話は何でも、限らないばかりだ」

あきれたように弥生が吐きだした。

「どこの国のスパイであったかはこれから調べるとして、なぜ殺されたのか、改めて考えなければなりませんな。マル害が、あなたがたの警護対象者を拉致した犯人一味のひとりであると考えてよろしいのですか」

久保野が訊ねた。

「トンが嘘をついているのでなければな」

「加能会のトンでしたな。トンについてはウラをとらせていただきます」

「犯人はこの部屋にいた。この殺人が今朝の件と関係しているなら、岡崎紅火の身柄をめぐる理由で撃たれたんだ。だが、ハヤシが拉致の主犯だったとは思えない。ハヤシの仕事は、岡崎紅火の居場所をつきとめることで、それを伝えられた人間が拉致したんだ。そう考えると、ハヤシが撃たれた理由は口封じの可能性が高い」

「しかしハヤシはどこかの国のスパイなのだろう。仲間を殺されたら、その国の他のスパイが黙っていないのじゃないか」

金松がいった。

「仲間が殺したとしたらどうだ。ハヤシがどこかの国のスパイだったとしても、正規の職員ではなく、金《かね》で雇われていただけかもしれない。そういう人間はつかまったら、すぐに雇い主の情報を吐く。金が目的のスパイに愛国心はないからな」

弥生がいった。

「なるほど。その通りですな。とすると、ハヤシがアメリカのスパイだったと一概《いちがい》には決めつけられないわけだ」

久保野は頷いた。

「中国でしょうか」

山口が久保野を見つめた。

「断定はできないが、可能性は高いな。金で雇っていた外国人のスパイなら、射殺するのにさほど抵抗は感じなかったろう」

「インターホンの返事に、外国訛《なま》りはなかったか」

金松がキリに訊ねた。

「なかった。何人《なにじん》だとしても、流暢《りゅうちょう》な日本語だった」

キリは答えた。

「男の声だったんだな」

「まちがいない」

「いずれにしても、ロビーを含め、このマンションにはいくつも防犯カメラがあります。その映像を調べてみます」

久保野がいった。

「我々は帰っていいのか」

弥生が訊ねた。

「あんたが帰りたければ帰れ。俺は残る」

キリがいうと、弥生は目を吊り上げた。

「何だと」

「ハヤシが殺されたので、紅火の居どころをつきとめる糸が切れてしまった。この先の手がかりを得るには、ハヤシを撃った犯人を知る必要がある」

「捜査に加わって下さるというのですか。それは心強い」

久保野がいった。抑揚《よくよう》がなく、本心とはとても思えない口調だ。

「俺たちはまだ完全に容疑者から外されたわけじゃない。そばにいたほうが、あんたらにとっても好都合だろう」

キリがいうと、金松があきれたように首をふった。

「おいおい、相手は捜一のデカさんだぞ。先回りするなよ」

「あんたには感謝してる。あんたの口添えがなけりゃ、問答無用で引っぱられていたろう」

キリはいった。

「そうですな。もう少し念入りにお話を訊くことになったでしょう」

久保野がいい、キリと弥生を見比べた。

「本名は桐木《きりき》有《ゆう》さんと横内《よこうち》美月《みつき》さんですか」

顔を赤くした弥生がいった。

「わたしも残る」

「けっこうです。どのみち、もう少しいていただこうと思っていました。防犯カメラの映像に、あなたたちの知っている人が映りこんでいるかもしれない」

久保野は答えた。

三十分後、キリと弥生はマンションの管理設備室にいた。並んでいるモニターの前の席には、管理員ではなく「捜査」の腕章をつけた鑑識係員がいる。

「マンション内の防犯カメラの記録を調べてもらったところ、興味深い映像が見つかりました。このマンションの階段の踊り場には防犯カメラが設置されています」

久保野がいって鑑識係に合図した。鑑識係が操作すると、モニターのひとつの映像がかわった。

「21－22」と画面の隅に数字の入った映像だった。時刻は今日の午後三時十二分だ。キャップをまぶかにかぶり、長い髪を束ねた細身の人物が上の階段から下りてきて踊り場を横切った。フェイクファーのブルゾンを着て厚底のスニーカーをはいている。顔はキャップのつばに隠れて見えない。

「止めて」

何回かくり返した挙句《あげく》、久保野の指示で映像は静止した。

「キリさんから金松刑事の携帯に通報があったのが、三時十八分です。午後三時台に二十二階近辺の階段の踊り場に設置されたカメラに映っていたのはこの人物だけです」

「こいつが犯人だ」

キリはいった。

「だが女に見える」

弥生がいった。

「身長などは詳しい分析が必要ですが、ざっと判断して、一六〇センチ前後だと思われます。弥生さんのいわれるように、女性に見えます。しかしインターホンにでて、五号エレベータを使うよう指示した声は男性だった」

久保野がキリを見た。

「女装していたんだ」

キリは久保野を見返した。

「この人物がほしなら、そういうことになります。ちなみにこれがロビーの映像です」

久保野が鑑識係に頷いた。モニターの映像が切りかわった。午後二時三十分、マンションの正面玄関から入ってきたキャップの人物がカードキィをかざし自動扉をくぐるようすが映っていた。

別の映像にかわった。エレベータホールで五号エレベータのセンサーにカードキィをタッチしている。

次はエレベータ内の映像だった。センサーにカードをかざし22のボタンを押す姿があった。

「ちなみに五号エレベータの22のボタンから検出されたのは、キリさんの指紋でした。押すときに消してしまったか、この人物が指紋が残らないよう、テープなどを指先に貼っていたかのどちらかでしょう」

久保野がいった。キリは過去、指紋をとられたことがある。

久保野は弥生を見た。

「あなたの指紋も、警視庁の指紋モニターにありました。退職されても、指紋のデータは残るので」

弥生が顔をそむけた。キリは弥生を見た。

「元警察官だったのか」

「あんたには関係ない。そんなことより、なぜこいつがカードキィをもっていたかだろう」

弥生はモニターを指さした。

「その通りですな。この人物がほしだとすれば、女装してマンション内に入り、迷うことなくカードキィを用いて五号エレベータで二十二階まで上がっている。つまり、前にもこのマンションにマル害を訪ねたことがあると判断できます。となると、キィを渡されるくらい、マル害と親しい関係にあった可能性が考えられます」

「ハヤシの携帯を調べたか」

キリは訊ねた。

「見つかっていません。ほしがもちさったようです」

久保野は首をふった。

「番号ならわかる。ＧＰＳで位置を調べてみたらどうだ」

キリはいって、トンから聞いたハヤシの携帯の番号を教えた。

「すぐに調べさせます。ほしがもち歩いていたら、スピード解決につながります」

久保野はいった。

「そろそろ解放してもらえるか」

キリは久保野を見た。

「ご協力、感謝します」

久保野は頷いた。

10

ハヤシのマンションをでたキリはタクシーに手を上げた。

「どこへいくんだ」

弥生が訊ねた。

「トンを捜す。犯人がキィを渡されるくらいハヤシと親しかったのなら、トンも知っている筈だ」

「警察には協力するのじゃなかったのか」

キリにつづいてタクシーに乗りこんだ弥生がいった。

「協力はする。が、警察は紅火の身柄より殺人犯を捜すほうを優先する」

弥生は無言で頷いた。

キリは池袋の「オーケーバー」に向かった。「オーケーバー」をでて三時間近くが過ぎている。トンが残っているかどうかは微妙だが、もしでたあとでも、どこにいったのかを知る手がかりが得られるかもしれない。

「オーケーバー」に入っていくと、案の定、トンの姿はなかった。が、ママのシャンはいた。さっきよりだいぶ増えた客の前を回って相手をしている。

キリと弥生は飲み物を頼み、シャンが近づいてくるのを待った。が、シャンは二人の前にはこなかった。順番に客を回っていながら、二人の前は素通りした。

「シャンさんを呼んでくれ」

しかたなくキリは前に立つ女に告げた。その女に耳打ちされたシャンは、ようやくキリと弥生の前にきた。警戒心を露《あら》わにしている。

「わたし、何も知りマセン」

キリが何かをいう前にシャンはいった。

「トンさん、もう帰りました」

「ハヤシさんを知ってるか？　トンさんの友人で日本語学校の先生だ。ここにもきたことがある筈だ」

キリは鎌をかけた。

「トンさん、いろんな人ときます。わかりマセン」

シャンは首をふった。

「じきここに、トンさんのことを訊きに警察の人間がいっぱいくる。営業どころじゃなくなるぞ」

「ウソ」

シャンはキリを見つめた。

「本当だ。ハヤシは殺された」

弥生がいうと、シャンの顔色がかわった。

「それ、本当か」

「本当だ。トンから聞いたハヤシの住居を訪ね、我々が死体を見つけたんだ」

キリは答えた。

「麻布十番のマンションだ。トンのいるカジノによくきていたらしい」

弥生がいうと、しぶしぶといった表情で頷いた。

「覚えています。顔の長いアメリカ人」

「ハヤシとトンの知り合いで、女の格好をする男を知らないか」

シャンが目をみひらいた。心当たりがあるようだ。

「一度、ハヤシサンが連れてきました。きれいな女の人だと思ったら、男の人でした」

「何をしている人だ」

「新宿でバーをやっていると聞きました」

「バーの名前は?」

「知らないヨ」

「トンに訊いてくれないか。俺たちに頼まれたことはいわないで」

シャンは迷っている。

「ここに警察が押しかけてきても、トンは助けてくれない。トンは暴力団員だ。関係があるとわかれば、あんたも困ったことになる」

弥生がいった。シャンは弥生を見た。

「警察の人に、ここにこないようにいってくれますか」

「警察が話をしたがっているのはトンだ。トンが見つからなければ、ここにもくるかもしれない」

シャンが携帯電話をとりだした。操作し、耳にあてる。やがてトンがでたのか、早口の中国語を喋った。トンが答えると、シャンは携帯をおろした。

「ゴールデン街にある『エスコルピオン』という店です」

「あんたが店の名前を訊いた理由を、トンは知りたがったか」

「うちの店に、女の人に見える男の人が好きな客がきて、そういうところを知らないか訊かれたといいました」

「トンは疑ってなかったか」

シャンは首をふった。

「疑ってません」

キリと弥生は顔を見合わせた。

「トンは知らないようだな」

弥生がいった。キリは頷いた。

「何を知らないのデスカ」

シャンが訊ねた。

「ハヤシが死んだことだ。トンには何もいわないほうがいい」

「いいません。警察きたら、困ります」

弥生が携帯をいじっていたが、

「ゴールデン街で『エスコルピオン』という店は見つからない」

といった。

「居抜きで買った店の名前だけをかえたのかもしれないいな」

「その男の名前を知っているか」

キリはシャンに訊ねた。

「トンさんはジュンさんといっていました」

キリは佐々木にメールを打った。ゴールデン街の「エスコルピオン」という店と、そこを経営しているらしいジュンという人物について情報を集めるように頼む。

「トンは今どこにいる？」

「知らない」

「トンが働いているカジノがどこにあるか知っているか」

弥生が訊くと、シャンは無言で首をふった。

「いこう」

キリは弥生をうながした。トンについて、シャンはこれ以上喋らないだろう。

「いいのか」

「彼女を責めてもしかたがない」

弥生は不満そうな表情を浮かべた。

「それより腹が減った。何か食おう」

キリはいった。

「よくこんなときに飯が食えるな！」

弥生は目を吊り上げた。

「飲まず食わずで動き回って、いざというときに力がだせなかったらどうする。あんたが食わないのは勝手だが、俺は食う」

キリは立ち上がった。「オーケーバー」を二人はでた。

「どうせなら中華料理を食うか」

キリはいって、目についた店に入った。広い店で、メニューがわりの端末が各テーブルにおかれている。日本語と中国語の併記だ。

時間が早いせいか、客は日本人が多い。

「『エスコルピオン』のことはいいのか」

弥生が尖《とが》った声で訊ねた。

「今、ネットで調べてもらっている」

「ゴールデン街なんてたいして広くない。いって探したってすぐ見つかる」

弥生がいった。

「見つかっても、店はまだ開いていない時間だ。しかも昼間、人を殺した奴が店にでてくると思うか」

「素知らぬ顔でいるかもしれないだろ」

「どちらにしてもまだ早い」

キリは時計を示した。午後五時を回ったところだ。弥生は険《けわ》しい顔でいった。

「紅火のことが心配じゃないのか」

「紅火が拉致されてから十二時間以上が経過している。『ホワイトペーパー』を入手するまで、犯人は紅火を殺さない」

「『ホワイトペーパー』のありかを紅火が喋っていたらどうする？」

「そんなに簡単に喋る娘じゃない」

「どうしてわかる？」

「あんたとちがって俺はいっしょに飯を食ったし、話もした。あの子は腹がすわっている」

弥生は頬をふくらませた。

「そんなことより注文するのかしないのか」

キリは端末をさした。

「わかった」

弥生は端末を手にとった。メニューが表示されると、珍しげに見入った。

キリと弥生は、合わせて四品を注文した。届いてみると、どれも恐しく量が多い。

食べきれるか危うんだが、弥生が体に似合わない食欲を見せ、きれいに平らげた。

食後のプーアル茶を飲んでいると、弥生の携帯が振動音をたてた。弥生が耳にあてた。

「はい、そうです。それが――」

弥生は口もとを手でおおった。店の中は騒がしく、何を喋っているのか聞こえなくなる。

キリの携帯も振動した。佐々木からのメールだった。

『「エスコルピオン」は、花園《はなぞの》五番街にある「アイギー」という店と二部制らしい。午後七時から午前二時までが『アイギー』で、午前二時以降九時までが「エスコルピオン」になる。ジュンというのは「エスコルピオン」のママらしいが、店内は撮影禁止で画像はなく、経歴も不明だ。元芸能界という噂もあるらしいが、詳しいことはわからない』

礼の返信をして、顔を上げると、弥生が自分の携帯をつきだした。

「先生が話したがっている」

受けとり、耳にあてた。

「キリだ」

「事態が悪化したようだな」

睦月がいった。

「ハヤシの殺害が『ホワイトペーパー』と関係していると決まったわけじゃない。ただ警察には事情を明かさざるをえなかった」

キリはいった。

「それについては感謝している。弥生がひっぱられずにすんだのは君のおかげだ」

「元同僚を簡単にはひっぱらないだろう」

「いや。警察というところは、辞めた警察官を色眼鏡で見る。仕事で得た知識を悪用すると決めてかかるからな。そういう点でも君のフォローには助けられた。今、ハヤシについて調べさせているところだ。ハヤシがスパイ活動をおこなっていたなら、何らかの情報がある筈だ」

「警視庁のフォローも頼む。あんたの名前も向こうに伝わっている」

「捜査一課の何という者だ？」

「我々の事情聴取をしたのは、久保野と山口という刑事だ。その上はわからない」

「調べて、手を回す」

こともなげに睦月はいった。そして、

「弥生の話ではゴールデン街のバーの者がかかわっているということだが？」

と訊ねた。

「二部制をとっていて、午前二時から開く店のようだ」

「遅いな」

キリは時計を見た。午後六時を回ったばかりだ。

「一度帰宅して、仮眠をとってから出直すことにする」

キリがいうと、

「それがいい。弥生も一度休ませよう」

睦月が答え、キリは携帯を返した。携帯を耳にあてた弥生は、

「はい、はい」

と頷き、通話を終えた。キリは卓上の端末の会計ボタンに触れた。

「ここはわたしが払う」

弥生がいった。キリが訊ねるように見ると、

「先生の指示だ」

と答えた。

「わかった。ご馳走《ちそう》になろう」

支払いをすませ表にでると弥生がいった。

「『エスコルピオン』は午前二時かららしいな」

「そうだ。ゴールデン街の花園五番街にある『アイギー』という店が午後七時から午前二時まで営業し、そのあと午前九時まで『エスコルピオン』になるらしい」

「二部制だとしても店の名まで変える必要があるのか」

弥生は怪訝そうに訊ねた。

「それは俺にもわからない」

「とりあえず場所を確認し、あとで落ち合おう」

弥生がいってタクシーに手を上げた。タクシーに乗りこみ、ゴールデン街に向かうよう告げる。

タクシーが走りだしてすぐ、弥生の首が倒れた。

満腹になり、ねむけが襲ってきたようだ。キリにもたれかかってくる。キリはそのままにしておいた。

「そこでいい」

花園神社の近くでキリが運転手に告げると、はっと体を起こした。

「わたしは……。なぜ起こさなかった!?」

キリをにらんだ。

「寝てはいけないのか」

キリが訊き返すと、

「そうじゃないが――」

頰《ほお》をふくらませた。

「移動中に寝たところで罰《ばち》はあたらない」

弥生の顔が赤くなった。

「あんたによりかかってた」

「かわいい寝顔だった」

いったとたん、目を吊り上げた。

「何だと！」

「冗談だ」

キリは笑って、タクシーを降りた。弥生がタクシー代を払う。いっしょに行動する間はすべての支払いをもてと睦月に指示されたようだ。

二人はゴールデン街に入った。東西にのびる路地が北側から順に、花園八番街、五番街、三番街、一番街とある。路地の両側には間口が一間《いっけん》ほどの小さな店がびっしりと並んでいる。空き地になっている区画もあるが、路地をはさんで二十軒以上の店が向かいあい、看板が連らなっていた。

その光景を見て、弥生は目を丸くした。

「すごいところだな。全部、飲み屋なのか」

「ラーメン屋やカフェもあると聞いたことがある」

「飲みにきたことがあるのか」

「このあたりにはこない」

キリが答えると、

「ふうん」

と唸《うな》った。

「アイギー」は、花園五番街の中ほどの南側にある店だった。白地に黒く「アイギー」と書かれたシンプルな看板がでている。ベニヤを貼り合わせたような粗末な扉を弥生が叩いた。返事はなく、ノブを引いても鍵がかかっている。

キリはあたりを見回した。いくつかの看板には明りが点《とも》っているが、人通りは少ない。「アイギー」が開店するまでまだ一時間近くあるし、「エスコルピオン」に至っては八時間ある。

「一度引きあげ、この店の前で落ち合おう」

キリはいった。

「わかった。何時にする?」

「午前一時半。『アイギー』のようすも見ておきたい」

弥生は頷いた。

11

品川の自宅にキリは戻った。扉がわりのシャッターを引きあげると、中で制服の警備員が待ちかまえていた。睦月から連絡を受けていたようだ。

「お帰りなさい。留守中、異常はありませんでした」

キリは頷いた。

「このあと、午前一時頃にまたでかける。帰りが何時になるかわからないが――」

「大丈夫です。その少し前にうかがい、お帰りをお待ちします」

警備員はいって敬礼し、でていった。

キリは居間に入った。黒い影が家具のすきまから飛びだした。猫のシャドウだった。そのようすだと、警備員をずっと警戒し、物陰に隠れていたようだ。だしておいたキャットフードにも手をつけたようすがない。

キリはコーヒーをいれた。カリカリという音が聞こえた。キャットフードを盛った皿にシャドウが首をつっこんでいる。キリの姿を見て、安心したようだ。

居間のテーブルにあぐらをかいてすわり、キリはコーヒーを飲んだ。パソコンを立ち上げ、佐々木に電話をかける。

「どうした？　さっきの情報じゃ不足か」

佐々木が電話にでるといった。

「いや、その件じゃない。調べるよう頼んでいたトモカ興産だが、九州白央会《はくおうかい》とつながりがあるらしい」

キリはいった。弥生の前で地上げにあっている話をすれば、仕事に集中しろと怒りだすに決まっている。

「『ホワイトペーパー』には九州白央会までからんでいるのか」

驚いたように佐々木は訊ねた。

「そうじゃない。俺の住居を地上げしようとしている。きのうは話せなかったが、いきなり銃をもった奴が脅しに現われた」

キリはきのうから今日にかけてのできごとを改めて話した。立ち退《の》かなければ殺すと迫られ、その後警護に入った紅火を拉致され、その行方を捜すうちにハヤシの死体を見つけた。

「なんと、盛りだくさんな二日間だな」

佐々木は感心したようにいった。

「ああ。だが最優先は紅火の身柄の奪還だ。拉致したのが何者なのか、ハヤシから訊きだせると思っていたんだが」

「ハヤシを消したのが拉致した犯人だと思うか」

「もしそうなら、『ホワイトペーパー』には人を殺してでも手に入れる価値があると、犯人は信じていることになる。日本人ではないだろうな」

「確かに極道じゃそこまではしない。連中はもっと手っとり早く金になるもののためでなけりゃ、殺しはやらない」

「あんたの調べじゃ、注射針のカバーはアメリカ製だったな」

「それを考えると、やったのはアメリカ側じゃない、と思える。わざわざ証拠を残してはいかないからな」

「じゃあ中国か」

「白中峰は香港人だった。旧宗主国のイギリスも疑わしい。最近はイギリスの情報機関も中国を一番の脅威とみなしている」

「イギリスとアメリカは同盟国だろう」

「それをいうなら日本もそうだ。インテリジェンスの世界では、同盟国だからって無条件に信用はしない。きのう話したウォルター・コットンは元ＭＩ６で、『ホワイトペーパー』を入手したがっている急先鋒だ」

「だがイギリスにいるのだろう？」

「それが事務所のフェイスブックに当たったところ、三日ほど前からアジア歴訪の旅にでているらしい。日本にいる可能性も否定できない」

キリは息を吐いた。次から次に怪しい人間が現われる。

「今、どこにいるか調べられるか」

「やってみよう」

「頼む」

キリは電話を切った。このあとに備えて少し仮眠をとることにして、着衣のまま座布団を枕に横になった。

うとうとしかけたとき、シャッターを激しく叩く音に目を開いた。怒鳴《どな》り声も聞こえる。

体を起こし、土間にでた。シャッターが内側にたわむほど激しく叩いたり、蹴っている者が外にいる。

「おらっ、でてこい！　人間のクズが」

「お前みたいな国賊は成敗してやる！」

「この野郎！　でてこないなら火をつけるぞ」

キリはシャッターを上げた。濃紺の戦闘服を着け、日の丸の鉢巻をしたチンピラが三人いた。

「おっ」

「でてきやがった」

「何だ、ずいぶん貧弱な野郎だな」

キリは無言で三人を見つめた。戦闘服の袖には日章旗のワッペンや「愛国」という刺繍《ししゅう》が入っている。

「キリってのは手前《てめえ》か」

三人の中で一番大柄な男がいった。坊主頭で一八〇センチ近い身長にたっぷりと肉のついた体をしている。

「何の用だ」

「お前が少年少女をたぶらかしているというタレコミが、我が正義団にあった」

「天誅《てんちゅう》を加えにきた！」

横の二十歳《はたち》そこそこの男が叫んだ。もうひとりは顔色が悪く、上目づかいでキリをにらみつけている。

「そのタレコミを本気で信じているのか。それとも金をもらったか、どっちだ」

キリはいった。

「貴様！　我が正義団を馬鹿にしてるのか」

「本気で信じているのなら、よく調べてから人の家を訪ねろ。金で雇われたのなら、それに見合わない怪我をする前に帰れ」

「何だと！」

「問答無用、ぶっ殺す」

二十歳そこそこの男がキリの襟《えり》に手をのばした。それをはねのけ、キリは男の膝を蹴った。

男はうずくまった。二、三日はまともに歩けないだろう。

「いってえ！」

顔色の悪い男が匕首《あいくち》を抜いた。腰を落とし、刃を上にかまえる。

「ズブッといくぜ」

キリは一歩踏みだすと、匕首男の両眼に広げた右手の人さし指と中指をつっこんだ。ぎゃあっと悲鳴を上げ、男は匕首をふり回した。

キリは素早く体をひいた。匕首の刃先が坊主頭の腕をかすめた。

「危ねえ！　俺を切るな」

坊主頭が叫んだ。

「目がっ、目が見えねえ」

「このっ」

最初のチンピラが立ち上がろうとして転んだ。

「兄貴、膝を割られちまった！」

「大げさだな。膝も目も二、三日すれば元に戻る」

「本当か⁉」

坊主頭が目をみひらき、後退った。

「で、どっちなんだ」

「俺たち正義団は、金で雇われたりしない」

「じゃあ、そのデタラメを誰に吹きこまれた？」

「そんなこといえるか！　この野郎」

吠《ほ》えると坊主頭はキリにつかみかかった。キリはすっと身をかがめ、坊主頭の鳩尾《みぞおち》に手刀をつきこんだ。

うげっと坊主頭が叫び、体を折った。その左耳をキリはつかんだ。ひねり上げる。

「痛たたた、やめろ！　耳がちぎれる」

立とうとする坊主頭の足をキリは払った。耳たぶに自分の体重すべてがかかり、坊主頭は絶叫した。

キリは手を離した。

「くそっ、これで勝ったと思うな」

膝を蹴られたチンピラが叫んだ。

「お前らにデタラメを吹きこんだのはトモカ興産か」

耳を押さえていた坊主頭が、

「誰だっ、それ」

と訊き返した。キリは坊主頭の戦闘服に熊本の文字が入っていることに気づいた。

「九州からきたのか」

「天誅《てんちゅう》のためなら、我々は日本中どこにでもいく」

キリは再び坊主頭の耳をつかんだ。

「や、やめろ！　痛い、ちぎれる、ちぎれる！」

「だから俺に天誅を加えろと命じたのは誰なんだ？」

「勘弁してくれ。それをいったら俺らが危ない」

「じゃ九州まで片耳で帰るんだな」

キリは耳たぶをひねりあげた。

「やめて！　やめて！　白央会です。白央会のオヤマダさんです」

「九州白央会のオヤマダという人物なのか」

「そうです。だから離して！」

坊主頭は半泣きになっていた。キリは手を離した。坊主頭はうずくまった。あとの二人もすっかり戦意喪失したのか、動かない。

「携帯をもってるな」

キリは坊主頭に訊ねた。坊主頭は耳をおさえ、無言で頷いた。

「渡せ」

坊主頭は戦闘服のポケットから携帯をだした。キリは受けとり、電話帳を検索した。

「白央会　小山田」という番号があった。通話ボタンを押し、耳にあてる。

坊主頭が不安そうにキリを見た。四回の呼びだしのあと、男の声がでた。

「おう。どうじゃ。片づいたか」

「片づいてないな」

キリはいった。

「何？　誰じゃ、お前」

「少年少女をたぶらかしているらしい、人間のクズだ」

キリはいった。坊主頭がはっと目をみひらいた。

「何ぃ」

「正義団とやらに何を吹きこんだのかは知らないが、東京の地上げに首をつっこまなけりゃならないほど、九州白央会はシノギに困ってるのか」

「何じゃとぉ」

「それともトモカ興産の女社長に逆らえない理由でもあるのか」

小山田は黙った。

「いずれにしてもこの連中は警察に引き渡し、あんたのことも伝えるつもりだ」

キリがいうと、

「待て。いきちがいがあったみたいだ」

小山田がいった。

「どんないきちがいだ？」

「あんたが家賃を滞納した上に立ち退《の》きにも応じない。東京の極道と結託してるんで、大家も困ってると聞いたんだ」

「誰からだ？」

小山田は再び沈黙した。

「いっておくが家賃を滞納してはいないし、極道とも結託しちゃいない。警察に通報して困る理由などない」

「どうやら、こっちの情報不足だったみたいだ」

「この携帯は証拠として預かっておく。もしまた妙なチンピラをよこしたら、警視庁に渡す」

告げて、キリは通話を切った。

「ヤバい。殺されちまう」

坊主頭が両手で顔をおおった。あとの二人の顔も青ざめている。

「お前たちが殺されたら、白央会を潰《つぶ》す理由ができて警察は大喜びだろう」

キリはいった。

「勘弁して下さい。俺らがまちがってました」

「気づくのが遅い。知らない人間の家に押しかけて叩いたり蹴ったりした報いだ」

「そんな……」

「消えろ。さもないと本当に耳をちぎり、目を潰し、膝を割る」

「おとろしかぁ」

キリに膝を蹴られた男がつぶやいた。

「やっぱ、東京はおとろしかところじゃ」

「いけ。まっすぐ九州に帰るんだな」

キリは顎《あご》をしゃくった。三人は助け合いながら立ち上がった。少し離れた場所に、日章旗をたてたバンが止まっている。それに向かって歩きだした。

「おい！」

キリがいうと、三人はびくっと立ち止まった。

「忘れものだ」

キリは落ちている匕首を蹴った。匕首は道路をすべっていき、三人の足もとで止まった。

「すんません」

ひとりが拾いあげた。

三人が乗りこんだバンが走りだすのをキリは見送った。バンが見えなくなると、背後をふりかえる。

十メートルほど離れた角に一台の黒いセダンが止まっていた。車種はトヨタのようだが、暗がりに止まっているので、人が乗っているかどうかまではわからない。

キリはセダンを見つめた。中に人がいるなら、一部始終が見えていた筈だ。

不意にセダンがバックした。ライトをつけずに後退すると向きをかえ、キリに近づくことなくその場から走りさった。

キリはしばらくその場に立っていた。が、セダンも正義団のバンも戻ってはこなかった。

12

風呂に入り、キリは仮眠をとった。

起きるとパソコンを立ち上げた。佐々木からメールが届いている。

『トモカ興産は今年の初めから、品川区一帯の地上げを始めている。大規模商業施設を造る計画があるわけでもなく、地上げの理由は不明だ。もしかすると政治家などから、将来大がかりな公共施設が造られるというインサイダー情報を得たのかもしれない。ちなみにトモカ興産の社長は、小林《こばやし》朋華《ともか》という福岡出身の三十七歳の女で、中洲《なかす》と銀座のクラブでホステスをしていた経歴がある』

添付されている写真をキリは見た。目と口の大きい、派手な顔立ちの女だ。髪を明るく染め、大きなイヤリングや指輪をつけている。女社長というより、確かにクラブのママのほうがしっくりくる容貌《ようぼう》だった。

『トモカ興産の創業は八年前だが、資金力と強引な地上げで、短期間に業績を伸ばした。その資金の背景に、九州の反社の存在があると噂されているが、実態は不明だ。その反社が九州白央会かもしれないが、組の名までは今のところわからない』

キリはコーヒーをいれた。佐々木からのメールはまだつづいている。

『アジア歴訪中のイギリスの議員、ウォルター・コットンだが、二日前まで香港にいたことがわかった。現在どこにいるか不明だが、距離を考えると、日本にいる可能性は高い。

殺されたハヤシに関してだが、諜報《ちょうほう》関係者による匿名《とくめい》のチャットでは、殺害がすでに話題になっていた。どうやら警視庁公安部に目をつけられていたようだ。日系アメリカ人といっても、CIAや米軍などに所属していたのではなく、金しだいでどこにでも雇われるフリーランサーで、最近は大きいスポンサーを見つけたらしく金回りがよかったようだ。その大きいスポンサーがどこなのかは不明だが、岡崎紅火の拉致にかかわっている可能性はある。だとすれば、ハヤシの殺害は口封じだったかもしれない。フリーランサーは報酬しだいで雇い主をかえるから、情報洩れを防ぐ目的で殺したとか』

控えめにシャッターをノックする音がした。キリはパソコンの画面から目を上げた。午前零時を回っている。

パソコンを閉じ、シャッターを上げた。制服の警備員が立っていた。

「午前一時頃におでかけになるということなので、うかがいました」

「ご苦労さん、今仕度するから、待っていてくれ」

キリはいって、服装を整えた。パソコンはロックをかけ、おいていく。佐々木からのメールは携帯でも読むことができる。

家をでるとタクシーの拾える表通りまで歩いた。

品川駅の近くでタクシーの空車を見つけた。乗りこみ、新宿のゴールデン街に向かうよう告げる。

携帯をだし、佐々木のメールのつづきを読んだ。

『ハヤシが口封じで殺されたのだとすれば、スポンサーは「ホワイトペーパー」のありかをつきとめた可能性がある。「ホワイトペーパー」の入手後は、岡崎紅火の生命も危ない。生かしておく理由がないからな』

メールはそこで終わっていた。キリは大きく息を吐いた。

ハヤシを雇っていた人物なり組織が『ホワイトペーパー』のありかをつきとめたのであれば、紅火が隠し場所を教えたことになる。

短時間いっしょにいただけだが、紅火がそう簡単に隠し場所を喋るとは思えなかった。

拷問《ごうもん》され口を割った可能性はある。とすれば、それはかなり過酷な拷問だった筈だ。

だが、そんな過酷な拷問をおこなう人間なら、紅火の拉致時に、弥生やキリを殺していても不思議はない。

キリは妙に割り切れないものを感じた。

紅火の拉致時、犯人はキリには手をださず、弥生には麻酔薬を使った。それはなるべく血を流さずに紅火の身柄を手に入れたかったからだと考えられる。その一方で、紅火の宿泊場所の情報を提供したハヤシは、あっさり射殺した。殺害の理由が口封じなら、冷酷で、残忍な犯行だ。しかも紅火から『ホワイトペーパー』のありかを訊きだそうと拷問した可能性すらでてきた。

流血を最小限度にしようとする犯人、殺人や拷問をためらわない犯人と、二種類の犯人像には矛《む》盾《じゅん》がある。

その疑問の答を知る手がかりは今のところ「エスコルピオン」のジュンという人物にしかない。ゴールデン街でタクシーを降りたキリは時計を見た。弥生と待ち合わせた一時半にはまだ三十分以上あった。

店の前までいったが、弥生の姿はない。時間的にはまだ「アイギー」の営業時間内だ。キリの姿がなければ、弥生は電話をしてくるか「アイギー」をのぞくだろう。そう考え、キリは「アイギー」の扉を押した。

「いらっしゃい」

しわがれた女の声が迎えた。カウンター十席ほどの小さな店だ。カウンターの内側には銀髪をおかっぱのように刈った小柄な女が立ち、煙草《たばこ》をくゆらせていた。客はカップル一組で、スーツを着た小柄な男とワンピースの女だ。

「おや、男かい」

銀髪の女がいった。年齢は五十代のどこかだろう。

「悪いね。うちは男性客はお断わりなんだ。二時以降、またきてくれるかい。二時になったら、男でも女でもオーケーな店になるから」

キリはカウンターにすわるカップルを見直した。小柄な男と見えたのは男装の女だった。

短髪にスリーピースのスーツを着け、カウンターに肘をついて、キリをにらみつけている。

「失礼した」

告げてキリは「アイギー」の扉を閉じた。

扉に背を向けると、路地をやってくる弥生の姿が見えた。昼間と同じパンツスーツ姿だ。

キリに無言で頷く。キリは「アイギー」の扉を指さした。

「二時までは男子禁制だといわれた。ようすを探ってきてくれ」

「男子禁制？」

弥生は眉をひそめた。

「そういう店のようだ」

「どういう店なんだ？」

「入ればわかる」

キリはいった。弥生はキリをにらんでいたが、

「わかった」

といって、「アイギー」の扉を押した。

キリはその場を離れた。路地の入口に立ち、「アイギー」のようすをうかがう。

「ごめんよ、ごめんよ」

威勢のいい声が背後から聞こえ、ふりかえった。角刈りに着流し、雪駄《せった》ばきという人物が路地に

入ろうとしていた。まるで六十年前の任侠《にんきょう》映画の登場人物のようないでたちだ。しかもよく見ると、男ではなく女だ。

女はキリに手刀《てがたな》を切ると路地に走りこんだ。急いでいるようだ。見送るキリを気にするそぶりもなく、「アイギー」の扉を押した。

キリは時計を見た。午前一時十分だ。あと五十分は男子禁制がつづくようだ。

そのまま十五分が過ぎた。「アイギー」の扉が開いた。顔を赤くした弥生がでてきた。

それを追うように着流しの女が現われた。

「待っておくれよう。気を悪くしたのならあやまるからさ」

というのが聞こえ、キリは建物の陰に体を寄せた。

「別に気を悪くしたわけではありません」

「だったらもう少し、話してくれたっていいじゃないか。あんたは俺の好みなんだ」

着流しは弥生に追いすがるようにしていった。弥生がキリを捜すようにあたりを見回した。

「ありがたいお話ですが、わたしは用事があって――」

「その用事で『アイギー』にきたんだろ。仲よくしようぜ、なあ」

着流しが弥生の肩に手をかけた。

「申しわけないですが、わたしはそういうのはちょっと――」

弥生は身をよじった。極道なら遠慮なくぶちのめす弥生も勝手がちがうようだ。

「そんなことといわないでさ、試してみろよ。俺、うまいんだぜ」

「離して！」

弥生は着流しをつきとばした。着流しの表情が一変した。

「なんだよ！　やさしくしてりゃつけあがりやがって。手前《てめえ》、女だと思ってナメてんのかよ」

着流しがすごんだ。そのとたん「アイギー」の扉が開いた。

「キンゾー！　やめろ」

銀髪の女だった。

「嫌がってる子に手をだすなって、あれほどいってんのに、またやってんのかい」

銀髪の女は腰に手をあて着流しを怒鳴りつけた。着流しはうなだれた。

「いや、マスター、そんなつもりじゃ――」

「うるさい！　お前はもう出入禁止《デキン》だ。二度とくるんじゃない」

銀髪の女は再び怒鳴りつけ、弥生に目を移した。

「いやな思いをさせて悪かったね。よかったら、飲み直さないか。うちの奢《おご》りだ」

弥生は迷ったように着流しと銀髪の女を見比べていたが、

「わかりました」

と頷き、「アイギー」に戻った。

ひとり残された着流しはチッと舌打ちをしてあたりを見回した。キリはその視界に入らないよう一歩さがった。

少ししてようすをうかがうと着流しの姿はなかった。どこか他の店に向かったようだ。

それから十分ほどして弥生が「アイギー」をでてきた。

「どこにいた」

キリを見るなり訊ねた。

「すぐ近くだ。何かあったのか」

キリはわざと訊ねた。

「いや。別に何もない」

弥生は怒ったように答えた。

「それで何かわかったか」

「『エスコルピオン』を経営しているのは銀影座《ぎんえいざ》という劇団で、ジュンはその看板役者だそうだ」

「俳優なのか」

「らしい。マスターの話では、劇団といっても団員が二十人いるかどうかという小さなところで、『エスコルピオン』の売り上げでもっているらしい」

キリは佐々木にメールを打った。銀影座という劇団について調べるよう頼む。

「ジュンがくるのはいつも午前三時過ぎで、それまでは銀影座の別の団員が店を開けているようだ」

弥生がいった。

「三時過ぎまで他の場所で時間を潰そう。先乗りしたのでは疑われる」

キリは答えた。

「他の場所ってどこだ」

警戒したように弥生が訊ねた。

「ここは新宿だ。朝まで時間を潰せる場所ならいくらでもある。何なら、またカラオケでもいくか。

『北国の春』はよかったぞ」

キリがいうと、

「ふざけるな」

弥生の顔がまっ赤になった。

「からかっているのじゃない。ほめているのになぜ怒るんだ」

「うるさい！」

結局、二人は靖国通りにある二十四時間営業の喫茶店に入った。サンドイッチとコーヒーをキリは頼んだ。

「カラオケには嫌な思い出があるんだ」

コーヒーを飲んでいると、弥生がぽつりといった。キリは無言で弥生を見た。

「警察にいたとき、何かの会合があるたびに歌わされた。そういうのが大好きな署に配属されていたことがあった」

キリは無言で聞いていた。

「体《てい》のいいホステス扱いだった。酒を注げ、歌え、隣にすわれ。今はどうかわからないが、若い婦警はセクハラされ放題だった」

吐き出すように弥生はいった。

「それが嫌で警察を辞めたのか」

「いや。警察官が、本当にしたかった仕事とは異なるとわかったからだ」

弥生は首をふった。

「何をすれば一番自分のしたい仕事ができるか悩んでいるときに、如月《きさらぎ》さんが先生を紹介してくれた」

「なるほど」

「あんたはどこで先生と知り合ったんだ？」

弥生はキリを見た。

「睦月のほうから接触してきた。俺が警護する予定だった人間が、接触する前に焼死した。何が起こったのか調べてほしいと頼まれたんだ」

「何が起こったんだ？」

「人体を発火させて殺すトリックを使う殺し屋の仕業《しわざ》だった」

「犯人はどうなった？」

「死んだ」

「殺したのか？」

弥生の目が鋭くなった。

「いや、事故死だ。睦月とはそれからのつきあいだ」

「あんた、ボディガードの前は何をやっていたんだ?」

「何も」

「何も、とは?」

「何もやってない」

「そんな筈あるか」

弥生はキリをにらんだ。

「じゃあ勝手に想像しろ」

キリは時計を見た。午前三時半だ。

「いこう」

立ち上がった。

ゴールデン街に向かう途中、佐々木からのメールが届いた。

『銀影座は代々木に本部がある劇団で、男が女優、女が男優という、性別を逆転させた芝居を売り物にしている。主宰者《しゅさいしゃ》は葉山海《はやまかい》という、年齢、性別、経歴が一切不明の人物だ。名前も、葉山が姓なのか、葉《よう》が姓なのかもわからない。葉ならば中国系ということになる。劇団のホームページに所属する役者の名簿があり、JUNという名の〝女優〟が載っていた』

JUNの写真が添付されていた。黒髪のおかっぱで化粧をしている。

礼を返信し、キリは携帯をしまった。

「わたしが先にいく。銀影座のファンの友人から『エスコルピオン』のことを聞いたと説明する」

弥生がいった。キリは頷いた。

「アイギー」の看板の明りが消えていた。「エスコルピオン」の時間帯になると看板の灯を落とすようだ。

弥生が扉を押した。

「こんばんは」

「いらっしゃい」

けだるげな声で迎えたのは、カウンターの内側に立つ女装の男だった。安物のドレスを着け、長髪でエラの張った顔立ちをしている。送られてきたＪＵＮの写真とは似ても似つかない。

客はおらず、店にいるのはカウンターの内側に立つその男ひとりだった。

「あの、人から教えられて初めてきたんです。ここ、銀影座さんのお店ですよね」

弥生はいった。

「そうよ。初めてなの？　じゃあシステムを説明するわね。チャージとしておひとり千円いただくの。それにはチャームとドリンク一杯がついてる。それ以降は、ショットかボトルキープになるわ」

弥生はキリをふりかえった。

「とりあえず一杯もらおう」

二人はカウンターにすわった。

「お先に千円ずついただいていい？」

弥生が二千円を払った。飲み物は弥生がジンジャーエール、キリが水割りを頼んだ。

「お仕事、何してるの？」

男が訊ねた。ポテトチップの小袋をおく。

「え？　ＯＬです」

「いいの？　ＯＬさんがこんな時間に飲んでて」

「あ、オペレーターの夜勤なんで、大丈夫なんです」

男はキリを見た。

「こちらも同じお仕事？」

キリは頷き、

「よかったら一杯どうぞ」

といった。

「あら、いいの？　ビールいただいちゃおうかしら」

男はいってビールの小壜《こびん》を足もとの冷蔵庫からとりだした。キリは千円を払った。

「お店はいつもひとりなんですか」

乾杯し、弥生が訊ねた。

「ちがうわよ。もうひとり、うちの看板役者がでてるのだけど、まだこないの」

「具合でも悪くしたのですか」

キリは訊ねた。

「わかんない。きまぐれなのよ、すごく。役者だって本当にしたくてやっているのだかわからないし。まあ、キレイだからいいのだけど」

「きれいなんですか」

弥生が訊ねた。

「写真見る？」

いって男は携帯を操作した。女装した男と男装した女ばかり四人が写っている画像を見せた。

「この人」

王女のようないでたちで金髪のウィッグをつけた姿を男が指さした。

「わあ、きれい」

「そっちが本業にみえるね」

キリはいった。

「あ、おかまってこと？　ちがうわよ。女装はあくまでお芝居。あたしはそうだけど。根っからオトコ好きだから」

男はしなを作ってみせた。

「え？　こんなにきれいでゲイじゃないんですか」

弥生が訊ねるとふくれっ面になった。

「何よ、あたしのことは無視？」

「そうじゃなくて――」

弥生があわてるとけらけら笑った。

「いいわよ、別に。ジュンさんは本当にキレイだもの。あたしがジュンさんくらいキレイだったら、男とも女ともやりまくってる」

「この人はストレートなんですか」

「ストレートもストレート。男にも女にも興味がないみたいよ」

「じゃあ何に興味があるんですか」

「自分じゃない。ナルちゃんよ」

「そういうパターンか」

弥生が納得したようにいった。

「じゃあ恋人とかはいないんだ」

「そこが上手《うま》くて、パパやママはいるの」

「パパやママ？」

「ご飯を食べさせてくれたり、洋服を買ってくれるような人。エッチをさせないで、ぎりぎりまで引っ張るのが上手なの。したたかでしょう？」

内心、ジュンのことをよく思っていないのか、男はペラペラと喋った。

「へえ。じゃあなぜお芝居をやっているのですか」

「わかんない。でも演技はうまいわよ。何ていうの、ジゴロ体質なのよ。玉ネギみたいで、全部嘘で固めてる感じ」

「そんな人がいるんだ」

驚いたように弥生がいった。

「俺も会ってみたい」

キリも合わせた。

「ごめんね。今日は休みみたい。本当だったら、この時間にはきてる筈なんだけど」

「そうなんですか。残念」

キリは時計を見た。午前四時を回っている。

そのとき扉が開いた。

「あっ、きた」

男が驚いたようにいった。店の入口にジーンズと革のジャケットを着けた小柄な男が立っていた。キャップをまぶかにかぶっている。

「今日はおサボりかと思ってた」

「サボろうと思ってたけど、おなかが空《す》いちゃって。ご飯食べたら元気になったんで、でてきたよ」

男はいった。

「こちら初めてのお客さんなの」

「いらっしゃい」

いって男はキリと弥生に目を移した。何かを思いだすように瞬きをしていたが、表情が一変した。

くるりと背を向け、店を飛びだす。

「あっ、待て!」

弥生が立ち、あとを追った。

「失礼する」

キリはいって店をでた。十メートルほど離れた路上で弥生がジュンの背中に飛びついた。

二人はひとかたまりになって地面に転がった。

「何すんだよ」

男がいった。弥生はかまわず、ジュンの手首を捻《ひね》り上げた。

「痛い、痛い。折れる」

「じゃあ抵抗するな」

弥生がジュンを立たせた。

「逃げたのは理由があるからだろ」

「ちょっと――」

声がした。「アイギー」の戸口にカウンターにいた男が立っていた。

「大丈夫?」

「大丈夫だ、気にするな」

ジュンが叫び返した。弥生が手を離した。

「警察にいこうか」

「待てよ。なんで警察なんだよ」

ジュンがいった。

「ハヤシを殺した犯人を捜しているからさ」

「俺じゃない。いったら、死んでいたんだ」

「そういう話は刑事にいえ」

「本当だって。俺は金《かね》を渡しにいっただけなんだ」

「金?」

「ていうか、あんたたち何なんだ。刑事じゃないのか」

ジュンは弥生とキリを見直した。

「誰も刑事だとはいっていない」

キリは告げた。

「じゃあ何だって俺をこんな目にあわすんだよ」

ジュンは怒ったようにいった。

「あんたがハヤシの部屋にいたことはわかっている。オートロックを開け、あたしらが上がれるようエレベータを動かした。ちがう?」

弥生が詰めよった。

「そうだけど、なんで俺だってわかったんだ」

「階段の防犯カメラに映っていた。警察もあんたがハヤシを殺した犯人だと考えている」

キリはいった。

「冗談じゃない。俺がいったときにはもうハヤシ先生は死んでた」

「じゃあなぜ通報しないで逃げた？」

弥生がジュンの顔をのぞきこんだ。

「それは……いろいろとマズいと思ったからだよ」

ジュンは口ごもった。

「何がマズいんだ」

弥生が訊ねた。ジュンは黙った。

「金を渡しにいっただけだ、とさっきいったな。渡す相手はハヤシか？」

キリはジュンを見つめた。ジュンは頷いた。

「何の金だ？」

「知らないよ。俺がハヤシ先生ん家《ち》のカギをもってるからって頼まれたんだ」

「ハヤシの家のカギを？　なぜもっていたんだ」

弥生が訊いた。

「渡されたんだ。いつでも遊びにきていいようにって。先生に」

「つきあっていたのか」

「そうじゃない。そうじゃないけど、先生はそうしたいと思ってたみたいだ」

ジュンは答えづらそうにいった。キリは気づいた。ハヤシも、ジュンの〝パパ〟だったようだ。

「ハヤシはあんたに気があった。だからカギを渡したんだな」

キリの言葉をジュンは否定しなかった。

「それなのに金を渡しにいったというのは、どういうことだ?」

「頼まれたんだ。金を届けてくれって」

「誰に?」

嚙《か》みつくように弥生が訊ねた。ジュンは顔をそむけた。

「いいたくない」

「何だと」

弥生の顔が険《けわ》しくなった。キリはいった。

「いいたくないならいわなくていい。警察はあんたをハヤシ殺しの犯人として逮捕するだろう」

「やってないって、俺は」

キリは無言でジュンを見つめた。弥生も黙っている。

やがてあきらめたようにジュンがいった。

「座長だ」

「座長?」

「葉さんだよ」

銀影座の主宰者だ。

「葉山じゃなくて葉と読むのか」

キリはいった。

「どっちも使ってる。ハヤシ先生には葉と名乗ってた」

「ハヤシと銀影座の葉は知り合いだったのか」

ジュンは頷いた。

「どういう関係なんだ」

弥生が訊ねた。

「よくは知らない。半年前にハヤシ先生ん家《ち》であったホームパーティに、座長に連れていかれて。そうしたら先生は俺を気に入ってカギをくれたんだ」

「そのハヤシになぜ座長が金を渡すんだ？」

ジュンは首をふった。

「知らないよ。昨日の朝座長に呼び出されて、封筒を渡された。俺が先生ん家《ち》のカギをもってることを知っていて、これを届けてこい、もしでかけていたら、わかるようにおいてくれればいいから、と」

「封筒に金が入っていたのか」

ジュンは頷いた。

「いくらだ」

弥生が訊いた。

「百万」

ジュンは答えた。

「本当だよ。いってみたら先生が死んでた。ヤバい、どうしようと思っていたら、インターホンが鳴って、カメラにあんたたちが映っていた。それで時間稼ぎをしなきゃと思って、返事をして逃げだしたんだ」

「金はどうした?」

「もって帰ったよ。おいていくわけにもいかないだろう」

「葉には知らせたか」

ジュンは肩をすくめた。

「連絡がつかない。マンションをでてすぐに電話をしたけど、でないんだ。昨日一日中かけてたのに、ずっと留守電だ。家に隠れてたけど、ひとりでいるのも恐くなって店にでてきた」

弥生はキリを見た。

「信じられるか」

「葉について知っていることを話せ。外見や年齢、出身地、知っていることすべてだ」

キリはいった。ジュンはうつむいた。

「ほとんど知らない。訊いても教えてくれないんだ。年は……たぶんだけど四十代後半。葉山海というのは芸名で、本名が何というかも知らない」

「日本人なのか」

弥生が訊いた。

「わからない。日本と中国のハーフかもしれない。中国語も英語も喋れる。出身はどこなのかわからないけど、香港《ホンコン》に住んでいたことがあるって聞いた」

「香港に住んでいたことがある？」

ジュンは頷いた。

「中国に返還されるときに離れたっていってたような気がする」

香港の中国返還は一九九七年だ。葉が四十代後半なら、二十代の初めまで香港に住んでいたことになる。

「香港で何をしていたんだ？」

「役者じゃないかな。香港映画にちょい役ででたことがあるっていってたから」

「葉の住居はどこだ」

「どこに住んでるかは知らない。いつも代々木のスタジオにいるけど」

「スタジオの場所を教えろ」

弥生がいった。ジュンが説明する場所をキリは携帯の地図アプリで確認した。小田急線の参宮橋《さんぐうばし》駅の西側にある。

「葉はスタジオにもいなかったのか」

弥生が訊ねた。

「夕方電話したら劇団員がでたけど、座長は今日はきていないって」

「スタジオには常に誰かいるのか」

キリが訊くとジュンは頷いた。

「学生とか、暇《ひま》な奴がたいてい二、三人はごろごろしてる。半分暮らしているようなのもいるし」

「いくか」

弥生はキリを見た。

「昼にしよう。その前に――」

キリは聞いていた久保野の携帯を呼びだした。じき午前五時になろうという時刻だ。眠っているかもしれないと思ったが、すぐに応えがあった。

「久保野です」

「キリだ」

「ずいぶん早起きですな。それともまだ寝ていなかったのですか」

「あんたこそ早起きだな」

「麻布署に捜査本部《チョウバ》を立ちあげることになりましてね。調整に手間どって、徹夜になってしまいました」

「非常階段で逃げた人間をつかまえた」

「えっ」

久保野は声をあげた。

「見かけは防犯カメラに映っていた通りだが、男だ。本人はやっていないといいはっている」

「今どこです?」

「新宿だ。麻布署にいるなら連れていく」

「自首したいといっているのですか?」

キリはジュンを見た。

「潔白を主張したいようだ」

久保野は黙った。

「なに、なに、いったい俺をどうするつもりだよ」

あわてたようにジュンがいった。その腕を弥生がつかんだ。低い声でいう。

「逃げるなよ」

「承知しました。麻布署でお待ちしています。必ず同行して下さい」

久保野がいった。キリは通話を終え、ジュンを見た。

「葉の行方がつかめない状況では、警察にすべて話すのが一番賢明だ。逃げ回っていると、それこそ犯人にされるぞ」

ジュンは唇をかんだ。

「わかったよ」

「担当の刑事に会わせる。俺に話したことを全部話すといい」

キリはいってタクシーを探した。

13

六本木の麻布署に着いたときにはすっかり夜が明けていた。ロビーで待ちかまえていた久保野と山口に、キリはジュンを預けた。

山口がジュンを奥に連れていくと、久保野がいった。

「こんなに早く、よく見つけられましたね」

「ハヤシのことを教えてくれた人間から情報をもらった」

「何者です？」

「中国人だが警察には口の固い種類の人間だ。それ以上はいえない」

久保野の目が一瞬鋭くなった。

「なるほど。協力的ではない連中のひとりということですな」

キリは頷《うなず》き、訊《たず》ねた。

「調整に手間取ったというのは、新しい証拠でも見つかったのか」

「部外者には本来話せないことですが、重参を見つけて下さったので、お教えします。公安部が動いていましてね。捜査に加えるか、事件《ヤマ》そのものをよこせといってきたんですよ」

周囲を見回し、声をひそめて久保野はいった。

「公安部が」

弥生《やよい》がつぶやいた。

「以前からマル害に目をつけていたようです。昨日、現場でキリさんがいわれたように、日本語学校の教師というのは表向きで、日本国内でスパイ活動をおこなっていた。ただ、公安の動きかたを見ていると、アメリカのスパイではなかったのは確かなようです」

「いずれにしても金回りはよかった。それなりの報酬を払うクライアントがいたということだ」

「うかがった、『ホワイトペーパー』ですか、そのことを考えあわせると、やはり中国という可能性が高いでしょうな。だから公安部も無理をいってきた」

「捜査はどうなる?」

「今日開く、一回めの合同捜査会議の結果しだいですな。合同捜査といっても、マル害の周辺情報は公安部がもっていくでしょうから結局、あちらさん主導ということになるでしょう」

愉快には思っていない口調で久保野はいった。

「今後も俺たちは岡崎紅火《おかざきべにか》の行方を捜す。その過程で、この殺しの犯人につながる情報を得たらあんたに流す。それでいいか」

キリが訊ねると、久保野は驚いたように目をみひらいた。

「それはありがたい話ですが、公安部はあなた方が動くのを嫌がるでしょうな」

「嫌がろうが何だろうが、俺たちには俺たちの仕事がある。警察に雇われているわけじゃない」

久保野は頷き、弥生に目を移した。

「あのあと、あなたのボスについていろいろと情報が入ってきました。公安部が動向に注目している一方、ご意見もうかがうという、特殊な存在という方のようだ」

「先生は公安部長と定期的に会っておられる。先生の話では、利用できるうちは利用し、もし不利益になると判断したら自分を逮捕するだろう、と。それがわかっていてつきあうのはなぜですと訊ねたら、『国益のためだ』とおっしゃった」

弥生はいった。

「なるほど、国益ですか」

久保野は淡々と答えた。

「先生の言葉を信じないのか」

弥生の表情が険しくなった。

「そんなことはありません。国益にはいろいろなものがあります。公安部の考える国益と私の考える国益はちがう。外国のスパイ活動を見張るのも国益につながるでしょうが、人殺しや泥棒をつかまえることも国益になる、と私は信じています」

久保野は答えた。弥生は黙った。

「優先順位の問題か」

キリがいうと久保野は深く頷いた。

「警察のような大所帯になると、どうしてもどちらを優先するかという問題がでてくる。上の人間がどちらを選ぶかで決まります。まあ、たいていの場合、私のではない国益が優先されるわけですが」

皮肉のこもった口調でいった。

「依頼人を守る、が俺の仕事のすべてだ。国益について考える余裕はない。だから情報はあんたに渡す」

キリがいうと久保野は微笑《ほほえ》んだ。

「どうやら、いい関係が作れそうです」

「では失礼する」

キリは弥生をうながし、麻布署をでた。

「あんたがそこまで警察に尻尾《しっぽ》を振るとは思わなかった」

いまいましそうに弥生が吐きだした。平日の夜が明けたばかりの六本木に、人の姿はほとんどない。キリは弥生を見た。

「睦月《むつき》にどれほど力があっても、警察すべてを敵に回して、紅火をとり返すことは不可能だ。警察はジュンのことをいずれつきとめ、身柄を押さえたろう。そのときになって我々が会っていたとわかれば、捜査妨害で逮捕されかねない」

弥生は目を伏せた。

「それは……そうだな」

「ただ警察も一枚岩じゃない。今後動きやすくするためにも味方をつくっておくことは必要だ」

弥生はほっと息を吐いた。

「あたしはあんたを誤解していたようだ。自分の利益になることしか考えない人間だと思っていた」

「その通りだ。俺は自分の仕事にとって何が一番役に立つかを考える」

「いや、そうじゃなくて、金《かね》のことしか頭にないのかと思っていたんだ」

「紅火を連れ戻さなければ、一銭も受けとる資格はない」

弥生は小さく頷いた。

「わかった。あたしもあんたに対する態度を改める。これからは協力しあおう」

「了解だ。とりあえず、一度休んで代々木で合流しよう。ただ警察より先に葉《よう》と接触することを考えると、あまり時間はない」

「ジュンの取調が始まるのは八時からだ。その前に取調べると、寝かせない拷問《ごうもん》をしたと、あとあと弁護士につっこまれる可能性がある」

警察にいたときに得た知識なのか、弥生はいった。

「だとすれば、久保野たちが葉に接触をはかるのは、早くても昼頃だな。葉が犯人だという確証でもない限り、それほど急ぐとも思えない」

キリはいった。弥生は頷いた。

「ひと眠りして、十一時に銀影座のスタジオでどうだ?」

「そうしよう」

キリはタクシーの空車に手を上げた。仮眠をとったので、まだ体力に余裕はある。が、早い時間に銀影座に向かっても、葉山海に会えるとは思えなかった。ジュンが何度も試みたにもかかわらず連絡がつかなかったのは、ハヤシの身に起きたことを葉が知っているからだと考えられる。それなのにのこのこと劇団のスタジオに現われる筈《はず》がない。

品川の自宅に異常はなかった。三時間ほど仮眠をとり、着替えるとキリは参宮橋に向かった。

教えられた銀影座のスタジオは、かなり古い雑居ビルの二階にあった。エレベータのない五階建てで、他の部屋はトランクルームとして使われているようだ。

弥生がすでにビルのそばにいた。

「ずいぶん古いな」

建物を見上げ、いった。かつては住居用として使われていたものが、老朽化に伴い、トランクルームに転用されたようだ。いたるところにトランクルームというシールが貼られた建物の窓の二階部分だけ、「劇団　銀影座」という文字が書かれている。

「高い家賃を払えないのだろうな」

キリがいうと、

「劇団なんてみんなそんなものだ。儲《もう》かっているのはごくごくひと握りだけで」

弥生が答えた。

「詳しいのか」

「売れない役者をやってる従妹《いとこ》がいる。バイトした金をチケット代とかに注《つ》ぎこんで芝居をつづけている。何ていうか、一回やるとハマるらしい。どんなに小さな小屋でも舞台に立つ快感があるというんだ」

キリは弥生を見た。

「なるほど。舞台に立つ快感か」

「端役《はやく》でも何でも、セリフをいうときは観客は自分だけを見ている。それがたまらないらしい」

二人はビルに入った。湿ったコンクリートの臭いが鼻を突く。階段を上がると、「劇団　銀影座」というプレートの下がったスティールドアがあった。インターホンはない。

ノックし、キリは扉を引いた。内部は薄暗い空間だった。広さは百平方メートルくらいだ。半分は板の間で、半分が畳じきだった。その畳の部分に、男が二人、寝そべっていた。煙草《たばこ》の煙がたちこめ、卓袱台《ちゃぶだい》の上にカップラーメンの容器と湯呑みがおかれている。

「え、誰？」

キリと弥生を見て、ひとりが体を起こした。まだ二十歳《はたち》になったかどうかというところだ。Tシャツにジーンズで、もうひとりはジャージの上下だ。

「キリといいます。座長はおいでですか」

「キリさん、すか。座長は、きのうからきてないす」

「急ぎの用があるのですが、携帯の番号とかをご存じですか」

「番号ならそこに」

ジャージ姿の若者が、窓ぎわにおかれたホワイトボードをさした。

「火の用心！　煙草の吸いガラを捨てるときは一度水をかけること。非常の際は、080-×××

×-××××」

赤い文字で書かれている。キリは携帯をとりだし、かけた。呼び出し音は鳴らず、すぐに留守番電話になった。

「つながらないようです。ここ以外で、座長と連絡がつく場所をご存じありませんか」

二人の若者は顔を見合わせた。

「あそこかな」

「あそこだな」

「どこです？」

キリは訊ねた。

「ええと、いったいどんな用事なんすか」

「座長の知り合いで、トモダチ学院という日本語学校のハヤシという先生がいます。ご存じですか」

「いや」

「知らないっす」

「その方のことでちょっとうかがいたいことがあって」

「え、刑事さんか何かですか」

キリは首をふった。無言で若者を見つめる。

「ええと……。いいのかな」

「座長の居場所をご存じなら、教えて下さい。そうしたほうが座長のためですし、あとあとトラブルになりません」

弥生が低い声でいった。

「わかりました。教えます。けど、俺らから聞いたっていわないで下さい。初台《はつだい》の駅の近くにある『コム』ってレストランです。座長はここにいないときはたいてい『コム』にいます」

もうひとりの若者がいった。

「初台の『コム』ですね。ありがとう」

「ちなみに座長の外見は、どんな感じですか」

キリは訊ねた。若者は壁に飾られている写真パネルを示した。芝居の一シーンのようだ。女装した男と男装した女が写っている。

「真ん中の魔女がそうです」

杖をつき、マントを着けた老婆が中心にいる。高い頬骨《ほおぼね》とワシ鼻をキリは見つめた。化粧のせいもあるが、白人のような顔立ちをしている。

「おい、いいのか、そこまで教えて」

もうひとりがいった。キリはその若者に告げた。

「おそらくもう少しすると警察もくるでしょう。劇団員のジュンさんも警察にいますし」

「え、ジュンさんが。どうしてです」

「それは我々の口からはいえない。知りたければ、あとからくる刑事さんに訊《き》いて下さい」

二人は再び顔を見合わせた。

「だから座長、きてなかったんだ」

「ここにいるとヤバいんじゃないか」

キリは弥生に目で合図し、銀影座のスタジオをでた。参宮橋と初台の駅はさほど離れていない。

「あの連中がすんなり話してくれてよかった」

歩きだしてすぐ弥生がいった。キリは苦笑した。

きのうから誰かに何かを訊こうとするたびに殴りあったり、走り回っている。質問に素直に答えてくれたのは彼らが初めてかもしれない。

「コム」はすぐに見つかった。初台の駅に近いマンションの一階にある。店構えからすると、本格的なロシア料理店のようだ。ランチタイムなのか、メニューを記したボードが外におかれていた。

「ついでだ。可能ならランチを食べよう」

キリはいって扉を押した。店内は広く、十以上のテーブルとカウンターがある。その半数近くが埋まっていた。

足を踏み入れた瞬間、鋭い視線を感じた。それもひとりふたりではない。テーブルを埋めたほとんどの客が、キリと弥生に鋭い目を向けたのだ。

「どうなってる」

弥生が低い声でいった。客はすべて男で、外国人もいる。そのほとんどが、二人組かそれ以上の人数で、スーツにネクタイ姿だ。

「いらっしゃいませ」

黒いブラウスに黒いパンツを着けた二十歳そこそこの娘が、入口の近くに立っていた。

「空《あ》いているお好きなテーブルにどうぞ」

キリは客たちを見回した。ネクタイを締めていてもサラリーマンには見えない連中ばかりだ。中には白人でも日本人でもない、東洋系の外国人もいる。

テーブルにつくと、キリと弥生は外のボードで見たランチを注文した。ボルシチとチキンストロガノフのセットだ。水のグラスをもってきた娘に、小声で訊ねた。

「ここのランチは、いつもいろいろな国のお客さんがきているの？」

娘は小さく首をふった。小声で答えた。

「いえ、初めてのお客さまばかりです」

「なるほど」

「トイレにいってくる」

弥生がいって立ち上がった。その瞬間、全員が反応した。空気が張りつめ、腰を浮かせたり、懐ろに右手をやった人間までいる。

弥生は驚いたように目をみはった。唇だけを動かし「何なんだ」とつぶやいた。キリは無言で首をふった。

「コム」の店内を埋めているのは、エージェントや殺し屋のような剣呑《けんのん》な客ばかりだった。一触即発の緊張感が店内に張りつめ、それは無関係な人間にも伝わるほどだ。

店のドアが開いた。二十代の若いカップルだった。が、中に入りかけ、異様な空気を感じとったのか、くるりと踵《きびす》を返した。入口に近いテーブルにすわる、白人と、おそらくは日本人の二人組が殺気をまき散らしているのだ。

葉山海らしい人間は見当たらない。もしきたとしても、すぐに逃げだすだろう。

どのテーブルにも、キリたちが頼んだのと同じ料理の皿が並んでいる。が、誰ひとり手をつけているようすはない。毒を盛られると恐れているか、スキを見せたとたん撃たれるとでも思っているかのようだ。

トイレから戻ってきた弥生がキリに頷くと、携帯をとりだした。弥生が操作すると、キリの携帯が振動した。弥生からのメッセージが届いた。

『キッチンにそれらしい男がいる。コックのような格好をしているが、働いていない』

それが葉山海なら、「コム」の経営者と親しい関係にあると考えられる。銀影座の劇団員が、スタジオにいないときはたいてい「コム」にいるといったのは、だからなのだろう。

やがて料理ののったトレイを手にした女が現われた。入口で出迎えた娘ではなく、同じ黒の上下を着けているが、五十近くで明らかに白人の血が流れているとわかる容貌の女だった。

「いらっしゃいませ。ランチでございます」

二人のすわるテーブルに料理の皿を並べた。

「ありがとうございます。こちらのマダムですか」

弥生が訊ねた。

「はい。ここを経営しております。お二人も、葉山さんを捜しに当店においでですか」

マダムは訊き返した。その瞬間、店内に漂う緊張感が、今にも破裂しそうにふくらんだ。全員がマダムとキリたちに険《けわ》しい視線を注ぎ、半《なか》ば腰を浮かせている。

「銀影座の座長を捜しているのは事実です。他のお客さんもそうなのですか」

キリは答えた。マダムは頷いた。

「そうなんですの。おかげさまでいつもは閑古鳥《かんこどり》が鳴いている、当店のランチタイムは大繁盛です。でもどなたもひと口も召し上がらないので、シェフが寂しがります」

店にいる者すべてに聞こえるような、通る声だった。とたんに、全員がスプーンとフォークを手にした。号令がかかったかのように料理を食べ始める。静まりかえった店内に、食器が触れあうカチャカチャという音ばかりが響いた。

「皆さん、召し上がっているようだ」

キリはいった。マダムは表情を変えることなく頷いた。

「よろしゅうございました」

「それで、葉山さんはこちらにいらしているのでしょうか」

マダムは微笑んだ。

「それにお答えするのは、ランチを全部召し上がられてからにいたします。どうぞ、ごゆっくり」

去っていく。

「すごい心臓だな」

弥生がつぶやいた。確かに度胸はある。それとも、住宅街のレストランで銃をふり回したり殴りあったりするような事件がよもや起きるわけがない、と思っているのか。

「確かにたいしたものだ」

キリはいった。

「数えたんだが、ざっと十五人はいる。こいつら全部を相手にするのは大変だ。丸腰じゃないのもいそうだ」

弥生がいった。さすがに表情をこわばらせている。

「とりあえず我々もランチをいただこう」

キリはいってスプーンを手にとり、ボルシチをすすった。ひと口食べてわかるほど味がいい。

「うまいぞ」

赤いスープにのったサワークリームを溶かしこみ、キリはさらにすすった。気のすすまない顔でスプーンを手にとり、ひと口食べた弥生も目をみはった。

「確かにおいしい」

ため息を吐《つ》いた。

「こんなときでもなけりゃ、もっとおいしかったろう」

キリは頷き、店内を見渡した。手は動かしているが、視線をあちこちに飛ばす男たちがボルシチとストロガノフを食べている。キリと弥生のように言葉を交す者はいない。どの客も、気をゆるめた瞬間に、何かされると警戒しているようだ。

「いったい何だっていうんだ」

小声で弥生がいった。キリは首をふった。

マダムの言葉を信じる限り、ここにいる連中は全員、葉山海を目的にこの「コム」を訪れたようだ。となれば、葉は、ハヤシの殺害や紅火の拉致《らち》とも関係している可能性が高いと考えられる。

「まさかこいつら全員が、『ホワイトペーパー』を狙《ねら》ってるってのか」

弥生が口にしたとたん、カチャカチャという音がぴたりと止《や》んだ。全員がキリと弥生に殺気のこもった視線を向ける。だが、誰も何もいわない。

「よっこらせ」

声がした。入口に近いテーブルに白人とすわり、殺気をまき散らしていた男が立ち上がったのだ。食事を終えたらしく、爪楊枝《つまようじ》をくわえている。小太りで眼の下にどす黒い隈《くま》があり、それがただでさえ悪い人相をより凶悪にしていた。オールバックになでつけた髪が整髪料でてかてかと光っている。

男は店の中央まで進みでると、客を見回した。

「ここは俺が話をする。終わるまでは誰も邪魔すんなよ」

誰も何もいわなかった。同意しているともしていないともわからない。

男は気にするようすもなく、キリと弥生のすわるテーブルに歩みよってきた。スラックスのベルトをつかむとゆすりあげ、

「寺岡《てらおか》って者《もん》だ。商売はいわなくてもわかるだろう?」

とキリの顔をのぞきこんだ。他の客は誰も言葉を発しない。ただ殺気のこもった視線を寺岡とキ

リ、弥生に飛ばしてくるだけだ。
「キリだ」

キリは短く答えた。寺岡は弥生に目を向けた。

「弥生だ」

寺岡は首をかしげた。

「キリ、キリ……。聞いたことあるな。何だっけ、思いだせねえが」

「別に思いださなくても困るような人間じゃない」

キリがいうと寺岡は頷いた。

「まあ、いい。今、ちらっと聞こえちまったんだが、『ホワイトペーパー』がどうしたとか、そっちの姐《ねえ》さんがいってなかったか？」

弥生がキリを見た。

「『ホワイトペーパー』に興味があるのか？」

キリは訊ねた。

「おやおや。あんた、業界がちがうようだな」

寺岡は眉根を寄せた。

「確かにあんたも含め、今この店にいる皆さんと、我々は仕事がちがうようだ」

「じゃあ知らないのも無理ねえか」

寺岡は息を吐いた。キリは訊ねた。

「教えてくれないか。ここにいる皆さんは全員『ホワイトペーパー』を探しているようだが、その理由は何だ？」

「もちろん金《かね》だ。『ホワイトペーパー』一枚につき一万USドル。百枚なら百万ドル、もし未発表の『ホワイトペーパー』をすべて手に入れたら、さらに百万ドルのボーナスがつく。いくらインフレの世の中でも、老後にちっとは余裕が生まれるって額だぜ」

寺岡はにやりと笑った。笑うと凶悪な人相がさらに恐しくなる。

「誰がその金を払う？」

キリは訊ねた。

「そんなことは知っちゃいない。ま、おそらくは北京《ペキン》だろう」

キリの携帯が振動した。

「失礼」

いってキリは懐ろに手をやった。

「おっと」

魔法のように寺岡の手に拳銃が現われた。

「妙なモノはだすなよ」

「携帯を見るだけだ。メールがきた」

携帯をとりだし、キリはいった。拳銃が消えてなくなった。丸まっちい手をしているが、恐しく早い動きだ。

佐々木からのメールだった。

『少し前、例の掲示板に、未発表の「ホワイトペーパー」を一枚一万USドルで買う、という情報が上がった。今朝から発効した条件で、買い手は中国政府の代理人らしい』

キリは携帯をしまった。

「なるほど。状況はわかった。だがなぜ、皆、この店に集まっている？」

「知れたことよ。日中がらみの情報屋の第一人者が葉山海なんだ。葉なら何か知ってるだろうと見当をつけてな。この『コム』で、葉はいつも取引をしてた。やつにとっちゃ事務所みたいな店だ」

「つまり葉山海は情報屋なのか？」

弥生が訊ねた。寺岡はあきれたように弥生を見た。

「姐さん、そんなことも知らねえのか」

キリに目を移した。

「彼女を教育してやんな」

「あたしは彼女じゃない」

弥生の声が低くなった。

「おっと、そりゃ失礼」

寺岡は手を振った。

「つまり、ここにいる連中は全員、葉を追っかけてるってわけだ。あんたらもそうじゃないのか」

「葉を捜しているのは確かだが、理由は『ホワイトペーパー』じゃない。もしここに葉が現われたらどうなる？」

「さあな。皆で仲よく分けあうってわけにはいかないだろうな」

キリは店内を見渡し、訊ねた。

「じゃあどうするんだ？」

寺岡はにやりと笑った。

「難しいやね。クジ引きってわけにもいかないな。外れを引いた奴《やつ》が黙ってるわけもないだろうし」

「たった今、葉山さんからメールが届きました」

マダムの声に全員がふりかえった。

「今日は、当店にみえないそうです。これから葉山さんの携帯電話の番号を申し上げますので、皆さま直接、連絡なさって下さい」

「それ、信用デキマセン。あなた、葉《ヨウ》サン、隠してないデスカ」

浅黒い肌の男が立ちあがっていった。マダムは男を見た。

「嘘ではありません。皆さまの貴重な時間を無駄にしては申しわけないと思って、お話ししていますす」

涼しげに答えた。

「あなた、嘘いうと後悔シマス」

男が懐ろに手を入れた。寺岡が抜く手も見せず、拳銃の狙いを男につけた。

「おいおい、野暮な真似《まね》はよしな。プロなら部外者に迷惑をかけるな」

男は寺岡をにらんだ。寺岡は落ちつきはらっている。

「やるならやってもいいぜ。金にならない殺しはしたくないが、あんたの頭をぶち抜くのは簡単だ」

咳《せき》ばらいが聞こえた。寺岡と同じテーブルにすわっていた白人がサブマシンガンをテーブルの上においていた。いつでも撃てるように手をかけている。

「シットダウン、プリーズ」

白人がいった。外国人の男のテーブルには仲間が二人いた。そのうちのひとりが母国語らしき言葉で何ごとかをいった。立っていた男は無言で腰をおろした。

「他の方も、よろしいですか」

マダムはいって店内を見回した。恐れているようすはまるでない。

「お騒がせしたな」

寺岡はキリと弥生に告げ、元のテーブルに戻った。それを見届け、マダムが口を開いた。

「では申し上げます。葉山さんの携帯番号は――」

つづいて口にしたのは、銀影座で教わったのとは異なる携帯の番号だった。弥生が急いで携帯をとりだし、打ちこんだ。

「今申し上げた番号が、皆さまが興味をおもちの件に関して、葉山さんと交渉する唯一の手段です。よろしゅうございますね？」

誰も何もいわない。が、マダムが口にした番号は、全員が記録していた。

「はい。では当店のランチタイムはあと十分ほどで終了いたします。おひとりさま千二百円のランチ料金をちょうだいいたします」

マダムは平然といい、娘とかわってレジに立った。

弥生がキリを見た。

「食事をすませよう」

キリはいった。

最初に立ち上がったのは、マダムにからんだ外国人のグループだった。料金を払い、店の出口に向かう。

寺岡の前で立ち止まった。何かをいう前に、寺岡がいった。

「俺らもでていく。抜け駆けはしないよ」

外国人は寺岡をにらんだ。が、結局無言のままでていった。

寺岡と白人のコンビとキリたちをのぞく全員が「コム」をでていった。だがその大半は店の周辺に残っている。

「思いだしたぜ」

寺岡が立ち上がり、いった。

「あんた、プロのボディガードだろ。何年か前に、俺の知り合いがある医者を消すように頼まれてな。けっこう腕の立つ奴だったが、片づけようって瞬間に、ボディガードが現われて利き腕を折られたあげく、警察に引き渡された。そのボディガードがキリって名前だった」

キリを見つめた。

「過去の仕事の話はしない。あんたたちと同じだ」

キリが答えると、寺岡はフンと鼻を鳴らした。

「あんたが葉山海のボディガードなら、のこのこ、この店にやってくる筈がない。てことは、別の誰かを守っているわけだな」

キリは黙っていた。寺岡はゆらゆらと首をふった。

「何にせよ、また会うことになりそうだ」

告げて金を払い、「コム」をでていった。

「お味のほうはいかがですか?」

レジに立つマダムがキリたちに声をかけた。

「とてもおいしいです」

弥生が答えた。マダムは微笑んだ。

「それはよろしゅうございました。まだ少しお時間がございますから、どうぞゆっくり召しあがってください」

「ありがとうございます」

マダムは一度奥に入ると、コーヒーカップののったトレイを手に戻ってきた。

「ランチにはコーヒーがついています。召しあがらない方ばかりでしたが」

いって、コーヒーカップを二人のテーブルにおいた。空になったキリの食器をかわりにトレイにのせる。

「ごちそうさまでした。とても落ちついていらしたが、前にもこういうことがあったのでしょうか」

キリはマダムを見た。

「何度かは。葉山さんが当店にお連れになる方の中には、とても気の短い方もいらっしゃるんですのよ」

答えてマダムは笑った。

「恐《こわ》くないのですか」

驚いたように弥生が訊ねた。

「それは恐しいですよ。でも恐がってばかりじゃ仕事になりませんから」

「それはつまり、マダムは葉さんの仕事を手伝っているということですか」

マダムはじっと弥生を見つめた。

「あなた方が葉山さんを捜していらっしゃるのは『ホワイトペーパー』のためではないそうですね」

「我々の仕事はボディガードです」

キリはいった。マダムは首を傾《かし》げた。

「どなたをガードしていらっしゃるの?」

「岡崎紅火という女性ですが、何者かに拉致されてしまいました。その行方を葉山海氏が知っているようなのです」

「なぜそうお考えになるの？」

「葉山氏は、ハヤシという日本語学校の教師に、岡崎紅火の居場所を調べるように依頼し、報酬を払おうとしていた。そのハヤシは、きのう自宅で何者かに撃たれて死にました」

「まあ」

口にはしたものの、マダムの表情はかわらなかった。キリは気づいた。葉山海が「コム」を事務所がわりに使っているのは、マダムと組んでいるからだ。

「今、気づきました。葉山海氏がここを使っているのは、あなたの指示ではありませんか」

弥生が目をみひらき、マダムを見つめた。

マダムは笑みを浮かべ、キリの目をのぞきこんだ。

「有名なボディガードだけあって、とても鋭くていらっしゃる」

「我々は『ホワイトペーパー』に興味はありません。岡崎紅火さんを無事とり戻したいのです」

キリがいうと、マダムが訊ねた。

「あなた方は、岡崎紅火さんに雇われていらっしゃるの？」

「いえ。睦月という人物です」

「おい」

弥生がとがめるようにいった。マダムは頷いた。

「お名前をうかがったことはあります。白中峰《はくちゅうほう》さんのお知り合いでいらっしゃるのではありませんか？」

キリは弥生を見た。

「そうなのか」

弥生はあきらめたように頷いた。

「先生は二度ほど会われたことがあるそうだ。だがこの問題に個人的な感情はもちこまないといわれた」

キリは睦月にした質問を思い返した。紅火と『ホワイトペーパー』と、どちらが重要だと考えているかを訊ねた。『ホワイトペーパー』だと即座に睦月は答えた。

マダムは弥生とキリを見比べ、いった。

「すると睦月さんも『ホワイトペーパー』を探していらっしゃるのね」

「先生は個人的に入手しようとしておられるわけではない。今後も『ホワイトペーパー』が『白《はく》果《か》』の会員向けに発行されるならそれで問題はないと考えておられる。我々に岡崎紅火の警護を命じられたのは、さっきのような連中に『ホワイトペーパー』を奪われないためだ」

弥生がいった。マダムは首を傾げた。

「でもあなた方はその任務に失敗した」

弥生は黙った。キリはいった。

「その通りです。何者かが岡崎紅火を、泊まっていた施設から拉致していった。その施設の情報を葉山海氏に流したのが、殺されたハヤシです」

「すると葉山さんを犯人だと疑っていらっしゃるの？」

「銀影座のジュンという劇団員が、ハヤシの殺害現場にいたことを我々はつきとめています。ジュンは葉山海氏の指示で現場に金を届けにいった、と我々に話しました。ハヤシの殺害に関係していると考えるのは当然ではありませんか」

キリはマダムを見つめた。マダムはふっと息を吐いた。

「そうですね。そうお考えになって不思議はありません。ですが、葉山さんはハヤシさんを殺してはいません。紅火さんの居場所をハヤシさんから入手したのは事実ですが、殺害にはかかわっていない」

「じゃあ何のために紅火の居場所を知ろうとした？『ホワイトペーパー』を手に入れるためじゃないのか」

弥生が訊ねた。

「紅火さんを保護するためです。彼女にあてがわれたボディガードが、どれほど信頼できるかがわからなかった。そこで紅火さんをこっそり保護しにいき、それを妨害できる腕前なら、安心して任せられるが、そうでなければ、こちらで紅火さんを預かったほうが安全だと考えました」

マダムは答えた。

ガタッと音をたて、弥生が立ち上がった。

「あんたが紅火をさらったのか」

「強引な手段をとったことはおわびします。特にあなたには強い麻酔を使いました。あとで頭痛に苦しまれたでしょう」

マダムは弥生にいった。

「そんなことより！　紅火はどこにいる？　無事なのか？」

弥生はマダムに詰めよった。

「無事です。ご心配なく」

弥生は今にもマダムにつかみかからんばかりだ。

「すわれ」

キリはいった。

「だが――」

「今ここで俺たちが騒いだら、さっきの連中が戻ってくるぞ」

弥生は頰《ほお》をふくらませた。が、無言で腰をおろした。

キリはマダムを見つめた。

「あなたが紅火を保護しようと考えた理由は何だ？　『ホワイトペーパー』か」

「紅火の母親、岡崎静代は、わたしの妹です。つまり紅火は、私の姪《めい》です」

「ええっ」

弥生が声を上げた。

「日本に伯母《おば》がいるという話は聞いていていない」

キリはいった。

「表向きは秘密でしたから。妹の静代が白中峰の愛人でいることをことあるごとにわたしは責め、それが理由で仲違《なかたが》いしてしまいましたし」

「なぜ責めたんだ？」

キリは訊ねた。

「白中峰の予言があまりにも神がかっていたからです。わたしも『白果』の会員で、『ホワイトペーパー』を読んでいました。あるときから、『ホワイトペーパー』は予測を超え、予言となっていき、それはどれも高い確率で的中するようになりました。第三者としてその情報を利用したりおもしろがるのはかまわないけれど、白のそばにいるのは危険が伴うと思ったのです。ですから、白のそばを離れろ、とわたしはいいました」

「岡崎静代が白中峰の秘書になったのは偶然じゃないのか」

「父が送りこんだのです。白がアシスタントを捜していると聞いて、近づくように指示しました」

弥生が目をみひらいた。マダムは言葉をつづけた。

「その頃、『白果』は立ち上がったばかりで、情報源として白が使えればいいくらいとしか、わたしは考えていませんでした。当時は父も生きていて、これからはロシアではなく、中国の動向が世界情勢に大きな影響を与えるだろう、といっていました。中国がこれほど強大化すると、二十世紀中に予測した人間は多くはありませんでした」

「あなたがたの父親というのは何者だ？」

マダムは微笑んだ。

「名もない男です。ソビエト連邦が崩壊するまでは、ＫＧＢという組織にいました」

「つまりあなたとあなたの妹である岡崎静代は、ソ連のスパイだった人物の娘ということか」

マダムは頷いた。

「ソビエト連邦が崩壊したとき、母はわたしたち姉妹を連れ、日本に戻ってきました。父だけはモスクワに残りました。やがて父も日本に移住しました。母はここでロシア料理店を開き、父は知識と経験をいかしてコンサルタントの仕事を始めました。私と妹は、父の指示で、日本人として世界中を旅し、得た情報を父に提供しました。ご存じですか。日本のパスポートは、世界で最も多くの国に入国を許されているのです。その過程で、妹は白中峰の秘書になったのです」

「岡崎静代さんは商社の駐在員だったと聞いたが？」

弥生がいった。睦月から聞いた話もそうだったのをキリは思いだした。

「その商社のコンサルタントを父がつとめていました。白中峰に接近するため、表向き、社員になったのです」

「愛人になったのもお父さんの指示か」

マダムは首をふった。

「ちがいます。静代の意志です。白中峰と妹がそういう関係になり、紅火を生んだ一九九九年に、父が心臓発作で亡くなりました。母はそれより前、一九九八年に亡くなっていて、わたしがこの店と父の仕事の両方を受け継いだのです。しかし父の遺言で、コンサルタントの仕事は、弟がやっている形にしました」

「弟？　葉山海氏はあなたの弟なのか」

マダムは頷いた。キリはマダムを見つめた。

「我々にそんな話をしてよいのか。あなたの弟が葉山海であると知られたら、さっきの連中が押しかけてくる」

「あなたがたが紅火のボディガードなら、ここを守るのもあなたがたの仕事になりますから」

答えて、マダムは厨房《ちゅうぼう》をふりかえった。

「イワン！」

調理服を着た小柄な男が、外からは見えない厨房の入口に現われた。濃いヒゲをたくわえ、白人のように彫りの深い顔立ちをしている。

「さっき、あたしが見た男だ」

弥生が小声でいった。

「お二人に見せてあげて」

マダムがいうと、男はつけヒゲとカツラ、つけ鼻を顔からむしりとった。岡崎紅火だった。

「嘘」

弥生がぽかんと口を開けた。

「キリさん、弥生さん、だましてごめんなさい」

岡崎紅火はいって頭を下げた。

「わたしはずっとここにいました」

キリはマダムを見た。

「部屋に落ちていた注射器のキャップは、拉致されたと見せかけるためか」

「その通りです。紅火は自分から音をたてないように部屋をでました。あなたが気づかなかったのは当然です。弥生さんについては暴力に訴えたことをおわびします。あなたがどれほど頼れるか、弟が試そうといって――」

マダムはいって目を伏せた。

「するとあの民泊施設に押し入ったのは、あんたと弟なのか」

弥生がにらみつけた。

「そうです。わたしたち姉妹と弟は、子供の頃からKGB式の格闘術を父に教えこまれていました」

マダムは答えた。

キリは紅火を見た。

「こんなに安全な場所があるのに、なぜボディガードを頼ったんだ？　我々は必要なかったろう」

紅火はうつむいた。

「母の指示です。伯母さんに頼ってはいけないと母にいわれて。伯母さんのところにいたほうが安全だとわたしはいったのですが、母は伯母さんが『ホワイトペーパー』を売りものにするかもしれないから駄目だと。父を通じて知った睦月さんに、わたしの警護を依頼したのです。そうなってしまった以上、お二人を断わって伯母のところにいくわけにもいかず……。ごめんなさい」

「紅火、元に戻って」

マダムがいった。紅火はつけヒゲつけ鼻、カツラをつけた。喋《しゃべ》らない限り、女だとは決してわからない。

「紅火さんから聞けばどこにいるのかわかったのに、ハヤシを使って居場所を捜したのはなぜです？」

キリはマダムを見た。

「カモフラージュのためです。紅火から情報が渡ったとわかれば、ここのことも皆さんはすぐにつきとめたでしょう。その情報はやがて『ホワイトペーパー』を入手しようという者たちにも伝わります。そうなってからもう一度守ってくれとあなたがたに頼むのではムシがよすぎます」

マダムは答えた。

「が、同じことをさっきあなたはいった」

キリはいった。

「それは、ハヤシが殺されたからです。わたしたち姉弟《きょうだい》の計画になかったできごとが起こってしまった」

「ハヤシを殺したのは弟さんではないのか」

弥生が険《けわ》しい口調でいった。

「ちがいます。弟にはハヤシを殺す理由がありません。ハヤシとわたしたちの関係を隠すために殺すくらいなら、ここに紅火がいるのをお教えなどしません」

「じゃあ誰が殺したんだ」

「それをあなた方につきとめていただきたいのです。弟は警察にも疑われるでしょう。だからといって出頭し、すべてを話せば、わたしたちと紅火の関係が明らかになります。そうなれば『ホワイトペーパー』を欲しがる人間が押しかけてきて、紅火を守りきれなくなります」

弥生がいった。

「我々の仕事はボディガードで、探偵じゃない」

マダムはキリに目を移した。

「キリさんはトマス・リーという中国系ニュージーランド人が殺されたとき、その犯人をつきとめたことがおありですね」

「なぜそんなことを知っている?」

キリはマダムを見返した。

「わたしたちの仕事は情報屋です。紅火を守っているのがどんな人なのか、当然、調べます」

マダムはいって弥生に目を移した。

「あなたは元警察官」

弥生がたじろいだように息を吸い込んだ。

キリはいった。

「そういうできごとがあったのは否定しない。だが、トマス・リーは俺が警護する予定だった人物で、仕事を始める前に殺されたんだ」

「わかっています。犯人捜しをキリさんに依頼したのが睦月さんであることも」

「どこでそんな情報を入手した？」

弥生が訊ねた。マダムは微笑んだ。

「それをお答えするわけにはいきません。ですがこれだけは申し上げられます。ハヤシを殺した犯人をつきとめるのは、紅火を守ることにつながります」

「紅火さんはあんたが守るというのか」

キリはいった。マダムは頷いた。

「紅火がどこにいるのかわからない間は、『ホワイトペーパー』を狙う人間は、弟や他の手がかりを追うでしょう。紅火がここにいることを知る者はわずかです」

「つまり葉山海は囮《おとり》になっている？」

キリが訊ねるとマダムは頷いた。

「おっしゃる通りです。弟は変装の達人です。警察にも、さっきのような連中にも、決して見つけられない」

「だがハヤシを殺した犯人を捜すには、葉山海の協力が必要だ。犯人でないとしても、犯人の手がかりを何か知っている」

弥生がいった。キリは弥生を見た。

「何だ？」

弥生はキリを見返した。

「いや。さすが元警察官だ」

「からかっているのか！　こんなときに」

弥生の目が三角になった。

「本当のことをいっただけだ。葉山海から話を聞く必要があるのはまちがいない」

キリはいってマダムに向き直った。

「先ほどあなたが皆に伝えた番号の携帯で、葉山海とは話せるのか」

「話せますが、別の方法がよいでしょう。弟は当分、彼らの対応に追われると思います」

電話番号が偽ものだったり、なかなかつながらなかったりすれば、さっきの連中は再びこの店にやってくる。そうはならないよう、葉山海は連絡をつける筈だ。それに忙しくなる、とマダムは踏んでいるのだ。

「どんな方法なんだ？」

弥生が訊ねた。

「弟のほうからあなた方に接触します。いつどこで、どんな形になるかは今お伝えはできませんが」

弥生はキリを見た。

「どうする？　ハヤシを殺した犯人を警察も捜している。同じことをするとなると、今度は我々が警察ににらまれる」

「それもマダムの狙いなのだろう。我々が警察ににらまれれば、それだけ葉山海への追及が分散する」

　キリが答えるとマダムは微笑んだ。

「お二人にお願いして、まちがいなさそうですね」

「ハヤシを殺した犯人が判明したとしても、『ホワイトペーパー』を欲しがる連中が消えるわけではない」

　弥生がいった。

「そうですね。いずれお二人には紅火を守る仕事に戻っていただくことになるでしょう。それまでにできれば『ホワイトペーパー』を再発行したいものです」

「妹さんが今どこで何をしているのか、あんたは知っているのか」

　マダムは首をふった。

「妹とはずっと連絡がとれていません。自分の意思でそうしているのか、監禁されているのかすらわかりません」

「心配じゃないのか」

「もちろん心配です。ですが今のこの状況で、わたしや弟が香港《ホンコン》や中国に向かえば、事態はもっと混乱します」

「ひとつ訊きたい」

　キリはいった。

「あなたと妹さんは、白中峰との関係をめぐって仲違いをしていたそうだが、白中峰が死んだ今、それはどうなる?」

「妹の気持ひとつです。妹は情報を得ようと白中峰に近づき、恋愛関係になったあげく子供まで生んだ。白中峰が病気になって、さらに妹とわたしの関係は悪化しました。白中峰と紅火を守ろうと、妹は意固地になったのだと思います。妹からすれば、わたしは白中峰をビジネスに利用しようとしているとしか見えなかったのでしょう」

「ちがうのか」

「白中峰に関してはその通りです。しかし紅火はちがいます。わたしにとっても血のつながった姪です。守りたい」

「『ホワイトペーパー』が今どこにあるのか、あなたは聞いたか」

マダムは頷いた。

「紅火が隠していると聞きました。それをどうするのか決めるのは、妹です。妹と連絡がつくまで、わたしは『ホワイトペーパー』にさわるつもりはありません」

キリは弥生に目を移した。

「どうする?」

「どうするもこうするも……。今、できることは限られている」

弥生は息を吐き、マダムに訊ねた。

「ハヤシを殺した犯人について、あんたや葉山海に心当たりはないのか」

「そのことですが、ハヤシが複数の人間に紅火に関する情報を売っていた疑いがある、とわたしは考えています」

「複数の人間とは？」

「『ホワイトペーパー』を入手したがっている誰かに、紅火が新宿の民泊施設にいることを教えた。ところがその人物が紅火を拉致する前に、わたしと弟が連れだしてしまった。結果としてハヤシは、役に立たない情報を提供したことになり、それが殺される理由となったのではないかと」

「ハヤシがフリーのエージェントだったのは確かなようだが、葉山海以外の人物にも雇われていたというのか」

キリの問いにマダムは頷いた。

「アメリカ、中国、台湾、ロシア、どこであろうと報酬のためならハヤシは相手を選びませんでした」

「するとさっきの連中の中に犯人がいた可能性もあるな」

弥生がいった。キリは弥生を見た。

「ハヤシがどんな連中から金をもらっていたのか知る必要がある」

「弟なら詳しい筈です。ハヤシのホームパーティにも参加していましたから」

「どんな立場で参加していたんだ？」

「ロシア人の日本語教師です。ロシア語が話せますから。『トモダチ学院』でロシア系の生徒に日本語を教えていました。日本語学校で教えていれば、日本にいながらにして生きた海外の情報を生徒から得られます」

「ハヤシとは同僚だったわけか」

マダムは頷いた。

「葉山海からの接触を待つことにする」

キリはいった。

「犯人捜しはそれからだ」

14

キリと弥生は「コム」をでた。ついさっきまで「コム」の周辺にたむろしていた男たちの姿が消えていた。かわりに「コム」の前に黒塗りのセダンが止まっている。その後部席から男がひとり降りたった。五十代の半ばくらいで、背が高くソフト帽をかぶっている。男は二人の前に立つと訊ねた。

「失礼ですが、キリさんですか」

「あんたは?」

弥生が身がまえた。

「桜田門から参りました。睦月先生とは懇意にさせていただいております」

男は鷹揚《おうよう》な口調で答えた。キリは男を見つめた。

「公安部の刑事さんか」

「白鳥《しらとり》と申します。お見知りおきを」

男はソフトの端をもちあげた。

「刑事なのにひとりか」

セダンの運転席にはネクタイ姿の男がすわっているが、まっすぐ前を見つめ、降りてくる気配はない。運転手のようだ。

白鳥は微笑んだ。

「いろいろと事情がありまして」

「このあたりにはついさっきまで怪しげな連中がたむろしていた。それがひとり残らず消えたのは、あんたのせいか」

白鳥は首を傾げた。

「さあ、どうでしょう」

唇に笑みはあるが、目は笑っていない。

「もしそうなら、かなりの有名人だ」

白鳥は首をふった。

「ただの公僕です。キリさんのような著名なプロフェッショナルとはちがいます」

キリは白鳥を見つめた。着ているスーツは値の張りそうな生地で仕立てられている。

「公僕にしては立派なお召しものだ」

「女房の実家が洋服屋でしてね。着るものだけには贅沢《ぜいたく》をさせてもらっています」

「あたしたちにいったい何の用だ」

弥生がいった。白鳥は初めて気づいたように弥生を見た。

「これは失礼。横内美月元巡査長、あ、今は弥生と名乗っておられたか」

弥生の目が細められた。

「本当に警察官なのか」

「公安総務課に属しています。いわば何でも屋です。こういうややこしい事案が生じると駆りだされます」

「どうややこしい？」

キリは訊ねた。

「ハヤシのように厄介《やっかい》な人間が殺されたり、葉山海のような怪しげな人物が暗躍したりといった事件です」

涼しい顔で白鳥は答えた。

「それで用件は？」

「ただのご挨拶《あいさつ》ですよ。麻布十番のマンションで発生した殺人の捜査は、刑事部から公安部に引き継がれることになりました」

「なんだって」

弥生が白鳥を見つめた。

「何といっても被害者が被害者ですので、周辺の情報に詳しい公安部のほうが捜査に向いていると、上が判断しまして」

「今朝我々が麻布署に引き渡した参考人はどうなった?」

キリは訊ねた。

「彼の取調も公安総務が引き継ぎました。久保野君たちは本庁に戻っています」

「捜査は完全にハムが仕切るってことか」

弥生がいった。公安部が、公の字を分解して「ハム」と呼ばれていることはキリも知っていた。

「そのほうが解決も早いでしょう」

白鳥は頷いた。

「つまりハム事案だと、我々に断わりにきたわけか」

弥生がいった。

「そういうことです。ご存じとは思うが、刑事部と我々とでは捜査のやりかたがちがいます。もしハヤシ殺害犯に関する情報を入手されることがあったら、ただちにお知らせ願いたい」

いって白鳥は名刺をとりだした。名前と携帯電話の番号しか印刷されていない。

「では睦月先生によろしくお伝え下さい」

白鳥はいって、再びソフトの端をもちあげると、セダンに乗り込んだ。白鳥を後部席に乗せたセダンはその場から走り去った。

「おもしろい刑事がいたものだ」

キリはいった。

「笑いごとじゃない。捜一の刑事となら多少は協力ができても、ハムが相手だと面倒なことになる。あいつらはブラックホールみたいなものだ。吸いこむだけ吸いこんでおいて、何もよこさない。それでいて邪魔になったら理由をつけて逮捕するんだ」

いまいましそうに弥生がいった。キリは弥生を見た。過去に嫌な思いをしたことがあるらしい。

弥生のジャケットから振動音が聞こえた。携帯をとりだした弥生が耳にあてた。

「弥生です」

睦月からのようだ。

「はい、はい、そうです。今は初台の駅の近くにいます。わかりました。ありがとうございます」

携帯をおろし、キリを見た。

「先生が話されたいそうだ。近くで拾ってもらうことになった」

甲州街道にでると弥生が電話をかけ、やがて如月《きさらぎ》の運転するアルファードが二人の前に止まった。

乗りこんだキリと弥生は、後部席で、車椅子の睦月と向かいあった。

「紅火さんを見つけました」

アルファードが走りだすと弥生がいって、「コム」でのいきさつを話した。

「なんと。岡崎静代はポターニンの娘だったか」

「ポターニン？　元ＫＧＢだという父親の名前ですか」

弥生の問いに睦月は頷いた。

「とても先見の明のある人物だった。ＫＧＢ内で恵まれた立場にあったとはいえないが、それゆえソビエト崩壊後は自由に動くことができた。私が知遇を得たのは、日本に移り住んでからのことだが」

「妻が日本人だというのは？」

睦月は首をふった。

「用心深い男で、家族のことは決して明らかにしなかった。古巣の人間に利用されるのを警戒しておったのだろう。ＫＧＢは、ＳＶＲと名をかえ、今も生き残っている」

「父親の死後、長男と長女が仕事を継いだようです」

弥生がいった。

「なるほど。『ポターニンオーフィス』は続いていたのか」

「『ポターニンオーフィス』？」

「日本でポターニンが開いたコンサルティング会社の名だ。ある時期、公安部や自衛隊の人間が日参しておった。ポターニンは一九九九年に亡くなり、『ポターニンオーフィス』は閉じられたと思っていた。子供たちが継いでいたか……」

感慨深そうに睦月はいった。

「長男は葉山海という名を使っていて、長女の経営するロシアレストランを事務所がわりにしていました。ついさっきまでそこに怪しげな連中が集まっていました」

「『ホワイトペーパー』にかけられた賞金を目当てに集まってきたのだな」

「殺し屋のような奴らもいました。その中にハヤシを殺した犯人もいたかもしれません」

「そのハヤシだが、この三ヵ月ほど、目黒にある『進化交易《しんかこうえき》』という会社からハヤシの口座にカネが振込まれていたことがわかった」

「『進化交易』ですか」

「調べたところ、社員十数名の小さな貿易会社だ。主に台湾から菓子の原材料などを輸入している。社員は日本人と台湾人が半々で、社長は野間《のま》という日本人だ。おそらくどこかの工作員だろう。野間と名乗ってはいるが、日本人かどうかもわからない」

最近のハヤシは金回りがよかったという佐々木の情報をキリは思い出した。

「『進化交易』がハヤシに金を払っていた理由は不明だ」

睦月はつづけていった。

「マダムが疑っていた、紅火の情報を二重売りした先がその野間とは考えられないか」

弥生がキリを見た。

「可能性はある」

答えてキリは睦月に訊ねた。

「白鳥という刑事を知っているか。ついさっき『コム』の前で声をかけられた」

「厄介なのが現われたな」

睦月はつぶやいた。

「厄介？」

「白鳥は公安部の刑事だが、もうひとつの顔がある。政府与党の歴代幹事長に仕えるゲシュタポのような男なのだ」

「政治家とつながっているのか」

「与党野党を問わず、国会議員の弱みとなるような情報を集め、幹事長に提供している。いわば必要悪として政府与党に存在を認められている秘密警察官だ。公安総務部に身をおいているが、その活動は公安部の縛りをうけない。警察庁長官も警視総監も、与党幹事長ににらまれたがらないのでな」

「そんな刑事がなぜハヤシ殺しの捜査を担当するんだ？」

「理由は『ホワイトペーパー』以外考えられん。つまり政治家も『ホワイトペーパー』を欲しがっているのだ。考えてみれば当然の話だ」

「政治家まで動いているのですか」

弥生が深刻な表情になった。

「信用ができないという点では、政治家は極道よりタチが悪い。極道は少なくともメンツを大事にするが、政治家は保身のためなら、官僚も極道も平気で利用し、切り捨てる。それを当然だと考える精神構造のもち主だ」

睦月がいった。

「あんたはてっきり親しいと思っていたが？」

キリは睦月を見た。

「おだて、利用し、押しつけて捨てる。政治家にとっての私など、その程度の存在でしかない。それがわかっていても、この国のためにはあいつらとつきあっていかざるを得ない」

「まともな人間はひとりもいないというのですか」

　弥生が訊ねた。

「いや、ごくわずかだが高潔な人間もいるが、そういう者は権力の中枢までは達せない。この国は、政治家と官僚、企業が互いを利用しあうことで前に進む構造になっている。どれかひとつが突出して権力を握るのは難しい。ある意味健全といえるが、高潔な人間もその枠組にとりこまれれば理想を見失うことになる」

「じゃあ、あんたの役割は何だ？」

　キリは訊ねた。

「白鳥と同じだ。必要悪だよ。ある種の歯車、あるいは潤滑剤として、この国の動きに役立てればいいと思っている」

「費用はもちだしか？」

「そんなことはない。使える歯車としての報酬は、国庫や企業からも支払われる」

「見かたをかえれば、同じ穴のムジナということか」

　キリがいうと、

「おい」

　弥生が咎《とが》めた。

「否定はせんよ。が、私の行動原理は金ではなく理想にある。この国をよりよくしたいと願い、そのために活動している。であるからこそ、弥生や如月のように働いてくれる者もいるし、情報や資金を提供する者も現われる」

睦月は答えた。

「白鳥とあんたの関係は？」

「キツネとタヌキだ。互いにその存在を否定はしないが、信頼はまったくしていない。君らが私とつながっていると知っていても、一切の忖度《そんたく》はせんだろう。あの男も衷心《ちゅうしん》から政治家に仕えているわけではない」

「なるほど。厄介だとあんたが考えるのはそのあたりか」

「白鳥が『ホワイトペーパー』を入手すれば、政治家に渡す前に自分が利用できないかを考えるだろう」

睦月は頷いた。

「で、このあとは何をすればよろしいでしょうか」

弥生が訊ねた。

「『進化交易』を探ってもらいたい。宮本《みやもと》という社員がいる。私に寄せられた情報では、宮本は『進化交易』に入社する前に、香港で空手教室を開いていたという経歴がある。それがなぜ台湾系の商社に入ったか。興味をひかれないか」

睦月はいった。

「香港で空手を教えていた人間が、台湾と貿易している会社に入ったのですか」

弥生が訊き返した。睦月はキリを見た。

「香港で武術を習おうと思うなら、ふつうは功夫《クンフー》を選ぶ。日本の空手が香港で商売になると思うか」

「商売にならないのを承知で香港にいたのだとすれば、目的は他にあるな」

キリは答えた。睦月は頷いた。

「宮本は六本木にある『ミューズ』というバーに通っている」

「そんな情報まで知っているところを見ると、『進化交易』にはあんたの手下がすでにいるんじゃないのか」

キリはいった。

「いたのだが、今回の件の直前に退職し、台湾に移った。台湾でやってもらいたいことがあってな」

睦月の下にはいったいどれだけの人間がいるのだろう。フィクサーと呼ばれる真の理由は、多くの人間を秘《ひそ》かに動かせる、その力にあるのかもしれない、とキリは思った。力の根源にあるのが、財力なのか、本人がいう〝理想〟なのかはわからないが。

「先生を慕っているのは日本人だけではない」

キリの考えを見抜いたように弥生がいった。キリは弥生を見た。

「何だ？」

「いや、別に」

初めに思っていたより鋭い、などといおうものならすぐに目を三角にするだろう。

「怒りっぽいが賢い人間、というのもいるのだ」

今度は睦月がいった。キリは思わず苦笑した。

「なるほど」

「それから君の家の件だ。北九州出身の国会議員で、山之内忠常《やまのうちただつね》という人物がいる。『港南地区再開発プロジェクト』という事業案をぶち上げ、国家レベルで推進しようと活動している。この山之内の父親は、かつて九州白央会《はくおうかい》とかかわりがあると噂された福岡の県議会議員だった。その縁で、隠してはいるが九州白央会とのつながりがあると想像できる。トモカ興産は、九州白央会の金を地上げに使うことでマネーロンダリングに協力している疑いがある。山之内が提唱する『港南地区再開発プロジェクト』が、君の家に地上げがかけられた理由だろう」

「そういえば、九州白央会の小山田《おやまだ》という男にさし向けられた右翼が押しかけてきた。家賃を滞納し少年少女をたぶらかしている不届き者に天誅《てんちゅう》を加えるといってな」

睦月が笑い声をたてた。思わずキリは睦月を見た。睦月がこれほど笑うのを初めて見た。

「家賃を滞納し、少年少女をたぶらかしている、とな。これはおもしろい」

「それでどうした？」

弥生が訊ねた。

「お引きとり願った。小山田とも電話で話した。俺が東京の極道と結託し、家賃を払わず立ち退きにも応じないで大家を困らせているといいわけした。誤解だといったが、信じたかどうかはわからない」

「小山田という名がわかった以上、こちらで対処ができる」

笑いやんだ睦月がいった。

「任せる」

キリがいうと、睦月は頷いた。腕時計をのぞき、告げた。

「『ミューズ』が開くまではまだ時間がある。二人とも自宅に送ろう」

15

弥生の自宅がどこなのか、先に降ろされたのでキリは知ることができなかった。

「ミューズ」への訊きこみは、別々におこなうことにした。そのほうがいい、と睦月がいったのだ。

夜八時過ぎに「ミューズ」に足を踏み入れたキリは、すぐにその理由を悟った。バーとはいうものの、従業員は女性しかいない。それも皆、長身で美人揃いだ。いわゆるガールズバーだが、容姿の整った女が十人近く、カウンターの内側に立っている。着ているのはドレスやスーツではなく、ニットやジーンズといった私服ばかりだ。ドレスアップしていると気後《きおく》れを感じる客もいるのだろう。それほど容姿にすぐれた女ばかりだ。

カウンターにはざっと二十の椅子が並び、その半数近くが埋まっている。中に、大柄で年配の白人がひとりいた。スリーピースを着け葉巻をもち、若い白人と日本人にはさまれてすわっている。

そのうしろを通りすぎたとき、隣にすわる日本人が、

「サー・コットン」

と呼びかけるのが聞こえた。キリはその日本人のすぐ隣の空いた椅子に腰をおろした。

入口で、ひとりだと告げると「お好きな席にどうぞ」といわれていたのだ。

「いらっしゃいませ」

ニットにパンツ姿の女が前に立った。一七〇センチ近い長身で、ほっそりとしているが、ニットの胸は大きくふくらんでいる。女は大きな瞳でキリの目を見つめ、小首を傾げた。

「初めて、ですよね」

キリは頷いた。

「何をお飲みになります？　カクテルやワイン、シャンパンもご用意できますが」

立っている女たちのうしろには豊富な種類の酒が並べられていた。キリはスコッチウイスキーのボトルを指さした。

「オールドパーを水割りで」

「オウ」

年配の白人がいって、隣の日本人ごしに手をさしだした。

「我が国の自慢のウイスキーを選んで下さりありがとう。近頃はジャパニーズウイスキーに押され気味でね」

英語でいった。キリはその手を握った。赤ら顔の白人はかなり酔っているように見える。

「どういたしまして」

「シングルモルトよりブレンデッドのほうがお好みなのかな？」

キリは頷いた。白人の前にはラフロイグのボトルがあった。

「アイラモルトは苦手だ」

英語で答えると、白人は笑い声をたてた。

「アイラモルトは個性の強い女性のようなものでね。最初は苦手に感じるが、親密になると、他の女性では満足できなくなる」

「ミスター・コットン」

二人の前に立つニットの女がいった。

「それ以上の発言は危険ですよ」

帰国子女なのか、完璧な発音だった。

「おっと、これは失礼」

白人は手で口を押さえた。女と白人が笑い声をたてた。

女がオールドパーの水割りをキリの前においた。小声でいった。

「わたしもアイラは苦手」

「では、アイラではない何かをどうぞ」

女は目をみひらいた。

「グラスシャンパンをいただきます。初めまして。マリアといいます」

「キリだ」

「キリ、さん？」

キリは頷いた。コットンは隣の若い白人と話している。

「この店の女性は皆、英語が堪能なのか？」

「中国語やフランス語を話せる娘《こ》もいます。わたしは英語とヘブライ語」

「ヘブライ語？」

「小さい頃、イスラエルにいたので」

マリアはいった。

「それは珍しい」

「エルサレムの大学で父が教えていたんです。そのあと、ロンドンに移りました。だから日本語の読み書きは少し苦手。キリさんはどこで英語を？」

「独学だ。文法はひどい」

「それでいいんです。日本人は文法にこだわりすぎです。だから皆、話せない」

マリアは微笑み、同僚から渡されたシャンパンのフルートグラスをもちあげた。

「いただきます」

「乾杯」

グラスを合わせ、キリはコットンを目で示した。

「よくくるお客さんかい」

「きのう初めてお見えになりました。イギリスの偉い方みたいで、日本の外務省とイギリス大使館の方がつきっきり」

マリアは小声でいった。

「ここへはどちらかに連れられてきたのかい？」

「いいえ。昔の先生の紹介だとおっしゃっていました」

「先生？」

マリアは頷いた。

そのとき入口に近い女たちが、

「いらっしゃいませ」

と声をそろえた。小柄でずんぐりとした体格の男が入ってきた。四十代のどこかだろう。

「宮本さん、いらっしゃい」

ひとりの女がいった。とたんにコットンが、

「マスター！」

といって立ち上がった。

「ウォルター！」

宮本と呼ばれた男がいって、二人は握手を交した。コットンの隣にすわっていた日本人が腰を浮かせた。

「ここにどうぞ」

「じゃあ私はひとつずれよう」

キリはいった。

「どうもすみません」

宮本がいってキリを見た。その瞬間、ほうというようにわずかに目をみひらいた。キリは気づかないフリをして、ひとつ横の椅子に移った。

「こんばんは、マリア」

宮本がマリアに声をかけた。

「いらっしゃいませ。ミスター・コットンのいわれる先生って、宮本さんなの？」

「そう。昔、香港で俺の生徒だった。珍しいよな。香港にいたのに功夫じゃなく空手を選ぶなんて」

「え、宮本さんて商社におつとめじゃなかったんですか」

「今は商社マンだけど、昔は空手の師範だった」

宮本は得意げに答えた。

「じゃあ強いのね」

「少しは、ね」

キリをちらりと見て宮本は答えた。身長は一六〇センチそこそこで、マリアより低い。

「何を飲まれます？」

マリアが訊ねた。

「ウォルターと同じものを」

「ラフロイグのオンザロック？」

宮本は頷いた。

「水割りなんて軟弱な飲みかたはしない」

明らかにキリを意識した口調だった。

「マスター」

コットンが宮本に話しかけた。コットンの声が小さくなり、日本人の男と宮本が間にすわるキリの耳には聞こえなくなった。

「ごめんなさい」

小声でいって、マリアが目で宮本を示した。キリは首をふった。

「大丈夫だ」

かすかにベニカという言葉が聞こえた。キリは携帯をとりだした。佐々木にメールを打つ。ウォルター・コットンの顔がわかる画像があったら送ってほしいと頼む。

五分もしないうちにキリの携帯が振動した。

送られてきたのは、宮本の隣にすわる白人の写真だった。

イギリスの議員ウォルター・コットンと「進化交易」の宮本はつながっているようだ。

宮本とコットンは五分ほど話しこんでいた。

やがてコットンの向こう側にすわる白人が、

「サー」

とコットンに話しかけた。コットンは腕時計をのぞき、

「オウ」

とつぶやいて腰を上げた。

「そろそろ大使館にいかなければならない。ロンドンから電話がかかってくるのでね」

マリアに告げた。

「携帯電話があるのに？」

マリアが訊き返した。コットンは微笑んだ。

「いろいろと事情があってね」

そして宮本を見た。

「連絡を待っている」

宮本は頷いた。

「期待に応えられるよう努力します」

コットンはキリにも目を向けた。

「次回はぜひ私の奢《おご》りでアイラモルトを試してほしい」

キリは微笑んだ。

コットンは二人の連れとともに「ミューズ」をでていった。料金は日本人が支払った。

三人を見送ると、宮本はキリに目を向けた。

「コットンさんを知っているのか?」

「いや、ここで話しかけられた。大物なのか?」

「イギリスの貴族院議員だ。サーの称号をもっている」

宮本はキリを鋭い目でにらみ、答えた。

「ほう。そいつはすごい。で、あんたは?」

「ただの商社マンさ」

「ただの商社マンか。どうしてそんな大物を知っている?」

「コットンさんは、俺の空手の生徒だった。香港で道場を開いていたときの」

「香港で。すると『ホワイトペーパー』の愛読者だったんだな」

宮本の表情が一変した。

「あんた、何者だ」

「説明すると長い話になるが、『ホワイトペーパー』を探しているわけではない」

キリは答えた。

「じゃあ何が目的だ?」

宮本の体に殺気が満ちた。

「その話をすると、さらに長くなる」

宮本は手にしていたグラスをカウンターに戻し、静かにいった。

「外で話したほうがよさそうだ。あんたも相当やるのだろ」

「人に教えられるような武術ではないが」

いらっしゃいませ、という声にキリは目を上げた。「ミューズ」の入口に弥生が立っていた。

キリは手を上げた。弥生が入口の女性に断わり、歩みよってきた。

「紹介しよう。宮本さんだ」

キリは弥生に告げた。宮本は弥生をふりかえり、訊ねた。

「あんたのガールフレンドか」

「ちがう」

「じゃあいったい何だ？」

宮本は訊ねた。弥生は状況が呑みこめないのか無言だ。

「二人で調べものをしている」

「調べもの？」

「『トモダチ学院』のハヤシという教師を知っていますか？」

弥生が口を開いた。宮本は小さく首をふった。

「いいよ、表にでたほうがよさそうだ。マリア、グラスはこのままにしておいてくれ」

見つめるマリアに告げて、立ち上がった。

キリも頷いた。

「俺のぶんもそのままでいい」

「いや、あんたは勘定をすませておいたほうがいい。ここに戻ってこられなくなるかもしれん」

宮本がいった。マリアは不安げに宮本とキリを見比べた。

キリは肩をすくめた。

「だったらそうしよう。あんたは今日戻れなくても、またくる機会があるだろうし」

「俺をなめないほうがいい」

宮本は低い声でいった。

「なめてはいない。ただ世間にはいろいろな武術がある。ひとつの武術の達人だからといって、誰にでも勝てるとはかぎらない」

キリはいった。

「もちろんだ。香港で教えていたときは道場破りが毎日のように現われた。中国拳法には数えきれないほどの流派がある」

「商社マンと聞いたが、本業は武道家なのか」

キリの問いには答えず宮本はいった。

「早く表にいこう」

「どうなってるんだ？」

弥生が訊ねた。宮本は弥生を見た。

「女はひっこんでいろ」

弥生の目が細まった。

「何だと」

「いいからつづきは外だ」

キリはいって出口に向かい、勘定を払った。

美女をそろえていることもあり、水割り一杯とグラスシャンパンにしては高い金額だった。

「ミューズ」は、六本木交差点を飯倉片町《いいぐらかたまち》方面に向かった途中のビルにあった。外にでた宮本は、

「こっちだ」

といって、道の少し先を左に折れた。下り坂になっていて、前方の右手に墓地が見えた。人けはない。

「ここなら邪魔は入らない」

宮本はいって上着を脱いだ。キリが進みでると弥生が止めた。

「待て」

宮本をにらみつけている。

「ひっこんでいろといわれて黙ってるわけにはいかない」

宮本が驚いたように眉を吊り上げた。

「前座を買ってでたのか」

「うるさい」

いうなり弥生が前蹴《まえげ》りを放った。宮本はすっとさがってそれをよけた。

「ほう。キレがある」

弥生は無言で蹴りを連発した。後退して宮本はそれをかわし、墓地の塀に背中がついた。弥生が

追いつめた形だ。弥生の顔に余裕が浮かんだ。宮本の側頭部めがけ回し蹴りを放つ。

が、直前に宮本が体を沈めた。弥生の回し蹴りは空を切り、宮本が放った足払いに軸足をとられ、尻もちをついた。

すぐに立とうとする弥生の胸を宮本は片足で踏みつけた。

「よせ。これ以上やると怪我をする」

「ふざけるな」

弥生の顔が赤くなった。けんめいに体を起こそうとするが、宮本がさほど力を入れているようすもないのに、背中は地面から離れない。

「もういい。こちらの番だ」

キリはいった。宮本はキリに向き直った。弥生の胸から足を外す。

さっと起き上がった弥生が背後から突きを入れようとした。それを見もせずに宮本はうしろ蹴りを放った。強烈な蹴りに弥生の体が飛んだ。墓地の塀に体を打ちつけ、崩れ落ちる。

「たいしたものだ」

キリはいった。宮本は腰を落とし、構えた。

「あんたの流派を聞こう」

「いっても知らないだろう。目潰《めつぶ》しや金的《きんてき》蹴りも平気でやる古武術だ。無縁神木流《むえんしんぼくりゅう》という」

宮本は首を傾げた。

「実戦派ということか。じゃあ俺もそのつもりでかかる」

「やる前に条件がある」

キリはいいながら上着を脱いだ。

「もし俺が勝ったら、『進化交易』とハヤシの関係について話してほしい」

宮本は首を傾げた。

「なぜそんなことを知りたい。どこかのエージェントなのか」

「ちがう。俺の仕事はただのボディガードだ。そこでのびている女も同じだ」

「ボディガード?」

「岡崎紅火の護衛を頼まれている。今のこれは別の仕事だが」

「別って何だ」

「ハヤシを殺した犯人をつきとめたい」

「俺じゃないぞ」

宮本は顎《あご》を上げた。

「わかってる。あんただったら銃は使わない」

「ハヤシは撃たれて死んだのか」

「死体を俺と彼女が見つけた」

キリは弥生を示して答えた。

「ボディガードをしているってことは、岡崎紅火がどこにいるのか知っているんだな」

「知らなくはない」

「じゃあ俺が勝ったら、それを教えてもらおうか」

「ウォルター・コットンに頼まれているのか」

「ここから先は勝負のあとだ」

いうなり、宮本はハッと気合を発した。キリのわき腹めがけ蹴りを放ってくる。頭でも足でもなく、体の中心部を狙ったのは、最もよけにくいからだろう。

キリはわざとその蹴りを左肘《ひだりひじ》と体で受けとめた。突風を浴びたように、キリの体が転がった。衝撃を逃がすため、先に受け身をとったのだ。

宮本の顔に驚きが走った。受け身をとりながら、宮本の膝《ひざ》の裏側を肘で突いていた。右足を地につけた宮本が一瞬バランスを崩した。

「なるほど。やるな」

キリは地面の上を転がった。間合を詰め、宮本がとびのくより早く、その右膝を下から掌底《しょうてい》で打った。膝の下には骨の継ぎ目がある。どれほど鍛えても骨の継ぎ目は強くできない。

宮本が左膝をついた。攻められた右膝を曲げないのはさすがだった。

キリはそのすきに立ち上がった。宮本は態勢を整え、膝の具合を試すように、軽くとび跳ねた。真剣な顔になっている。

「蹴りはしばらく無理だぞ」

キリはいった。右膝を痛めつけられた宮本は、右足を軸にもできず、かといってその右足で蹴りを放っても威力が乏《とぼ》しい。さらにいえば、これ以上右膝を痛めつけられたくないという本能が働く。

「うるさい」

いうなり、宮本は左足を軸に、右の正拳を打ってきた。キリは体を倒してよけ、スライディングの要領で宮本の両膝を蹴った。

宮本の体が後方に跳んだ。間一髪で膝をかばったのだ。が、キリの攻撃はスライディングだけではなかった。両手を地面につき、両足を施風のように回転させた。左踵《かかと》が宮本の股間に命中した。

宮本は立ち上がろうとしてできず、両膝をついた。激痛に唇を嚙《か》みしめている。

「卑怯《ひきょう》な」

「いったろう。禁じ手はない、と」

体を起こし、キリはいった。宮本を見おろす。

「これ以上、あんたを傷つけるのは本意じゃない」

「くそ」

脂汗を流しながら宮本は歯嚙みした。

キリは倒れている弥生の体を起こすと活を入れた。弥生が目を開き、うずくまっている宮本を見た。

「あんたが倒したのか」

「きたないやり方でな。きれいに戦ったのでは勝てなかった」

いってキリは弥生から離れ、宮本の背後に立った。

「今、楽にしてやる」

宮本の腰を掌底で突いた。上がっていた睾丸《こうがん》が降り、宮本はほっと息を吐いた。顔は汗で濡《ぬ》れている。

宮本はその場でアグラをかいた。

「やり方は納得できないが、あんたの勝ちだ。無縁神木流といったか。空手じゃなく拳法か」

「どちらでもない。対戦相手を殺すか障害を負わせることしか目的としない古武術だ。武道とはとてもいえない。相手の弱みにつけこみ、戦意を奪う」

キリはいって右手をさしだした。宮本はそれをつかみ、立ち上がった。

「あんたの名を教えてくれ」

「キリだ」

「ボディガードのキリか？」

「そうだ」

宮本は息を吐き、天を仰いだ。

「聞いたことがある。個人営業のボディガードとしてはナンバーワンだと」

「そんな評判は知らない。あんたの仕事は何だ？　武道家を兼ねた商社マンで、コットンの調査員か」

「そんなところだ。姐《ねえ》さん、悪かったな。アバラをやってないか」

答えた宮本は、歩みよってきた弥生を見た。

「大丈夫だ」

弥生は肩をそびやかせた。宮本は苦笑した。

「威勢のいい姐さんだ」

「弥生という」

キリはいった。

「弥生さんか、よろしく」

宮本は頷いた。弥生はそっけなく頷き返した。

「あんたも相当できるようだが、相手の力量を読めるようになったほうがいい。さもないと大怪我をする」

弥生はくやしげに頬《ほお》をふくらませたが、

「勉強する」

と、言葉少なに答えた。

「ハヤシについて教えてくれ。『進化交易』はハヤシに金を払っていたろう」

キリはいった。宮本は頷いた。

「その金はどこからでている?」

「台湾だ。想像はつくだろうが、『進化交易』は台湾国家安全局の出先機関だ」

「あんたはそのエージェントなのか」

弥生が訊ねた。

「ちょっとちがう。俺はサー・コットンに頼まれて、イギリスと台湾の連絡員として『進化交易』

に入った。あくまでも民間人だ。ＳＩＳや安全局には属していない」

「コットンはＳＩＳの人間じゃないのか」

ＳＩＳはイギリスの対外情報機関だ。

「顧問をしている。以前は香港にいたんで、そのあたりの事情に通じているからな」

中国に返還されるまで、香港はイギリスの統治下にあった。

「『進化交易』がハヤシに金を払っていた理由は何だ？」

キリは訊ねた。

「決まっている。中国情報の収集だ。『トモダチ学院』には中国人の生徒が多い」

「ハヤシはいろんなところから金をもらっていたという情報がある」

弥生がいった。

「あいつは同じ情報をいろんなところに売りつけていた。最新の情報も、あちこちに伝われば情報としての価値が下がる。新品だといって中古品を売りつけられたら、誰でも腹を立てるさ」

宮本はいった。

「『進化交易』もそうだったのか」

「ああ、だからって殺すまではしない。中古だろうが何だろうが、情報の元を断ってしまったら何にもならないからな。中古でも何でも使える情報を流しているうちは、殺すのは無意味どころか、害にしかならない」

キリを見て宮本は答えた。

「じゃあどんな奴が殺したと思う?」

「それはわからん。長年中古品をつかまされたあげく、堪忍袋の緒が切れた奴がやったのか。それともハヤシが得た情報を何としても他に知られたくなくて口を塞《ふさ》いだのか」

「ハヤシは優秀だったのか」

「並み、だな。立場上いろいろな情報は入っていたろうが、相手は日本語学校の生徒だ。そんなに大きなネタは入ってこなかったろう。ただそれをつぎはぎして売りものにする頭はあった。そういう点ではどこか一ヵ所に所属するより、フリーでいたほうが稼げたろう」

「いろいろな国に情報を売りつけていたんだな」

弥生がいった。

「アメリカ、ロシア、イスラエル、中国、台湾。『トモダチ学院』の生徒の母国の情報を得たいと思う国の情報機関には重宝されていたろう」

「ハヤシが『ホワイトペーパー』に関する情報をもっていた可能性についてはどう思う?」

「ハヤシが岡崎紅火の居場所を捜していたことは誰もが知っている。自分の顧客に、岡崎紅火の居場所について知らないか、訊いていたからな。が、たとえばロシアやイスラエルなどは『ホワイトペーパー』に興味をもっちゃいなかった。興味をもっていたのは、アメリカ、中国、台湾といったあたりだろうが、ハヤシを殺す理由がその国にあったかどうかは疑問だ。殺さず使い回すほうが得だろうからな」

「ハヤシが何かの弾みで口を塞がれるような情報を入手したとは考えられないか」

キリは訊ねた。

「そういうことがあったかもしれん。が、だったら尚さら中身の想像はつかない」

宮本は首をふった。

「話を聞いていると、ハヤシが殺された理由は『ホワイトペーパー』と関係がないように思えてくる」

弥生がつぶやいた。

「とは限らない。ハヤシがもし『ホワイトペーパー』を入手していたらどうなる?」

宮本はいった。

「『ホワイトペーパー』を?」

弥生が訊き返した。

「あんたらは岡崎紅火のボディガードなのだろう。本人に訊いてみたらどうだ。ハヤシは紅火を捜す過程で『ホワイトペーパー』を見つけたのかもしれないぞ」

宮本は答えた。弥生は首を傾げた。

「もし『ホワイトペーパー』を入手していたなら、ハヤシはすぐにでも誰かに売りつけようとしたのじゃないか。それも一ヵ所じゃなく、いろいろなところに声をかけ、荒稼ぎしようとした筈だ」

宮本は、ほうというように頷いた。

「確かにその通りだ」

「『進化交易』に、そういう連絡はきていなかったか?」

弥生が訊ねた。

「くるとしたら、俺ではなく社長のところだ」

「社長は日本人なのか」

「台湾から帰化した日本人だ」

宮本は答えた。

「あんたの会社の社長とは限らないが、『ホワイトペーパー』を買わないかともちかけられた誰かが、ハヤシが他の者に売りつけないように殺したとは考えられないか」

弥生は宮本を見つめた。

「社長に訊いてみてもいいが、明日だな」

「答がわかったら教えてほしい」

キリはいった。宮本は頷いた。

「いいだろう。そこまでは、勝者の権利として認める」

キリと弥生、宮本は、その場で携帯電話の番号を交換した。

「ミューズ」に戻るという宮本と別れ、キリと弥生は表通りにでた。

宮本の姿が見えなくなったとたん、弥生が咳《せき》こみ、うずくまった。やはり肋骨《ろっこつ》を痛めていたようだ。宮本の前では虚勢を張っていたのだろう。

「病院にいけ」

キリがいうと、

「大丈夫だ」

弥生は首をふった。

「怪我人を連れて動きたくない。何かあったら足手まといになる」

キリはいった。

「何だと」

弥生がにらみつけた。

「逆の立場だったらどう思う？」

キリは弥生を見返した。弥生はほっと息を吐いた。

「わかったよ。救急病院でテーピングでもしてもらってくる。あんたはどうするんだ」

「『ホワイトペーパー』が今も無事かどうかを確認する」

「わかった。何かあったら連絡をくれ」

弥生はいって、通りかかったタクシーに手を上げた。つらそうに乗りこむ。

キリはあたりに人がいないことを確認し、携帯をとりだした。「コム」をでるときに聞いたマダムの携帯を呼びだす。店の営業は終わっているだろうが、寝るには早い時間だ。

「はい、もしもし」

マダムの声が応えた。

「キリですが、イワンに確認したいことができました」

「今、どちらにいらっしゃるの？」

「六本木です」

「お待ち下さい」

間が空いた。

「六本木の『ドン・キホーテ』の前にいらして下さい。迎えの者をさし向けます」

「わかりました」

答え、キリは電話を切った。

16

「ドン・キホーテ」の前で、キリは三十分ほど待った。やがて古いメルセデスが前に止まった。クラシックカーと呼ぶほどではないが、一九八〇年代のモデルだ。

ハンドルを握っているのは、白髪頭で黒のスーツを着た老人だった。窓をおろし、

「キリさまでいらっしゃいますか」

と訊ねた。

「そうです」

「どうぞお乗り下さい」

老人はいった。キリは助手席のドアに手をかけた。

「うしろにどうぞ」

いわれ、後部座席に乗りこんだ。メルセデスは発進した。

メルセデスは飯倉片町の手前で左折した。住宅街を抜け、表通りにぶつかると右に曲がる。首都高速の飯倉入路を通過した。都心環状線の内回りを走りだす。浜崎橋ジャンクションで右に折れ、一号羽田線に入った。

「どこまでいくのです?」

キリは訊ねた。老人の運転手はときおりルームミラーでキリのようすをうかがっている。

「もう少し先です」

芝浦《しばうら》、勝島《かつしま》、鈴《すず》ヶ森《もり》と過ぎ、運転手は左のウインカーを点滅させた。平和島パーキングエリアに入っていく。

下り車線のパーキングエリアは空《す》いていた。

周囲に車のない駐車スペースにメルセデスは止まった。

「ここで少しお話を訊かせて下さい」

運転手はふりかえらずにいった。

「マダムにかわって少々うかがいたいことがございます」

キリは白い後頭部を見つめた。

「何を訊きたいんです?」

「イ、イワンに確認したいことというのは何でしょうか」

キリは気づいた。

「あんたが葉山海か」

「おっしゃる通りです」

「なるほど、変装の達人だと姉さんがいうだけのことはあるな」

「こんなのは変装のうちには入りません」

「警察があんたを捜している筈だが？」

「そうらしいですが、まだ会ってはおりません」

刑事部から公安部に捜査が引き継がれたせいだろうか。

「逃げていると思われるのはマズいのじゃないか？」

「逃げてはいません。ですが、警察の人からの連絡はありません。それ以外の方からは、嫌になるほどありましたが」

葉山海は答えた。前を向いたままなので、素顔がまるでわからない。

「ハヤシを殺した犯人に心当たりはあるか？」

キリは訊ねた。

「ハヤシに腹を立てていた人間は、おおぜいいます。ですが殺してしまっては元も子もない。そこまで愚かな人間はいないと思いますが」

「ハヤシが『ホワイトペーパー』を手に入れていた可能性がある。そのせいで殺されたのかもしれない」

「『ホワイトペーパー』を入手したらなぜ殺されるのです？」

「何人もの人間に売りつけさせないためだ。犯人は『ホワイトペーパー』を独占したいと考えた」

「なるほど」

「『ホワイトペーパー』が無事に保管されているかどうかを知りたくて、マダムに連絡したんだ」

「つまり『ホワイトペーパー』を奪うためにハヤシが殺されたとあなたは考えておられるのですね」

葉山海は訊ねた。

「そうだ。紅火の居場所を捜す過程で、ハヤシは『ホワイトペーパー』を見つけ、手に入れたかもしれない。『ホワイトペーパー』が無事かを確認したい」

キリは答えた。

「なるほど。お待ち下さい」

いって、葉山海はメルセデスの運転席を降りた。携帯をとりだし耳にあてると、キリからは話し声が聞こえない位置まで遠ざかった。さほど離れなくても、高速道路を走る車の音にかき消される。周囲には人もいない。

やがて葉山海が戻ってくると、外からメルセデスのドアを開けた。

「イワンが話したいそうです」

キリは携帯を受けとった。

「キリだ」

「『ホワイトペーパー』が奪われたかもしれないと、叔父《おじ》さんから聞きました」

紅火がいった。

「今も無事かどうかを知りたい」

「それが――」

いって紅火は黙った。

「奪われたのか」

「いえ、どうなのかわからないんです」

紅火は答えた。

「わからないとは？」

「『ホワイトペーパー』は、信頼できる大学院の友人に預けていました。家が宝石屋さんでセキュリティもすごくしっかりしているので大丈夫だろうと思って。それなのに、三日くらい前からその友人と連絡がつかないんです」

「友人の名は？」

「井上《いのうえ》くんです。井上敦《あつし》。高輪《たかなわ》にある『井上宝石店』というのが井上くんの実家で、彼もそこに住んでいます」

「親しい友人なのか」

「はい」

どうやら恋人のようだ。恋人を信頼する気持は理解できるが、それだけにつきとめるのは容易な存在だ。

「実家の両親と連絡はつくのか?」

「今日の昼間、お母さんと話しました。大学の後輩のサークルの顧問をしていて、明日までその合宿で栃木《とちぎ》にいっているそうなんですが、携帯がまるでつながらなくて、LINEにも返事がないんです」

「栃木のどこにいる?」

「宇都宮《うつのみや》に近いゴルフ場です。ゴルフサークルなので。でもゴルフ場がどこなのかは知りません。お母さんも聞いていないそうなんです」

紅火の声が暗くなった。

「井上は『ホワイトペーパー』の価値を知っているのか」

「少しは。わたしにとっては父の大切な遺産だと理解してくれている筈です」

キリは黙った。

「あの、叔父さんが、井上くんを捜してくれるそうなんです。栃木のどこのゴルフ場なのか、井上くんの後輩に訊いてくれて――」

紅火がいった。

「わかった。叔父さんにかわろう」

キリはいってメルセデスの窓をおろすと、外に立っていた葉山海に携帯をさしだした。葉山海は携帯を受けとると再びメルセデスから遠ざかった。

キリは窓を上げ、シートにもたれかかった。

紅火の行方を捜すなら、最初に当たるのが恋人や親しい友人だ。井上の存在は、まっ先にハヤシにつきとめられたにちがいない。

そこまで紅火は考えなかったのか、それとも何があっても井上が『ホワイトペーパー』を守ると信頼していたのか。

香港で育った紅火には、信頼できる人間が日本に少ない。それゆえ恋人に預けたのだろうが、その結果、恋人を巻きこむことになった。

葉山海がメルセデスに戻ってきた。

「紅火の恋人を捜すそうだな」

キリはいった。葉山海はキリをふりかえった。近くで見ても、変装は完璧だった。

「軽弾《かるはず》みな真似をしたものだ。恋人など、一番に目をつけられる」

葉山海は冷ややかにいった。

「それだけ信じられる人間が少なかったのだろう。どうやって捜すつもりだ?」

「井上が同行したという、後輩のサークルの合宿を調べる。紅火を追っている者たちを攪乱《かくらん》するつもりでハヤシを使ったのが、とんだヤブヘビになってしまった」

「ハヤシが井上の存在をつきとめ、『ホワイトペーパー』を奪ったのだとしたら、井上はどうなった?」

キリは訊ねた。葉山海はキリを見た。

「人殺しをするほどの度胸はハヤシにはない。騒がれないようにどこかに閉じこめておいて、『ホワイトペーパー』が売れたら解放するつもりだったのじゃないか」

「そうならば、ハヤシには協力者がいた可能性がある」

キリがいうと葉山海の表情が動いた。

「確かにそうだ」

「あんたがハヤシに近づかせた劇団員なら何か知っているのじゃないか」

「ジュンか」

葉山海はつぶやいた。

「ジュンなら知っているかもしれん。はしっこい奴だから、私に内緒でハヤシを手伝っていた可能性はあるな」

「問題は、ジュンは容疑者として警察に拘束されている。あんたが出頭しない限り、解放されないだろう」

「それは面倒だ」

いって葉山海はキリを見た。

「ジュンを警察に引き渡したのはあんただと聞いた。あんたが何とかしてジュンを自由の身にできないか」

「引き渡したのは俺だが、そのときと今とでは、担当している刑事が異なる。解放させるのは難しいかもしれない」

「どういうことだ？」

キリは「コム」の外で白鳥に会った話をした。白鳥が公安部の刑事で政府与党の〝秘密警察官〟のような役割を果たしているらしいことも告げた。

「その情報はどこから得たんだ？」

「俺を雇った人間だ。睦月と名乗っている。あんたたち姉弟《きょうだい》の父親ともつきあいがあったらしい」

キリは答えた。葉山海は深々と息を吸いこんだ。

「あの睦月か……。そうだ、睦月なら警察に圧力をかけられるだろう。ジュンを解放させられないか」

「交換条件でもなければ難しいだろう。たとえばあんたが出頭するとか」

葉山海は目を細めた。

「その白鳥という刑事と連絡はとれるのか」

「携帯番号は聞いている」

「教えてくれ」

キリは渡された名刺を白鳥に見せた。

「出頭するのか？」

「拘束しないという条件で出頭し、ジュンを解放させられないか交渉してみる」

「ひとすじ縄ではいかない相手だぞ」

「あんたのほうからも睦月に頼んでみてくれ」

「伝えることはする」

キリは頷いた。

17

品川駅の近くでメルセデスを降りたキリは睦月の携帯を呼びだした。

「私だ」

睦月が応えると、キリは『ホワイトペーパー』がハヤシによって奪われた可能性があることを話し、そのあたりの経緯を知っているかもしれないジュンを警察から釈放するよう働きかけられるか訊ねた。

「働きかけはできる。が、そうすれば逆に、そのジュンという劇団員が何か重要な情報を握っていると、白鳥に気づかせることになる」

睦月は答え、つづけた。

「白鳥のことだ。解放するかわりに、その情報について教えろと迫ってくるだろう」

「葉山海が出頭する」

「ジュンのためにか」

「そうだ。だが葉山海は拘束されるつもりはない。白鳥に連絡して、出頭を匂わせたあげく、逃げるつもりでいる」

「そんなに甘い男ではないぞ。が、ジュンがハヤシ殺しの犯人でないなら、こちらの弁護士を動かして、釈放するよう働きかけることはできる。白鳥ではなく、警視庁と交渉する」

「ジュンを釈放できるなら、それでもかまわない」

「わかった。明日、弁護士を動かす」

電話を切ったキリは息を吐いた。想定外のことばかりが起き、身辺警護だった筈の仕事がどんどん複雑になっている。本来の仕事の領域を大きく外れているが、今さら投げだすこともできない。

自宅に向け歩きながら、キリは今後のことを考えていた。ジュンが釈放されるかどうか予断は許さない。が、『ホワイトペーパー』の無事を確かめる必要があった。

キリがうけおったのは紅火の警護だ。しかしその実態は『ホワイトペーパー』の警備だった。もしハヤシが『ホワイトペーパー』を奪っていたのなら、自分はその任務に失敗したことになる。『ホワイトペーパー』をとり返さなければならない。

それは、ハヤシを殺した犯人をつきとめることにもつながる。

警護であれば対象者と行動を共にして襲撃に備えるのが仕事だが、殺人犯を捜すとなるとそうはいかない。

トマス・リーの爆殺事件の真相を、その依頼でつきとめたあと、睦月がアルファード車内でいった言葉をキリは思いだした。

――また何かあったら、連絡する。助けてくれるとありがたい
「あんたには立派なボディガードがいる」

――それ以外の仕事だ

「俺には向いてない」

答えたキリに睦月は告げた。

——君は向いている。私がいうのだから、まちがいない
その言葉は外れている、とキリは思った。調査の仕事など自分には向いていない。多くの人間と接するのは得意ではないし、会話で情報をひきだす技術もない。

なのになぜ、そんなことを睦月はいったのか。

睦月には弥生もいる。すぐに腹を立てるが、頭の回転は悪くない。元警察官という経歴もあるのだから、弥生にすべてを任せればよいのだ。

そう思いかけ、弥生ひとりでは宮本の口を開かせることはできなかったと気づいた。

だがそれは頭脳ではなく腕っぷしの問題だ。キリではなく如月でも、宮本と渡りあえたにちがいない。

港南にある自宅が見える場所まできて、キリは足を止めた。昨晩、日章旗をたてたバンが止まっていた場所に、ハマーのリムジンが止まっている。

アメリカの軍用車をもとに作られたハマーはただでさえ大きいのに、そのリムジンとなるとさらに巨大で、道を塞いでいた。

ナンバープレートを見ると福岡だ。

いよいよ九州白央会がでてきたか。

キリが見つめていると、運転席から坊主頭に濃紺のスーツを着けた男が降りてきた。如月にも負

けない、逆三角形の体型だ。だが極道には見えない。色が白く、ハーフのように彫りが深い。年齢は三十に届くかどうかというところだ。

若い男はキリに訊ねた。

「失礼ですが、キリさんでいらっしゃいますか」

澄んだ目でまっすぐ見ている。

キリは息を吐いた。

「ちがうといいたいところだが、いっても勘弁してもらえないだろう」

若い男は首を傾げた。

「このところたてこんでいてな。できれば今日は風呂に入ってさっさと布団にもぐりこみたい」

リムジンの後部座席の扉が開いた。黒のストッキングとパンプスに包まれた長い脚がそのすきまから現われた。

若い男が扉に駆けより、大きく開いた。光沢のあるワインレッドのスーツを着けた女が降りたった。髪をアップにセットし、スーツの胸もとからは大きなふくらみが半ばのぞいている。年齢は三十代後半から四十といったところだ。

ふたつのふくらみの中央で、巨大なダイヤモンドのペンダントが揺れていた。妖《あや》しいほどの色気がある。

「熱いシャワーとベッド、それにマッサージをつけましょう。だから少しお時間をちょうだいできませんか?」

女は小首を傾げ、切れ長で目じりの上がった瞳をキリに向けた。

「あんたは？」

「小林朋華《こばやしともか》と申します。トモカ興産という会社をやっております」

女は軽く頭を下げた。

キリは息を吸いこんだ。

「地上げの親玉が自ら登場か」

「話のつづきは車の中で――」

小林朋華と名乗った女はリムジンの扉を示した。

「どこかに連れていって埋めるつもりか」

「とんでもない。失礼な真似をした者が何人かいたとは聞いていますが、すべて手ちがいでした。キリさんを悪者にして強引な方法で立ち退きをお願いし、多額の手数料をうちから得ようとした者がいたのです。もちろん、そもそもの原因はうちにあります。それについては深くお詫びいたします」

小林朋華は腰を折った。赤く塗られた唇には妖艶《ようえん》な笑みがある。

「そういわれても素直に聞くことはできないな」

「ではわたしの車ではなく、キリさんのお宅でお話しするのはいかがでしょう」

「話をしたからといって、何もかわるとは思えないが？」

「せめてお詫びの気持をお伝えしたいのです」

「それは今聞いた。あんたの本心かどうかはわからないが」

小林朋華は若い男に合図をした。男は車内に体をさし入れると、白い包みをとりだし朋華に渡した。

「これはお詫びのしるしです。どうか受けとって下さい」

薄い本のような形をしている。キリは朋華を見た。

「カタログギフトです。どうかお気になさらないで。それをお渡ししたからといって、立ち退きを受け入れて下さるなどとは考えません。お買物された品を駄目にしてしまったとうかがいましたので」

「だったらもらっておこう」

キリは受けとった。

タクシーがキリの家の前の道に入ってきて、リムジンが邪魔で停止した。朋華は男に合図した。

「動かして」

「社長は？」

「キリさんのお宅にいます」

男は頷き、リムジンの運転席に乗りこんだ。ハザードを点《とも》し、発進する。タクシーはそのあとを追うように動いた。

朋華がキリを見た。キリは無言で息を吐いた。

「お帰りなさい」

キリがシャッターを上げると、制服の警備員が立っていて、敬礼した。

「お留守中、異常はありませんでした」

「ご苦労さん。今日はもうひきあげてくれていい」

「承知いたしました。明朝、うかがいます」

警備員はちらちらと朋華を見ながら答え、でていった。

「警備員の方に誤解されてしまったかもしれませんね。申しわけございません」

朋華はいって、頭を下げた。

「別に何と思われても気にしない」

キリはそっけなく答えた。朋華は土間に立ったまま、珍しげに見回した。

「元は何だったのでしょう」

「ネジを製造、販売する町工場だ。住居がついていて、居抜きでいいならという条件で借りた」

シャドウが暗がりからとびだし、朋華の前を横切った。朋華は息を吞んだ。

「まあ、猫を飼っていらっしゃるの」

「居候《いそうろう》だ。自由に出入りしている」

答えながらも、キリは皿にキャットフードをだしてやった。

「キリさんて不思議な方ですね。わたしが聞いた評判は、武術の達人で、何が起きても冷静さを失われないということでした。ですからきっと人を寄せつけない人だと想像していました。それがまさか猫を飼っていらっしゃるとは」

朋華はいってキリを見つめた。

「猫に親切だからといって、人にも親切とは限らない」

「女性にもたいへんおもてになる、とうかがいました。キリさんとベッドに入るのを楽しみにしている女《ひと》がたくさんいらっしゃるとか」

キリは目をそらした。

「それはデマだな」

「いえ、こうしてお会いすればわかります。キリさんには女を惹《ひ》きつける魅力があります」

「脅して駄目なら色仕掛けか？」

「正直、それも少し考えていました。わたしの周りには女性にやさしい方が多いので」

「たとえば国会議員とか、か」

朋華はにっこりと笑った。

「わたしのことをお調べになったんですね。嬉しい」

「嬉しい？」

「キリさんのような男性に興味をもっていただいて、喜ばない女はいません。強くて謎めいていて、生きものにやさしい。女が一番惹かれるタイプの男性です」

キリは無言で首をふった。

「お願いがあります。わたしのパートナーになっていただけませんか」

朋華はいった。

「何の話だ？」

「パートナーをずっと捜していたんです。肉体的にも強くて、精神的にわたしを支えて下さる方。事業をやっていると、さまざまな不安を感じます。キリさんがいっしょにいて下さるなら、それがきれいになくなる。お会いしてわかりました。トモカ興産の顧問として、わたしのパートナーになっていただきたいんです」

いいながら朋華はスーツのジャケットを脱いだ。白く輝く半球がふたつ、暗がりに浮かんだ。

「欲しいものはまず手にとってみる、というのがわたしのやりかたなんです」

スカートのホックを外す。ガーターベルトと黒いストッキングが露《あら》わになった。

「手にとったからといって自分のものになるとは限らないぞ」

「それは承知の上です。いってみれば賭け」

朋華は背中に手を回し、ブラジャーのホックを外した。張りのある大きな乳房が現われた。乳首はすでに尖《とが》っている。

「これはまだ最初の賭けです。賭け金はどんどんつり上がっていきます」

朋華はいってキリに近づいてきた。香水と体臭の混ざったあたたかな匂いが漂う。

「さわって」

キリに胸を押しつけ、朋華はささやいた。キリは乳房をつかんだ。尖った乳首を指先で転がすと、朋華は呻《うめ》き声をたてた。

「たまらない」

立ったままガーターベルトの上からショーツを脱いだ。薄い小さな影が露わになった。

「お願い」

朋華はいってキリの腰をひきよせた。

「今、欲しいの」

キリの手が朋華の影に触れた。その言葉が嘘でない証《あかし》が指を濡らした。

朋華の手がキリのベルトにかかった。カチャカチャともどかしげにベルトを外し、パンツを下着ごとひきおろす。キリはしたいようにさせた。

キリの体の中心に朋華は指を巻きつけた。

キリの体が反応すると、

「やっぱり大きい」

と微笑んだ。

「入れていい？」

キリの目を見つめて訊く。

「好きにしろ」

朋華は笑みを大きくした。片足を大きく上げ、キリの腰に巻きつけるようにして立ったまま迎え入れた。

熱い潤いにキリは包まれた。その瞬間、朋華は首をうしろにのけぞらせた。

「たまらない」

キリは朋華の腰をつかんだ。朋華が押しつけてくるとそれに合わせ、深くさし入れた。

朋華が言葉にならない叫びを発した。ほんの数度キリが体を動かしただけで、がくがくと全身をふるわせ、しゃがみこんだ。

「やだ」

両手で顔をおおった。

「こんなに早くいっちゃうなんて恥ずかしい」

キリはその手をつかみ立たせた。残酷な衝動が生まれていた。朋華をうしろ向きにし、壁に手をつかせた。両足を広げる。

「いや、恥ずかしい」

恥ずかしいを連発するのは、興奮を高めるためだとわかった。かまわずキリは朋華を背後から貫いた。

朋華が叫び声を上げた。少し動いただけで再びがくがくと体を震わせた。

が、今度はしゃがむのを許さず、キリは朋華の尻に激しく腰を打ちつけた。

「駄目、駄目、駄目、またいっちゃう――」

朋華がいく度体を震わせても許さなかった。その体を激しく貫きつづけた。

「いやいや、本当に駄目！　それ以上したら本当に駄目！」

逃れようとするのを許さず、両手をうしろに回させ、手首をつかんでキリは体を打ちつけた。

「いやあ！」

朋華がひときわ大きく叫んだ瞬間、あたたかいしぶきが二人の体のあいだからとび散った。それはキリの顔や朋華の背中を濡らした。

キリは朋華の手を離した。朋華はそのまま床に崩れ落ち、体を痙攣《けいれん》させていた。しばらく動かなかったが、やがて顔を上げキリをにらんだ。

「ひどい。駄目っていったのに……」

「もっとしてほしいという意味だと思った」

セットしていた髪は乱れ、朋華の顔を半ばおおっている。

「もう……」

つぶやくと、朋華は目の前に屹立《きつりつ》しているキリの体を両手でつかんだ。

「わたしばっかりいかせて。許さない」

呑みこむようにすっぽりとくわえこんだ。喉の奥まで入れると、大きくゆっくりと動かす。舌先が先端を刺激している。動きはじょじょに激しくなった。

キリは放った。喉を鳴らし、朋華はそれを飲んだ。飲み終えたあとも口を離さず、名残《なご》りを惜しむように、清めるように舌でキリの体をまさぐった。

キリは腰を引き、朋華の口から抜いた。

「あん」

朋華はくやしそうにいってキリを見上げた。

「もっとしたかったのに」

キリは無言で服を整えた。朋華は大きく息を吐いた。

「思った通り。キリさんは女を喜ばすのも上手」

「あんたが勝手に喜んだだけだ」

朋華は床に散らばっている下着を集めた。

「ひどい男。そうやって冷たくするほど相手が熱くなるのを知ってる」

ショーツとブラを着け、キリと向かい合った。

「いよいよパートナーになってほしい。そうなったら、二十四時間、いつでもわたしをいたぶれる」

キリの目をのぞきこみ、朋華はいった。

「まだ手にとったばかりだろう」

朋華はこっくりと頷いた。

「わかった。今日はこれで帰る」

「地上げはどうするんだ」

「会社の人間と相談する。パートナーになってくれるのなら、このお家《うち》には手をつけない」

「ならないといったら？」

朋華はゆっくりと息を吸いこんだ。瞼《まぶた》が細まり、切れ長の目が隠れる。

「せっかくいい瞬間を過ごしたのに、そんな話、したくない」

キリに背を向け、脱ぎ捨てたスカートをはき、ジャケットを羽織った。

「またね」

背中を向けたままいい、でていった。

あとに残されたキリはほっと息を吐いた。

時計を見ると、わずか三十分足らずのできごとだった。

嵐のような女だった。欲しいものは何をしてでも手に入れてきたのだろう。

天井を見上げもう一度息を吐くと、キリは風呂場に向かった。

18

久しぶりにゆっくり眠ったキリは、朝食をとった。

飯を炊き、油揚げとネギの味噌汁を作り、鯖《さば》の干物と、卵とハムを炒めたものをおかずにする。

洗い物を終え、ドリップで落としたコーヒーを飲んでいると、携帯が鳴った。弥生だった。

「ジュンが釈放されることになった。今日の午後、麻布署まで迎えにいく。あんたもくるだろう」

「もう、か?」

「先生が使った弁護士は、元検事総長だ。白鳥も口がだせなかったようだ」

それか裏で葉山海と取引をしたか、だ。だがそのことはいわず、

「いつだ?」

とキリは訊ねた。

「麻布署の玄関で一時間後」

「了解した」

身仕度を整え、キリは六本木に向かった。

警視庁麻布警察署は、六本木交差点近く、六本木通りを一本入った場所にある。

四十分ほどで到着すると、すでに路上に立つ弥生の姿があった。

それからほどなく、麻布署の玄関から、スーツ姿の老人につきそわれてジュンが姿を現わした。

白鳥の姿はない。

「お世話になりました」

弥生はいって、スーツ姿の老人に頭を下げた。

「いやいや。じゃ、私はここで」

黒塗りのセルシオが老人の前に止まった。運転手がドアを開けると、乗りこみ走り去る。

あとに残されたジュンはキリと弥生を見た。

「あんたたち――」

ぽかんと口を開けた。

「腹が減ってないか？」

弥生が訊ねた。ジュンは瞬《まばた》きし、

「すごくすいてる」

と答えた。

「すぐ近くに、中国料理屋の個室をとってある。好きなだけ食べさせてやる」

弥生がいうと、ジュンは警戒した表情になった。

「そんなことしたって、俺は何も知らないぞ」

「心配するな。葉山海と話した」

キリはいった。弥生が驚いたようにキリをふりかえった。

「アバラは大丈夫か」

キリは訊ねた。

「ヒビが入っただけだ。テーピングしたから大丈夫だ」

弥生は答えた。そして、こっちだと先に立って歩きだした。

六本木通りを渡り、雑居ビルのエレベータに乗る。ビルの四階から六階まで入った中国料理店の個室に三人は入った。

円卓にすわると、すぐに前菜が用意された。

よほど腹が減っていたのか、ジュンは前菜の大皿を自分の前におき、直接口に運んだ。

「あわてるな。まだいろいろでてくる」

弥生がいった。その言葉通り、フカヒレのスープがでてきた。

前菜を食べ、スープを飲み終えて、ようやく人心地がついたのか、ジュンはキリを見た。

「座長に会ったっていうのは本当か」

キリは頷いた。

「どんな人だった？」

「変装していたので素顔はわからない」

キリが答えると、ジュンは納得したようにいった。

「じゃあ本物だ」

黒酢の酢豚が届くとジュンは目を輝かせた。

「これ、大好物なんだ」

「全部食べろ」

弥生がいった。

「いいのか」

ジュンは弥生とキリを見比べた。二人は頷いた。

「お前が金を渡す筈だったハヤシの話を訊きたい」

キリはいった。ジュンは顔を上げた。

「何を？」

「岡崎紅火の居場所をつきとめるように、葉はハヤシに頼んだ。ハヤシはどれくらい紅火について調べたんだ？」

「なんで俺がそんなことを知ってなきゃいけないんだよ」

弥生の表情が険《けわ》しくなった。それを目で制し、キリは訊ねた。

「ハヤシはお前をかわいがっていた。そのお前からの依頼でなければ、紅火を捜す仕事を引き受けなかったのじゃないか」

「引き受けたのは、稼ぎになるからだよ。一石二鳥だってハヤシは喜んでいた」

ジュンは答えた。

「一石二鳥？　どういうことだ」

「俺が頼む前に、もともと紅火の居場所を調べたら金を払うっていってた人間がいたみたいなんだ。紅火が東亜文化大の院生だっていうのも知ってた。『トモダチ学院』の広東語《カントン》クラスで講師のバイトをしていた紅火とハヤシは会ったことがあったんだ」

キリはジュンを見つめた。

「金を払うといったのは何者だ？」

ジュンは首をふった。

「そこまでは知らない。ただ座長が百万払うといったら、そっちのほうが金額が大きいって喜んでた」

「そういう頼みごとをハヤシにする人間に心当たりはないか」

弥生が訊ねた。

「多過ぎてわからないね。ハヤシはしょっちゅう、自分はいろんな国の大使館に顔が利くって自慢してた」

「たとえば？」

「中国、アメリカ、カナダ、オーストラリア、イギリス、フランス……ありとあらゆるところだよ」

　ジュンは肩をすくめた。

「本当なのか」

「いろんな国の知り合いがいたことはまちがいない。とにかく自分はすごく腕が立つんだって、ハヤシはうぬぼれてた。あらゆる国の情報機関が、自分に情報をもらいにくる。『トモダチ学院』の先生をしているのは、そうしたほうがいろいろ便利だからで、本当はスーパースパイなんだって」

「スーパースパイ？」

　あきれたように弥生がくり返した。ジュンはつづけた。

「それで俺に助手にならないかっていうんだ。俺の女装を使えば、もっと多くの情報を集められる。そうなったら稼げるぞって」

「やってみようとは思わなかったのか」

　キリは訊いた。

「下心が見え見えだった。ハヤシにはいろいろしてもらったけど、本当の恋人になる気はなかった。俺は座長を尊敬してる。助手になるなら、座長の助手になる」

「劇団以外の仕事のことをいっているのか」

　弥生が訊くとジュンは頷いた。

「座長こそスーパースパイだ。ハヤシみたいにあっちこっちにネタを売りつける情報屋とはちがう。座長はどうしてあんたに会ったんだ？」

「紅火がもっている、ある品物について訊きたいことがあった」

「『ホワイトペーパー』だろ」

ジュンはいった。弥生が訊ねた。

「誰から聞いた?」

「ハヤシだよ。ハヤシは、紅火の居場所を皆が捜している理由が『ホワイトペーパー』だって知ってた。中国安全部から、『ホワイトペーパー』のありかをつきとめる手がかりが日本にないか調べるよう頼まれていたんだ」

「それで?」

「中国は『ホワイトペーパー』は香港のどこかにあると考えているけど、万一、日本に運びこまれているようなら、探しだせばすごい金になるとハヤシはいった。そこに、座長や別のクライアントから紅火の居場所を調べてほしいって依頼があったんで、本当に日本にあるかもしれないって考えたみたいだ」

チャーハンを盛った大皿が運びこまれてきた。ジュンは目を丸くした。

「やった。でも、もうこんなに食えない」

「あたしたちも食べるんだよ」

弥生がいって、キリを見た。

「俺はいい。食べたばかりだ」

首をふり、キリはジュンに訊ねた。

「『ホワイトペーパー』が日本にあるかもしれないと考えて、ハヤシはどうしたんだ？」

「紅火のことを調べたみたいだ。そういうときに組む仲間がいるんだ」

「仲間？」

「危ない奴らだよ。金になるなら、盗みでも誘拐でも、人殺しも平気でするような。ハヤシと同じフリーで、何か大きな仕事をするときに集まるんだ」

「名前を知ってるか」

「ひとりだけ聞いたことがある。寺岡っていってた」

チャーハンにのばした弥生の手が止まった。

「寺岡？」

ジュンは頷いた。

「顔は？　どんな奴だ？」

「わからない。会ったことはないもの」

レストラン「コム」でキリたちに声をかけてきた凶悪な人相の男が、「寺岡って者だ」と自己紹介したことをキリも覚えていた。

「寺岡には白人の仲間がいないか？」

弥生が訊ねた。ジュンは首をふった。

「知らない」

「ハヤシは寺岡という仲間を誘って、紅火のことをいろいろと調べた。それで『ホワイトペーパー』を入手したのか」

キリは訊いた。

「それもわからない。ハヤシから紅火の居場所をつきとめたって連絡があって、教わった新宿の民泊施設を俺は座長に知らせた。次にハヤシと会ったときには殺されてたんだ」

「つまりハヤシが『ホワイトペーパー』のありかをつきとめたのかどうかはわからないんだな」

弥生の言葉にジュンは頷いた。弥生はキリを見た。

「寺岡がハヤシを撃ったとは考えられないか。『ホワイトペーパー』を見つけたんで、仲間割れになって」

「もしそうなら寺岡は『ホワイトペーパー』をもっている。『コム』に現われる理由はない」

キリは答えた。寺岡は『ホワイトペーパー』が一枚につき一万ドルで売れる、だから探しているのだといった。

「ハヤシ殺しの犯人じゃないと思わせるためかもしれない。それにあそこに集まった連中から、もっと高く売りつけられる相手の情報を得ようとした可能性もある」

弥生は首をふった。

「『コム』って、あの『コム』か？　座長のお姉さんがやっている――」

ジュンが訊いた。

「そうだ。我々は『コム』のマダムとも話した」

弥生が答えると、ジュンは無言で見返した。

「『コム』のマダムから、ハヤシを殺した犯人をつきとめるよう頼まれた」

弥生がいうと、ジュンは息を吐いた。

「警察が見つけられないのに、あんたたちが見つけられるのかよ」

「どうかな。警察はお前をもう疑っていないのか」

キリは答えた。

「そこまではわからない。でもだしてくれたってことは、疑ってないからじゃない」

「ここで話したことを警察にも話したのか」

「話したよ。そうしなけりゃだしてくれないだろ」

「ハヤシと寺岡のこともか？」

「うん。怒鳴《どな》ったりとかはしないけど、あの白鳥って刑事、すごく恐い。座長のことをすごくしつこく訊かれて、そっちをごまかすのでいっぱいいっぱいだったからさ」

葉とマダムと話したことで信頼できると考えたのか、ジュンは警戒心を解いたようだ。

「お前を釈放させるために、葉は警察と話すといっていた」

キリがいうと、

「座長は劇団員を見捨てないからな」

ジュンは得意そうに答え、いった。

「もう駄目だ。腹いっぱいでこれ以上食えない。帰って、目が溶けるまで寝てやる。いいだろ？」

キリは弥生を見た。

「帰れ」

弥生がいった。

「ごちそうさん。何かあったら、ゴールデン街の『エスコルピオン』にきてよ。サービスするから。じゃあね」

ジュンは手をふり個室をでていった。扉が閉まると、弥生はいった。

「寺岡がハヤシを殺した犯人だろうか」

「もしそうなら、寺岡は『ホワイトペーパー』をどこかに売りつけようとする筈だ」

キリは答えた。

「ハヤシは『ホワイトペーパー』を手に入れていたと思うか?」

弥生が訊ねたので、キリは昨夜弥生と別れたあと、葉山海と会い、電話で紅火とも話したことを告げた。

「紅火は、大学院生の友人、たぶん恋人に『ホワイトペーパー』を預けていた。調べれば、恋人の存在などすぐにわかる。連絡がとれなくなっているというのは、『ホワイトペーパー』を奪うために何かをされた可能性がある。ハヤシには殺人を犯すほどの度胸はないと葉はいっていたが、組んでいた寺岡が殺したのかもしれない。そしてそのことをハヤシに咎《とが》められ、ハヤシも殺したとか」

キリがいうと、弥生は眉をひそめた。

「もしそうなら、本当の仲間割れだ。だが、警察につきとめられたら終わりだろう」

「『ホワイトペーパー』をもっているとなれば、かくまってくれる国はある」

キリはいった。

「国外に逃げだすと？　中国か」

弥生は訊ねた。キリが答えようとしたとき、携帯が振動した。葉山海からだ。

「キリだ」

「井上という紅火の友人だが、やはり行方不明になっている。人に会いにいくといって、夜、泊まっていたホテルをでていって、それきり連絡がとれないそうだ」

キリが応えるなり葉はいった。

「寺岡という男を知っているか。あんたと連絡をとろうと、『コム』にも押しかけてきた」

「名前は聞いたことがある。暴力仕事専門のプロで、拳銃使いのアメリカ人と組んでいる男じゃないか」

「そいつだ。マダムからあんたの電話番号を教わった筈だが、連絡はないか？」

「電話は数多くあったが、寺岡という人物からはかかってきていない。それがどうした？」

葉は訊き返した。

「ジュンの話では、ハヤシは寺岡と組むことがあったらしい。ハヤシが寺岡を使って紅火の友人から『ホワイトペーパー』を奪い、それが原因で仲間割れになって殺された可能性がある」

「ジュンがそういったのか」

「寺岡の名をいっただけだ。ついさっき釈放されたんで、飯を食わせて話を聞いた。白鳥には連絡をしたか」

キリは訊いた。

「今朝、電話で話した。出頭しろといわれたが、ジュンを釈放するとはいってなかったな。睦月が何かしたのか」

「弁護士を動かしたようだ」

「あんたが頼んだのか。礼をいう」

「『ホワイトペーパー』を入手したのが理由でハヤシが殺されたのだとすれば、井上も殺されているかもしれない。紅火は苦しむだろうな」

それには答えず、キリはいった。

「最初から、俺たち姉弟《きょうだい》を頼っていたら、こうはならなかった」

「紅火の母親と、あんたたちはうまくいっていないのか」

「静代が白中峰に近づいたのは、死んだ親父の指示だった。だがミイラとりがミイラになった。静代は白中峰の予知能力は本物だといって夢中になった。白は、静代が自分をスパイしようと近づいてきたことも見抜いていたそうだ」

「その静代さんだが、まだ居場所がわからないのか？」

「わからないが、中国政府に拘束されている可能性が高い」

「そこまでして中国政府が『ホワイトペーパー』を欲しがる理由は何だ？　内部にいる情報提供者をつきとめるためか」

「それもある。『白果』には、中国共産党の幹部も加わっていた。だが、中国政府が最も気にしているのは、『ホワイトペーパー』に書かれているであろう、中国政府の今後の動きだ。軍事行動を、いつどこに対して起こすのか、白は書いていた筈だ」

「それはあくまでも予測で、現実とはちがうのじゃないか」

「『ホワイトペーパー』に書かれた予測は多くが現実化する。つまり、今、中国政府が決めてすらいない行動が、そのときがくると実行に移される。それを知りたいと考える者が中国政府内部にいるのさ」

「中国政府も『ホワイトペーパー』の予測を信じているというのか」

「予測ではなく、予言だと、多くの人間が思っている。そして白の予言が望ましい未来だと考えれば、『ホワイトペーパー』の内容通りの行動をとる」

「中国政府がか？」

「公《おおやけ》には決して認めないだろうが」

「そんなことがありうるのか」

「共産主義を標榜《ひょうぼう》する一方で、本来、相容《あいい》れない筈の風水や五行を秘かに重んじているのが中国国家指導部だ。まして実績のある『ホワイトペーパー』に、軍事行動を起こす期日とその成功が予言されていれば、その通りに動こうと考える者がいても不思議はない」

キリは息を吐いた。

「『ホワイトペーパー』は単なる予言書では終わらず、世界情勢に大きな影響を与える」

葉はつづけた。

「それならなぜ、中国政府は公開を恐れるんだ？」

キリは訊ねた。

「何年何月に軍事行動を起こし、成功すると予言されているとしても、公開されれば、それに備える動きを台湾やアメリカ、日本、オーストラリアなどはとるだろう。『ホワイトペーパー』は、国際政治、軍事行動のシミュレーションでもある。だからこそ入手すれば先手を打てる」

「その通りなら、たいへんな価値があるな」

「金《かね》だけではない。有効に使えば権力も手に入る。静代は、私たち姉弟がそれを利用すると考えた」

「ちがうのか」

「ちがわない。『ホワイトペーパー』を入手すれば、さまざまな国の情報機関が私たちにすり寄ってくるだろう」

「あんたの姉さんは『ホワイトペーパー』を入手し、発行を再開したいといっていたが？」

「同じことだ。『白果』のように多くの会員に配りはしないというだけで」

「限られた相手に高い料金で売りつけるということか。紅火はそれを知っているのか」

「私にはわからない。だが『ホワイトペーパー』を奪われていたら、実行できない」

「そうだったら紅火をもう守らないのか」

「我々にとっては姪《めい》だ。今放りだせば、どんな目にあうかわからない。そんな真似はしない」

「寺岡の情報を集められるか？」

キリは訊ねた。

「集めて渡したら、警察のかわりにつかまえるのか?」

葉は訊き返した。

「『ホワイトペーパー』を奪ったのが寺岡なら、それをとり返して紅火に返却する」

キリは答えた。

「なるほど。それがあんたの職業的良心てやつか」

愉快《ゆかい》そうに葉はいった。

「何とでもいえ」

「いいだろう。できるだけ調べ、また連絡する」

電話を切ったキリは見ていた弥生に会話の内容を告げた。

「寺岡を捜しだして『ホワイトペーパー』を回収するのか」

弥生は訊ねた。

「奪ったのが寺岡なら、そうする」

「だがそれは紅火を守る任務から外れる」

「紅火と『ホワイトペーパー』は一体だ。睦月は、紅火の身より『ホワイトペーパー』のほうが重要だとはっきり俺にいった」

弥生の頬がふくらんだ。不満なようだ。だが睦月の指示に嚙《か》みつくわけにはいかず、黙っている。

「嫌なら外れていい。あんたは紅火の警護に専念しろ」

「嫌とはいってないぞ」

弥生は黙った。

「今のところ、『コム』に匿《かくま》われている紅火の身は安全だ。紅火があの姉弟の身内だというのは知られていない。ただ――」

「ただ、何だ？」

「中国政府に拘束されているらしい紅火の母親が、伯母と叔父の正体を話せば、その限りではなくなる」

「『コム』に押し寄せてきた連中は、『ホワイトペーパー』を一枚につき一万ドルで買うという中国政府の情報に動かされたのだ。その中国政府が、紅火が二人の姪だと彼らに知らせれば、襲撃にかわるだろう。『コム』で働く、あらゆる人間を拷問してでも『ホワイトペーパー』のありかをつきとめようとするにちがいない。

「そんなことになると思うか」

弥生の顔が真剣になった。

「娘を思う母親の気持を考えれば、ありえないと思うが、静代は白中峰に傾倒するあまり、二人とはうまくいってなかったらしい。したがって二人を頼ることを紅火に禁じていたようだ」

「だからあんなやりかたで新宿から連れだしたんだな」

「静代が中国政府を誤誘導しようと、姉と弟の名をあげる可能性がないとはいえない。ただいくらうまくいっていなかったからとはいえ、二人を危険にさらすような真似をするかどうか。紅火がどこで何をしているか、拘束されている静代には知りようがない。二人の存在を話して、追っ手を呼びこむ結果になる可能性も考える筈だ」

キリはいった。

個室の扉がノックされた。

「はい」

弥生が応えると、扉が開かれた。ウエイターではなく、白鳥だった。今日も、一分のすきもないいなりをしている。グレイに白のピンストライプが入った、スリーピース姿だ。

「突然失礼しますよ」

かぶっていたソフト帽をつまみあげ、白鳥はいった。

「お食事の邪魔をしては申しわけないと思い、外で待っていたのですがね。そろそろ終わられた頃だと――」

「立ち聞きしていたのか!?」

弥生が血相をかえた。

「何のお話ですかな。私はお二人と話したくて参ったのですが」

白鳥の表情はまったくかわらなかった。

「もし立ち聞きしていたのなら、ジュンが犯人ではないことがわかった筈だ」

キリはいった。白鳥は首をふった。

「立ち聞きなどしていません。ですが、お二人はハヤシ殺害の犯人をご存じのようだ。教えていただけませんか」

「証拠もないのに、教えるわけにはいかない」

弥生がいった。白鳥は首を傾げた。

「ではなぜ犯人だとお考えなのです?」

弥生があきらめたようにキリを見た。

「その人物がハヤシと組んでいたという情報がある。仲間割れが起き、ハヤシを殺したのかもしれない」

キリはいった。

「仲間割れというのは、獲物を手に入れてから起こるものです。手に入れるまでは協力しあうが、手に入れると分け前をめぐっての争いになる」

白鳥は頷いた。

「悪党の考え方は、あんたのほうが詳しい」

キリはいった。

「ですが、獲物が何であるか、私は知りません。ハヤシはそんな重大情報を入手していたのですか? そこまでの大物だと我々は考えていませんでしたが」

白鳥は訊ね、キリと弥生を見比べた。

「それは我々の口からはいえない。別の人間に訊ねてもらいたい」

「たとえば睦月先生とかに、ですか」

「先生がお答えになるなら、それが一番だ」

弥生はいった。白鳥はあっさり頷いた。

「そうさせていただきます。それではハヤシと組んでいたという人物について、お教えいただきたい」

「きのう『コム』にもいた男だ。あんたも見たのじゃないか」

「きのうあの店には怪しい者しかいませんでした。キリさんがいわれたように、私を見るとひとり残らずいなくなった」

白鳥は微笑んだ。

「ひとりひとり職質をかければよかったんだ。そうすれば銃刀法違反で、どいつもパクれたのに」

弥生がいった。白鳥は首をふった。

「そういうのは刑事部の仕事のやりかたです。私は細かな点数稼ぎには興味がない」

「あんたが興味をもつのは何なんだ？」

キリは訊ねた。

「そうですな。国際社会における日本の立場に影響を与えるような事案、とでも申しておきましょう」

「寺岡という男だ」

キリはいった。

「暴力仕事専門で、アメリカ人のガンマンとコンビを組んでいる」

「ガンマンとはおだやかではありませんな。下手に手をだすと撃たれそうだ」

「覚悟はしておいたほうがいい。警察を恐がるような手合いじゃない」

「寺岡の名は、ジュンの口からも聞きましたがね。寺岡はなぜハヤシを殺したのでしょうか？」

「だから仲間割れといったろう」

「つまり殺してでも寺岡が手に入れたいものをハヤシがもっていた、と」

「寺岡が手に入れ、ハヤシに渡すのが惜しくなったのかもしれない」

弥生がいった。

白鳥はほう、と息を吐き、首を傾《かたむ》けた。

「いったいそれは何だったのでしょう。睦月先生のお答をいただく前に、あなたがたからそのものが何であったか、お聞きするわけにはいきませんかね」

「断わる」

弥生がいった。白鳥はキリに目を向けた。

「教えてもいいが、今後俺たちにつきまとわないと約束してもらいたい」

キリはいった。

「おい」

咎《とが》めるように弥生がいった。白鳥は首をふった。

「申しわけないが、それはお約束できません。私も警察官ですから」

おだやかな口調でいった。

「だったら話はここまでだ」

キリはいった。白鳥がふっと息を吐き、口もとをゆるめた。

「承知しました。ご協力ありがとうございました。また、折をみてお話をうかがうことにしましょう」

「そんな暇《ひま》があったら寺岡を捜せ。さもないと撃たれるのが嫌で、我々ばかりに寄ってくると考えるぞ」

キリはいった。白鳥は笑みを大きくした。

「警察官でも撃たれるのは御免こうむりたいものです」

「撃たれる前に撃てばいい。刑事なのだからピストルをもっているのだろ」

「だからそういうのは刑事部のやりかたです。荒っぽいことは苦手なものでしてね。いや、お邪魔しました。失礼します」

ソフト帽をつまみ、白鳥は部屋をでていった。

キリと弥生は顔を見合わせた。

「食えない男だ」

キリはいった。

「警察官だというのに、いっていることがまるで信用できない。何を考えているのか、まったくわからない」

弥生がつぶやいた。

「公安部の刑事というのは、皆、ああなのか?」

キリは訊ねた。これまでかかわった刑事はすべて刑事部の人間だった。

「腹を見せないという点では皆そうだが、あいつは特に変だ」

「ジュンは恐がっていたな。豹変するタイプなのかもしれん」

キリはいった。携帯が振動した。宮本からだった。

「はい」

「社長の野間が会いたいといっている」

「いつだ」

「これから目黒にこられるか」

「進化交易」は目黒にあると睦月がいっていたのをキリは思いだした。

「大丈夫だ」

詳しい場所を聞き、キリは電話を切った。

「『進化交易』の社長が会いたがっているそうだ」

弥生は目をみひらいた。

「ハヤシに金を払っていた奴だな」

「寺岡について何か情報を得られるかもしれない。いってみよう」

キリはいった。

19

「進化交易」が入っているのは、ＪＲ目黒駅に近い雑居ビルだった。四階だてのかなり古い建物で、三、四階を「進化交易」が使っている。

三階にある受付で宮本は二人を待っていた。

「社長は四階だ。きてくれ」

エレベータを使わず、階段でひとつ上の階に案内する。

目黒までくる途中、キリと弥生《やよい》は尾行を警戒した。白鳥の監視がつづいている可能性がないとはいえなかったからだ。地下鉄とタクシーを使って移動したが、それらしい者はいなかった。

四階にあがると、宮本は廊下のつきあたりにある扉をノックした。

「どうぞ」

返事をうけ、扉を押す。複数のパソコンのモニターに囲まれたデスクに、小柄な坊主頭の男がすわっていた。口ヒゲを生やしている。

「社長、こちらがお話しした二人です」

「よくおいで下さいました。すわって下さい」

口ヒゲの男は立ち上がり、デスクの手前におかれたソファを示した。

「私、『進化交易』の野間です。宮本から聞いて、ぜひお二人とお話ししたいと思っていました」

キリと弥生が並んでかけると、向かいに野間と宮本がすわった。タイミングをみはからったように扉が開き、女子社員が蓋《ふた》つきの茶碗を運んできた。

「どうぞ、うちが仕入れているお茶です」

野間にいわれ、キリが茶碗の蓋をとると中国茶の良い香りがあたりに漂《ただよ》った。

「膝《ひざ》は大丈夫か」

キリは宮本に訊《たず》ねた。

「湿布をはったよ。そっちのアバラはどうだ？」

答えて、宮本は弥生を見やった。

「別に」

弥生は肩をそびやかした。

「ヒビが入ったんでテーピングしたらしい」

キリはいった。

「よけいなことをいうな」

弥生の目が吊り上がった。

「悪かった」

笑いをこらえ、キリはいった。そのようすを見ていた野間が口を開いた。

「とても仲がいいのですね」

「我々がか」

弥生が訊《き》き返すと野間は頷《うなず》いた。

「仲がいいほどケンカもします。仲が悪ければケンカもしない。何をいおうとされようと、興味がないからです」

弥生は何かをいいかけたが、口にせず呑みこんだ。

『トモダチ学院』のハヤシに毎月金を払っていた理由を教えてもらえないか」

キリはいった。

「台湾の安全のためです。台湾はとても小さいし、軍隊も多くない。ですから長い耳や遠くが見える目が必要です。ハヤシの情報に驚くようなものはありませんでしたが、他で得た情報の信憑性《しんぴょうせい》を確認するには役立ちました」

すらすらと野間は答えた。

「『ホワイトペーパー』を探すこともハヤシに依頼したのか」

弥生が訊ねた。野間は頷いた。

「期待はしていませんでした。ただ白中峰《はくちゅうほう》の娘が日本にいるからには、もっている可能性もないとはいえません。ご存じのように『ホワイトペーパー』を多くの人間や組織が探しています」

「それで?」

「ハヤシにはまず白中峰の娘を捜すことから始めてもらいました。白中峰の娘が以前『トモダチ学院』で働いていたこともあり、その依頼には応えてくれました」

「『ホワイトペーパー』の探索に関してはどうだ?」

「白中峰の娘が『ホワイトペーパー』をもっていると、正直、私は思っていませんでした。『ホワイトペーパー』は香港《ホンコン》にあるか、中国政府におさえられてしまったとばかり考えていたからです。ところが、白中峰の娘が新宿の民泊施設にいるらしいという情報をよこしたあたりから、ハヤシの態度が変化しました」

　野間は答えた。

「どう変化したんだ」

「大きな仕事をしなければならなくなったので、『ホワイトペーパー』の探索までは手が回らない。娘を見つけた報酬だけを払ってくれといってきたのです」

「大きな仕事とは？」

　弥生の問いに野間は首をふった。

「それが何なのかはわかりません。私は嘘だったのではないかと考えています」

「何のための嘘だ？」

「白中峰の娘を捜す過程で、ハヤシは『ホワイトペーパー』の所在をつきとめた。そこでもっと高く買ってくれるところにもっていこうと考えた」

「どこだ？」

「おそらく中国です。中国政府には、『ホワイトペーパー』を求める、いくつもの理由があるし、我々とは比べものにならないほどの大金も払えます」

「そのことがあったので、あんたはハヤシが『ホワイトペーパー』を入手していると考えたんだな」

　キリは宮本を見た。宮本は頷いた。

「コットンさんも同じ考えだ」

「彼を通じて、我々はイギリス政府とのパイプを保っています。台湾は、国際政治の世界では微妙な立場にあります。どの国も中国と正面からことをかまえたくない。とはいえ台湾は地政学的にいって、極東地域の安全保障では重要なポジションにある。中国を横目で見つつ、必要ならば手を握ろうという関係です」

　野間はいってつづけた。

「そしてまさに『ホワイトペーパー』には、今後の台湾、中国の関係が予言されている筈《はず》なのです」

「中国が今後どうするか、それを決める立場にある指導者までもが『ホワイトペーパー』を読みたがっているというのか」

「基本的に中国人は迷信深いのです。その上、中国の政治局員たちは厳しい生存競争をくり広げています。失脚すれば出世の機会を失うだけでなく、逮捕、投獄といった事態も起こりえます。それを防ぐためにあらゆる保険をかけている。『ホワイトペーパー』に記された予言も、保険になる。つまり政府として『ホワイトペーパー』を探す一方で、もし個人で入手できたら、それを自分の利益のために使おうと考えている者がいるのです。それだけに『ホワイトペーパー』の所在について、真実がどこにあるのか知るのは困難です。したがって、中国指導部のトップレベルにある者が、これを秘《ひそ》かに手に入れ、書かれている予言を私物化している可能性が高い、と私は考えていました」

野間はいって、キリと弥生を見比べた。

「それがハヤシの態度の変化で、『ホワイトペーパー』が日本にあり、それを入手したのではないかという疑いにかわったのです。そしてハヤシが殺されたことで、疑いは確信にかわりました」

「ハヤシを殺した犯人が『ホワイトペーパー』を奪ったと？」

「それ以外にハヤシを殺す理由は考えられません。ハヤシは、金になるならどの国、どの陣営にもつく男でした。本人はいっぱしのエージェント気どりでしたが、実際は殺す価値すらない、ただの情報屋です。ハヤシに金を払って、使い回しの情報を得ていた者なら、誰でもそれは知っています。殺して警察に追われるリスクを考えるなら、金を払って泳がせるほうがよほどいい。ハヤシが殺されてしまったのは、本来なら彼の手に余るような大きなネタを握ったからに他なりません」

「説得力のある考え方だ」

キリがいうと、宮本が口を開いた。

「あんたたちは白中峰の娘の警護をうけおったのだろう。『ホワイトペーパー』のことを訊かなかったのか」

「それについては何もいうなといった」

キリは答えた。

「何もいうな、とは？」

「俺の仕事は岡崎紅火《おかざきべにか》の護衛だった。『ホワイトペーパー』がどこにあるかなど関係ないと考えていたんだ」

「それがちがったと？」

「依頼人の目的は、『ホワイトペーパー』の保護で、岡崎紅火の警護はそれに付随したものだということがわかった」

「だから今、あんたたちは娘を警護していないのか」

「簡単にいえばそういうことだ。もちろん、岡崎紅火が安全な状況にあるのが大前提だが」

「安全なのですか」

野間が訊ねた。

「安全だ」

「するとあなたがたの仕事は何です？」

「ハヤシを殺した犯人をつきとめ、『ホワイトペーパー』を回収する」

「回収してどうするんだ？」

鋭い口調で宮本が訊ねた。

「岡崎紅火に返す。そのあとは彼女の問題だ」

「信用できるのか」

「何を疑っている？」

「『ホワイトペーパー』は高く売れる。おそらく、あんたらが一生遊んで暮らせるほどの金になる」

「ふざけるな」

弥生が低い声でいった。

「我々は金が欲しくて動いているわけじゃない」

「俺は金だ」

キリがいうと、弥生がキリをにらんだ。

「俺は、岡崎紅火の警護のために受けとった報酬に見合う働きができなかった。だから今、『ホワイトペーパー』を見つけ返却するために動いている」

「もらっただけの仕事はする、というわけか」

宮本がにやりと笑った。

「何とでもいえ」

「手を組みませんか」

野間がいった。

「『ホワイトペーパー』を回収し、白中峰の娘に返却するという、あなたがたを信じます。それに成功したら、台湾政府の代理として、白中峰の娘と私が交渉します」

「『ホワイトペーパー』の回収に協力したからといって、彼女があんたを信用するとは限らない」

弥生がいった。

「それは承知の上です。あなたがたの専門は警護で、私の専門は情報だ。ハヤシを殺した犯人を見つけだすのに、私の情報は役立つ筈です。それとも、犯人の見当は、もうついているのですか」

野間がキリを見つめた。

「ついている」

キリは答えた。

「その人物がどこにいるのかもわかっているのですか」

キリは首をふった。

「ではどこにいるのか捜すのを、私に任せていただけないでしょうか」

「あんたが裏切らないという保証はあるか。そいつを捜しだし、先に『ホワイトペーパー』を奪うかもしれない」

「おい。俺はあんたを信用したから、社長を紹介したんだ」

宮本がいった。それを目で制し、野間はいった。

「キリさんのおっしゃる通りです。私が裏切らないという保証はどこにもない。信用していただく他はありません。ただ、その人物を見つけるのを急がないと、『ホワイトペーパー』が売られてしまうかもしれない。その人物がどこかの国のエージェントだというのであれば、とり返すのはもはや不可能です」

野間のいう通りだった。寺岡がハヤシを殺し、『ホワイトペーパー』を奪った犯人なら、さほど間をおかず売りとばすだろう。そうでなくても、国外に逃げられたらそれまでだ。

「わかった。手を組もう」

キリはいった。野間が口もとをほころばせた。

「互いにとって賢明な判断です」

キリは弥生を見た。

「いいな」

「大賛成というわけじゃないが、逃げられてからでは確かに遅い」

弥生はいった。キリは頷き、野間に目を戻した。

「寺岡という男だ。アメリカ人のガンマンと組んで、荒っぽい仕事をしている。ハヤシとも組むことがあったらしい」

「今どき珍しいオールバックで、目の下に隈《くま》がある奴《やつ》か」

宮本がいった。

「それだ」

「ハヤシといるのを見たことがある。『どんなに腕がたっても鉛玉には勝てないだろう』といわれた」

「何と答えたんだ?」

「やってみるか、と。そうしたら『金にならない弾は撃ちたくない』と」

キリは宮本を見つめた。

「いい度胸をしているな」

「奴は確かにプロだ。プロは仕事以外のトラブルは嫌うもんだ。そう思っていってみただけだ。やる、といわれたら逃げだした」

宮本はにやりとして答えた。

「どうやら、宮本とあなたも仲がいいようだ」

野間が笑い声をたてた。

「では、宮本を連絡係にします。寺岡という人物に関する情報が入りしだい知らせます。そして宮本にいっしょに動いてもらうということでどうでしょう。寺岡に仲間がいるのなら、こちらも数がいるほうが安全です」

「確かに心強い」

キリは頷いた。

「ではよろしく」

立ち上がり、野間が手をさしだした。キリも立ち、その手を握った。

20

「進化交易」の入ったビルを、キリと弥生はでた。

「おもしろくない、という顔だな」

キリは弥生にいった。

「理屈じゃ納得している。だが、アバラにヒビを入れられた人間と組むのが嬉しい筈ないだろう」

弥生はふくれ面で答えた。

「睦月《むつき》に野間との取引を報告してくれ。『進化交易』を調べたら、こういう展開になった、と」

キリが告げると、弥生は息を吐いた。

「わかった」

目黒駅に向かって歩く途中でキリの携帯が振動した。葉山海《はやまかい》だった。

「葉山海だ」

キリはいって耳にあてた。

「あんたのいっていた寺岡だが、まだこちらに連絡はない。組んでいるアメリカ人の名はわかった。ウォレスという男だ。デビッド・ウォレス。おそらく本名ではないだろうが、寺岡とウォレスは、フランスの外人部隊から民間軍事会社を経て、今のような仕事を始めたらしい。ああいう連中には必ず仕事を斡旋《あっせん》するエージェントが複数いるものだが、どうやらハヤシはそのひとりだったようだ」

「殺し屋の手配もやっていたというのか」

「顔が広かったからな。金になるなら何でもうけおっていたのだろう」

「『進化交易』という会社を知っているか」

キリは訊ねた。

「そこもでてきたか。当然といえば当然か。『進化交易』は、台湾情報機関の隠れミノだ」

「社長の野間と、今会ってきた。寺岡を捜すのに、手を組まないかといわれ、それに乗った。『ホワイトペーパー』を回収し紅火に返却したら、買いとりの交渉をするといっている」

「その言葉を信じたのか」

葉の声が鋭くなった。

「誰かを信じて手を組まない限り、『ホワイトペーパー』はとり戻せない。俺はスパイの世界で生きているわけじゃないからな」

キリは答えた。

「いっておくが、中国だろうが台湾だろうが、それ以外のアメリカやイギリス、オーストラリアであっても、情報機関の人間は、誰も信用できないぞ」

「フリーのあんたは信用できるのか」

「もちろん信用できない。ただ今回は身内がからんでいる」

「紅火の身を守ることについては信用できても、『ホワイトペーパー』に関してはちがうのじゃないか」

キリはいった。

「否定はしない。まあ、寺岡を見つけ『ホワイトペーパー』の回収を早めるためなら、『進化交易』と組むのもしかたがないだろう。今は一刻を争うからな。また何か情報が入ったら連絡する」

答えて、葉は電話を切った。

「もし『ホワイトペーパー』をとり返せても、すぐに激しい奪い合いになるだろうな」

キリは、見つめる弥生にいった。

弥生の顔が暗くなった。

「睦月先生もそれはいわれた」

「つまり、睦月もそこに加わるということだな」

キリはいった。

「紅火さんにもたせておくより、先生がもったほうが安全だ」

苦しげに弥生は答えた。

「だが睦月はそれを利用する」

「天下国家のためだ」

弥生の声は小さかった。

「いっておくが、俺の仕事は岡崎紅火と『ホワイトペーパー』の警護だ。『ホワイトペーパー』を睦月に渡すことまでは含まれていない」

「わかっている」

うつむき、弥生はつぶやいた。

とり戻せたときが見物《みもの》だ、とキリは思った。かかわる人間すべての欲がむきだしになるだろう。

「だからってあんたひとりで動くなよ」

急に語気を強め、弥生がいった。

「睦月を失望させたくないのはわかる」

キリがいうと、

「うるさい」

弥生はいい返した。

「これからどうする?」

目黒駅につくと弥生が訊ねた。

「連絡待ちだ。素人《しろうと》の俺たちが闇雲に動き回っても、情報は得られない」

「紅火さんのことが心配じゃないのか」

「気にはなる。だが今はあの店に近づかないほうがいい。まだ『ホワイトペーパー』を手に入れようと紅火を捜している連中がいる。我々がうろつけば、そいつらに手がかりを与えることになる」

キリがいうと、弥生は頷いた。

「確かにそうだ。じゃあ、何をする」

「家に帰る」

キリが答えると、

「同行する」

と弥生はいった。

「何だと?」

「宮本はあんたに連絡してくるのだろう。そのとき、あたし抜きであんたが動かないという保証はない。宮本から連絡があるまで、あんたのそばにいる」

キリは首をふった。

「連絡はしてやる」

「駄目だ。あんたがいうように、先生を失望させるわけにはいかない」

「だからといって家にまでついてくるのか。いっておくが俺はひとり暮らしだ」

「だから何だ。玄関でも廊下でも、あんたの邪魔にならないところにいさせてもらう」

キリは息を吐いた。弥生は意地になっているようにも見える。いい争ってもラチが明かないだろう。

「歓迎は期待するなよ」

告げて、キリはＪＲの改札口に向かった。

品川でＪＲを降り、キリは自宅に向け歩きだした。弥生は数歩遅れてついてくる。

自宅に着いたのは日が落ちた時刻だった。

「ここが家なのか」

「八ツ山螺子《ネジ》製作所」という看板をかかげた家を見上げ、弥生はいった。

「そうだ」

キリがシャッターを上げると、中から制服姿の警備員が現われた。昨夜、小林朋華《ともか》と帰ったときにも家にいた警備員だ。

「お帰りなさい」

警備員はちらりと弥生を見やり、いった。

「ご苦労さん。もしかすると夜出かけるかもしれないが、次は明日の朝でいい」

「承知いたしました。明朝、参ります」

警備員はもう一度弥生を見て、でていった。

「やけにじろじろ見ていったな」

キリがシャッターを下ろすと弥生はいった。

毎日、ちがう女を連れこんでいると思われたのだろう。が、それをいえば朋華のことを説明しなくてはならない。

「つきあっていると思われたのかな」

「はあ？」

弥生はあきれたようにいって土間を見回した。

「そんなわけないだろう。ここはあんたの実家なのか」

「どうしてだ。男と女がひとつ屋根の下にいたら、ふつうはそう考える。押しかけてきたのはそっちだ」

「馬鹿なことをいうな」

弥生があわてたようにいった。

「それより実家なのか。答えろ」

「ちがう。工場兼自宅として使っていた家を居抜きで借りた」

「へえ」

わざとらしく答え、弥生は機械油の染みこんだ床にしゃがんだ。

「地上げにあいそうな場所には思えない」

しゃがんだままいった。

「ずっとそこにいるのか。あんたがそうしたいならかまわないが」

キリはいって靴を脱ぎ、居間に上がった。

「わっ」

不意に弥生が声を上げた。暗がりからシャドウがとびだしたのだ。キリはキャットフードを皿に盛った。弥生は興味深げにそれを見つめた。

「あんたの飼い猫か」

「いや、いろんな家に出入りしているようだ」

「ふーん。いいな、お前は気楽で」

弥生が手をのばしたが、シャドウはとびのき、フーッという唸《うな》り声をたてた。

「何だよ」

「人見知りなんだ」

キリはいって、スーツを脱ぎ、シャツのボタンを外した。

それを見て弥生は顔をこわばらせた。

「な、何をする」

「着替えて風呂に入る。家に帰ったら、皆そうするだろう」

「そ、そうか」

「何か期待したのか」

キリはわざといった。弥生の目が吊り上がった。

「何をいってる！」

「冗談だ。適当にすわっていてくれ。喉が渇いたら、冷蔵庫にあるものを飲んでいい」

「大丈夫だ」

風呂場にいき、キリはシャワーを浴びた。少し腹が空《す》いていた。朝炊いた飯が残っているが、二人分には足りない。

スウェットに着替え居間に戻ると、弥生が所在なげに立っていた。

「飯でも食いにいくか」

キリがいうと、ほっとしたように頷いた。

「あ、ああ。そうしよう。先生にいわれているから、こっちでもつ」

二人で家をでて、品川駅港南口の方角に向かった。ラーメン屋と焼肉屋、蕎麦屋《そばや》が軒を連ねている一角にでた。

「この三軒のどれかだったら？」

キリは立ち止まった。

「蕎麦がいい」

弥生がいったので、キリは蕎麦屋の暖簾《のれん》をくぐった。

キリは親子丼を、弥生が天ぷら蕎麦を頼んだ。味は可もなく不可もない。

食べ終え、店をでたところでキリは足を止めた。

ハマーのリムジンが狭い道いっぱいを進んできたのだ。

リムジンはキリと弥生の前で止まった。後部座席のウインドウが下りた。

「こんなに早くまた会えるなんて」

顔をかがやかせ、朋華がいった。

「この辺《あた》りをちょっと見にきて、きのうのことを思いだしてたらキリさんがいるんだもの。びっくりしちゃった」

きのうとかわらず髪をセットし、濃い化粧をしていた。かたわらの弥生をまったく無視している。

「飯を食っていただけだ」

「あら、もう少し早かったら、わたしもごいっしょできたのに」

「誰なんだ」

弥生が訊ねた。

「トモカ興産の社長だ」

「ああ?」

弥生は朋華をにらんだ。

「あら、こちらは?」

わざとらしく朋華が訊ねた。

「仕事で組んでいる人間だ」

朋華は弥生を頭の先から爪先まで見た。

「頼りになりそうな方ね。ご自宅まで帰るのなら、お乗せしていきますけど」

「けっこう」

キリが答える前に弥生がいった。

「そう」

気分を害したようすもなく朋華はいって、キリを見つめた。

「きのうのお願いの件、考えておいてね。また近いうち、うかがいますから」

キリは黙っていた。ウインドウがあがり、リムジンはその場から走り去った。

「トモカ興産ていうのは、あんたの家の地上げをやっているところだろう」

弥生がいった。

「そうだ」

「知り合いなのか?」

「きのうの夜、訪ねてきた」

キリは答えた。

「訪ねてきた?」

「色仕掛けで俺を説得したかったようだ」

「けがらわしい」

弥生が顔をしかめた。

「もちろんハネつけたのだろうな」

キリは弥生を見た。

「何だ」

「どうしようと俺の勝手だろ」

「色仕掛けにのったのか!?」

弥生の顔が真剣になった。キリは答えなかった。

「まさか〝お願い〟っていうのは――」

「何をカリカリしている。あの女は俺を説得したくて、いろんなことをいってきただけだ。いちいち真に受けるな」

キリはいった。

「だから何の〝お願い〟だったんだ?」

弥生はキリの腕をつかんだ。キリは思わず笑いだした。

「やけに気にするじゃないか。あんたには関係ないだろう」

「そうはいかない。地上げの件では、先生も動いて下さっているんだ。それを裏切るような真似《まね》は許さん」

「俺が睦月に頼んだのは、どこが地上げを仕掛けているかを調べることだ。地上げをやめさせてくれとはいっていない」

「同じことだ。先生はお前のためにいろいろ手を尽して下さっている。なのに、お前は地上げの元締めの女社長と――」

いって弥生は言葉を止めた。

「女社長と何だ？」

キリは訊ねた。

「まさかねんごろになるつもりなのじゃないだろうな」

「そうなったら地上げを勘弁してやるといわれたら、なるかもしれないな」

「ふざけるな！　お前は自分の利益のことしか考えないのか」

弥生の顔がまっ赤になった。

「別に天下国家のために動いているつもりはない」

キリは答えた。

「それはそうだが、よりにもよって、あんな――」

「あんな、何だ？」

「牝狐《めぎつね》みたいな女と仲よくしたいのか」

「俺が誰と仲よくしようと、俺の勝手だろう」

弥生は目をみひらき、唇をかんだ。キリをにらみつけている。

「ちがうか？」

「もういい！」

弥生はくるりと背中を向けた。

「信じたのがまちがいだった。寺岡の情報が入ったら連絡をよこせ。それまでは別行動だ！」

その場から早足で遠ざかった。キリはその背中を見送り、苦笑した。

21

宮本から電話がかかってきたのは、翌日の昼前だった。

「寺岡関連の情報だ。相棒のウォレスというガンマンの根城がわかった。芝浦《しばうら》にある古い倉庫に寝泊まりしているらしい。倉庫の所有者が元外人部隊のアメリカ人貿易商で、ウォレスはその部下だったという話だ」

「寺岡もいるのか」

「住居は別らしいが、そこに武器などを隠しているらしく、頻繁《ひんぱん》に出入りしているというわけだ」

「住所を教えてくれ」

「俺が迎えにいく。今どこにいる？」

「だったら品川駅の港南口で拾ってくれ」

「了解。一時間後だ」

電話は切れた。キリは弥生の携帯を呼びだした。応答はなく、留守番電話になった。

「キリだ。宮本から連絡があって、寺岡の相棒のガンマンの住居がわかった。芝浦の倉庫で、一時間後に品川駅港南口で合流して向かう」

吹きこみ、切った。

キリは身仕度を整えた。抗弾ベストをジャケットの下に着け、爪先に鉄板の入ったブーツをはいた。プロのガンマンを相手の装備としてはとても足りないが、こちらに銃があるわけではないし、もしあったとしても軍隊経験のある相手とでは勝負にならない。何か手を考えるつもりだ。

警察に連絡するという手段もあるが、金松のような刑事とちがって、白鳥は考えが読めない。それに、荒っぽいことは苦手だといっていた。頼りにはならないだろう。

一時間後に港南口につくと、止まっているワゴン車の中に宮本と弥生がいた。ワゴン車の運転席には野間がいる。

「あんたまできたのか」

ワゴン車に乗るとキリは野間にいった。

「私は運転手です。何かあったらすぐに逃げだせるほうがいいでしょう」

「相手はガンマンだ。下手をするとハチの巣にされる」

「聞いていています。この短時間ではさすがに銃までは用意できませんでした」

「プロを相手に撃ち合っても勝ち目はない」

「私も同感です。何とかおだやかに話をつけられればいいのですが――」

答えて野間はキリと弥生を見比べた。弥生はそっぽを向いている。キリはその隣に腰をおろした。

「じゃあ社長、お願いします」

宮本がいい、野間がワゴン車を発進させた。

「問題の倉庫は、住所でいうと港区海岸三丁目にある。『メイフェア・トレーディング』というアメリカの会社が所有・管理している小さな倉庫だ。一九六〇年代にたてられ、それを九〇年代に

『メイフェア・トレーディング』が買いとり、ずっとそのままなので、築六十年以上が経過している。うちも貿易会社なので、多少そのあたりについて調べたら、今はほとんど使われていないのじゃないかという話だった。だったら売ればいいようなものだが、『メイフェア・トレーディング』に売却する気はないらしい」

宮本が説明した。

「そこにウォレスが住んでいるのか」

キリが訊ねると、

「よく名前をつきとめましたね」

ハンドルを握る野間がいった。

「たまたまだ。寺岡と外人部隊時代にいっしょだったという男だろう?」

「そうです。デビッド・ウォレス、五十歳。寺岡とウォレスは同じ年で、五年ほど前に南アフリカの民間軍事会社を退職し、世界各地を転々としたあと日本に四年前から住んでいるようです。仲《ちゅう》介人《かいにん》を通して、殺人や誘拐といった荒っぽい仕事をうけおっているという話です」

「その仲介をハヤシがつとめていたらしい」

キリはいった。

「なるほど。仲介人は複数いるでしょうから、ハヤシがそのひとりであっても不思議はありませんな」

「岡崎紅火は『ホワイトペーパー』を大学院の友人である井上という学生に預けていた。その井上は行方不明になっている」

「恋人ですか」

「おそらく」

「若い娘は、恋人が世界で一番頼りになると思いがちです。白中峰の娘であっても、そこはかわらないようですな」

「ハヤシが井上について調べ、寺岡とウォレスに『ホワイトペーパー』の強奪を頼んだのじゃないか」

「十分ありえることだと思います。ハヤシ自身は、荒っぽいことが苦手でしたから、ふだんからつきあいのある寺岡たちに依頼したのでしょう」

「じゃあなぜハヤシは殺された？　仲間割れか」

宮本がいった。

「『ホワイトペーパー』一枚につき一万ドルを払うという条件を中国政府が提示したようだ」

「誰に聞いた？」

宮本がキリを見た。

「寺岡本人がいっていた」

「どこで会ったんだ？」

「岡崎紅火を捜して訪ねた場所だ」

「どんな場所だ？」

「ある情報屋の連絡事務所のようなレストランだ」

「レストランを連絡場所にしている情報屋がいるのか」

「もしかすると。それは『ポターニンオーフィス』ではありませんか」

野間が訊ねた。

「そうだ」

「『ポターニンオーフィス』が『ホワイトペーパー』の情報をもっているとは。これはうかつでした。『ポターニンオーフィス』は東ヨーロッパ関係が専門だとばかり思っていました」

「たまたまかかわったらしい」

「なるほど。ウォレスの名を知ったのも『ポターニンオーフィス』からですか」

「『ポターニンオーフィス』というのは何です？」

宮本が訊ねると、

「元ＫＧＢのポターニンという男が作った、シンクタンクだ。『白果《はくか》』とかわらない。『白果』がアジア地域を専門としていたのに対し、『ポターニンオーフィス』はかつてロシアや東欧に強かった。主宰者《しゅさいしゃ》のポターニンが亡くなって、家族が跡を継いだと聞いていたが――」

さすがに野間は詳しかった。が、岡崎静代がポターニンの娘であることまでは知らないようだ。

「あんたは、その『ポターニンオーフィス』からウォレスの情報をもらったのか」

宮本が訊ねた。

「そうだ。ハヤシが寺岡たちのエージェントをやっていたという話も聞いた」

キリが答えると、

「『ポターニンオーフィス』も『ホワイトペーパー』を欲しがっているということですな」

野間がいった。やはり紅火がポターニンの孫であることまでは知らないらしい。

「そのようだ」

キリは答えた。

「『ポターニンオーフィス』がついているのに我々と組んで下さったとは、ありがたい話です」

野間はいった。

「きのうもいったように、俺の目的は、『ホワイトペーパー』を紅火に返すことだ。そういう意味では、『ポターニンオーフィス』ともあんたたちとも立場がちがう」

キリは告げた。宮本は頷き、弥生の顔をのぞきこんだ。

「なるほどね。姐《ねえ》さん、どうした？　いつもは威勢がいいのに今日はおとなしいな」

「わたしの立場はこの男とはちがう」

硬い口調で弥生が答えた。

「どうちがうんだ？」

「わたしは『ホワイトペーパー』を、日本のために役立てたい」

宮本は眉をひそめた。

「あんた、日本政府の人間なのか」

「ちがう。国益を一番に考える方のために動いている。金目当てのこの男とは別だ」

キリを目で示し、弥生は吐きだした。

「今日はやけにご機嫌斜めだな。喧嘩《けんか》でもしたのか」

宮本がキリに訊ねた。

「さあな」

キリはいった。

「じきつきます」

カーナビを見ながら運転していた野間がいった。

「俺が最初に行く。会社の名刺をだして、この辺で倉庫が借りられないか探しているといって、中を見せてくれと頼む」

宮本がいった。

「あんたたちは俺が入ったら、すぐにきてくれ。ウォレスと寺岡が銃を抜く前に制圧したい」

「強引だな」

「他に手があるか。相手はプロのガンマンだ。怪しいと思ったらすぐぶっぱなしてくるだろう」

「確かにそうだ」

「私はエンジンを切らずに待機しています。危ないと思ったら、逃げて下さい」

野間がいった。キリは弥生を見た。

「あんたは残れ」

「断わる」

弥生は肩をそびやかせた。

いい争ってもしかたがなかった。キリは抗弾ベストを脱ぎ、弥生に渡した。

「じゃあこれを着けろ」

「あんたのだろう」

むっとしたように弥生はつき返した。

「いいから着けろ。着けないのならくるな」

キリがいうと、

「女だからってかばうのか」

弥生はにらんだ。

「アバラにヒビが入っているのだろう。借りておけ」

宮本がいった。弥生は唇をかんだ。

「あとで後悔しても知らないからな」

抗弾ベストをひったくり、着けた。

宮本はキリを見た。

「間髪いれずに入ってきてくれ。頼んだぞ」

「わかった」

三人はワゴン車を降りた。古い木造の倉庫で、木の扉に薄れかけたペンキで「Mayfair Trading」と書かれている。扉の横は比較的新しい金属製のシャッターだ。

扉のかたわらには、これも新しいインターホンがついている。

キリは扉の周囲を見回した。防犯カメラは見あたらなかった。

宮本がインターホンを押した。弥生が深呼吸するのが聞こえた。

返事はなかった。

「留守なのか」

弥生がつぶやいた。答えず宮本はドアノブをつかんだ。

「開いている」

小声でいった。

「油断するな」

キリはいった。誰何《すいか》もせずに撃ってくることはないだろうが、いきなり踏みこむのは危険だ。

「ごめんください」

扉のすきまから宮本が声をかけた。

「こんにちは」

声を少し大きくした。返事はない。

宮本はキリをふりかえった。

「入るぞ」

キリは頷いた。宮本が中に入り、キリもそれにつづいた。体を低くし、いつでも受け身をとれるようにする。

木箱の山が目に入った。扉やシャッターの内側に、バリケードのように木箱が積まれている。中は薄暗く、中身の見当はつかない。

木箱の山と山のあいだの通路を宮本は進んだ。

「お邪魔します。どなたかいらっしゃいませんか」

声をだしているのは、撃たれるのを防ぐためだろう。

木箱の通路を抜けた先は広くなっていて、明るかった。

明るい場所にでた宮本が立ち止まった。それきり動かない。ようすが変だった。

「待て」

ついてくる弥生に小声でいって、キリは宮本のかたわらに立った。

ビリヤード台とテーブル、冷蔵庫、折り畳み式のベッドや布張りの椅子などがおかれたスペースだった。壁にはダーツの的もあり、まるでクラブハウスのような造りだ。

布張りの椅子のひとつに寺岡がよりかかっていた。ピンクのシャツにグレイのスーツを着け、右手に缶コーヒーを握っている。

ピンクのシャツの中央に赤い染みがあり、みひらいた目に光はなかった。

「嘘だろ」

弥生がキリのすぐうしろでつぶやいた。宮本がキリを見た。

「こいつは――」

「寺岡だ」

キリは答えて、寺岡の首に触れた。脈はない。

あたりを見回した。「bathroom」と書かれた扉があった。宮本もそれに気づき、二人で左右から扉に近づいた。

さっと宮本が扉を開いた。ユニット式のバスルームで、中は無人だ。

「ウォレスはいない。ウォレスがやったのか」

宮本がいった。キリは首をふった。

「わからない。わからないが――」

寺岡の死体を示した。

「コーヒーを飲んでいるところを撃たれたのだとすれば、犯人は寺岡の知り合いと見ていいだろう」

宮本は息を吐いた。

「ここはひきあげよう。それとも警察を呼ぶか？」

「いや、そっとひきあげよう」

キリはいった。警察がくれば、いろいろと説明しなければならない。

「そのへんのものに触るな」

キリは弥生にいった。

「わかってる」

弥生がいい返した。三人は倉庫をでた。宮本がドアノブをハンカチですばやくぬぐい、三人はワゴン車に乗りこんだ。

「だして下さい」

宮本の求めに応じ、野間はワゴン車を発進させた。

「誰もいなかったのか」

野間が宮本に訊ねた。

「いや、ひとりいました。いましたが――」

宮本は言葉を切った。

「いたのは寺岡だ。殺されていた」

キリがあとをひきとった。

「えっ」

野間が二人をふり返った。

「前を見て。事故でも起こしたら、マズいことになります」

宮本がいった。

「どういうことだ？　ウォレスはいなかったのか」

「いませんでした」

「ウォレスが殺したのか」

「可能性は高い。寺岡は椅子にすわり、缶コーヒーを手にもっていた。気を許した相手に殺されたんだ」

キリはいった。

「撃たれたのか？」

「そこまでは見ませんでしたが、おそらく撃たれたか刺されたかです」

宮本が答えた。

「撃たれたんだ」

弥生がいった。宮本がさっと見た。

「なぜわかる？」

「刃物で刺されたのなら、さすがに防ごうとする筈《はず》だ。死体にそんなようすはなかった。すわって話をしているところをいきなり撃たれたのだと思う。それもたぶん、心臓に一発だけ」

「プロの手口だな」

宮本がつぶやいた。

「ウォレスか。だとしたらなぜです」

野間が訊ねた。

「ここでも仲間割れが起きたのかもしれない」

弥生がいった。

「長年チームを組んでいた仲間を殺すほどの仲間割れか？」

宮本が訊くと弥生は無言で頷いた。

宮本はキリを見た。

「あんたはどう思う？」

「状況を見る限り、寺岡が知り合いに殺されたのは確かだ。だとすればウォレスである可能性は高い」

キリは答えた。

「すると『ホワイトペーパー』はあの場にあり、ウォレスが寺岡を撃ってもち逃げしたと？」

キリは頷いた。宮本は息を吐いた。

「だとしたら、今頃ウォレスは飛行機の中か、空港に向かっている途中だろう」

「首に触れたとき寺岡の体はまだあたたかかった。飛行機の中ということはない筈だ」

キリはいった。

「だとしても国外に逃げだすのは時間の問題だろう。日本人の相棒を殺してまで『ホワイトペーパー』を手に入れたんだ。さっさと外国に飛んで金にかえるにちがいない」

宮本はいった。全員が沈黙した。

「警察に知らせたところで間にあわない。現場検証だの何だのをしているあいだに逃げられる」

弥生がつぶやいた。おそらくそうだろう。ウォレスが犯人だと断定されたときには、とうに日本を離れている。

「残念ですな」

野間がいった。

「まさか寺岡とウォレスまで仲間割れを起こすとは」

「まあ仲間割れを起こさなくても、高飛びは時間の問題だっただろうが」

宮本が首をふった。

「仲間割れの理由は何です？　金ですか」

野間がいった。

『ホワイトペーパー』一枚につき一万USドル。百枚なら百万ドル、もし未発表の『ホワイトペーパー』をすべて手に入れたら、さらに百万ドルのボーナスがつく。いくらインフレの世の中でも、老後にちっとは余裕が生まれるって額だぜ——寺岡がそういったのをキリは思いだした。

「独り占めすれば、遊んで暮らせるだけの金が手に入る」

キリはいった。

「悪党でも、仲間を裏切るなんて最低だ。何とかならないか」

弥生は唇をかんだ。

「国外に飛ばれたら難しい。偽造パスポートももっているだろうし、最初は短時間で飛べる韓国や台湾などにいき、そこから別の国に飛ばれたら、とうてい見つけられない」

宮本が答えた。

「そうですね。ウォレスはこうしたことのプロでしょうから、まず安全を確保し、それから『ホワイトペーパー』の買い手を捜すでしょう」

野間がいった。

「じゃあ打つ手はなしか」

弥生がくやしげにいった。

「そうなる」

キリが答えると、弥生はワゴン車の天井を見上げた。

「最寄りの駅ででも降ろしてくれ。任務終了だ。先生に報告する」

宮本がキリを見た。キリは頷いた。

「わかった。そうする。残念だ」

22

品川駅で全員と別れ、キリは自宅に戻った。

詰めていた警備員はきのうとはちがう人物だった。その警備員に明日からはくる必要がない、とキリは告げた。

「コム」に電話をかける。ランチタイムが終わり、夕方までの休憩時間の筈だ。

「『コム』でございます」

マダムの声が応えた。

「キリだ。うかがって話をしたい」

「承知いたしました。午後五時にお待ちいたしております」

まるで客に対するようにマダムはいった。あるいは盗聴を警戒しているのかもしれない。

五時に「コム」に到着するよう、キリは家をでた。初台の駅から「コム」に至るまで、以前いたような怪しい連中を見かけることはなかった。

「コム」の扉をくぐった。

「いらっしゃいませ」

ディナータイム前で、客はいなかった。前にもいた黒い服装の娘が、

「こちらのお席へどうぞ」

と店の奥へキリを案内した。小さな個室があり、そこにマダムと若い男、紅火の三人がすわっていた。

テーブルにはミネラルウォーターの壜《びん》がのっている。キリは男を見つめた。三十そこそこで髪を明るく染め、ジーンズをはいている。

「葉さんか」

男は頷いた。

「ずいぶん若返ったろう?」

前に会ったときは七十代の老人に見えた。

「たいしたものだな」

キリはいって紅火を見た。

「かわりはないか」

紅火の表情は暗かった。

「わたしは。でも井上くんが――」

いって両手で顔をおおった。

「紅火の同級生らしい若い男の死体が栃木の山林で見つかった。服装などから井上らしいとのことだ」

葉がいった。

「馬鹿だった。なんで井上くんを巻きこんじゃったんだろう」

涙声で紅火がいった。マダムが肩を抱き寄せると、紅火は顔を埋《うず》めた。

「何かわかったのか」

葉が訊ねた。

「寺岡が殺された。ウォレスが寝泊まりしている倉庫で死体を見つけた。ウォレスはおらず、井上から奪った『ホワイトペーパー』を独り占めして逃げたと思われる」

キリは答えた。

「いつだ？」

「死体を見つけたのは今日の昼だ。まだあたたかかったので、殺されたのは今日の午前中だと思う。缶コーヒーを手にしたまま撃たれていた」

「紅火が同級生に預けていた『ホワイトペーパー』を、ハヤシが寺岡たちに奪うよう頼み、その依頼をこなした寺岡たちが仲間割れを起こしたということか」

葉が眉をひそめた。

「中国政府は『ホワイトペーパー』に高額の値をつけていた。ウォレスは独り占めしようと考えたのだろう」

「ウォレスというのは？」

マダムが訊ねた。

「あのときサブマシンガンをテーブルにおいていた白人だ。外人部隊で寺岡と知り合い、それ以来コンビを組んでいたらしい」

キリはいった。

「外人部隊で。するともう日本にはいないわね」

「おそらくは」

キリは頷いた。マダムは紅火を見た。

「紅火、残念ね。でもウォレスが中国政府に『ホワイトペーパー』を売却すれば、あなたのお母さんは解放される。つかまえておく必要がなくなるから」

紅火は無言で頷いた。

そのとき葉の懐ろで携帯が鳴った。葉はジャケットから三台の携帯電話をだし、テーブルに並べると、鳴っている一台を耳にあてた。

「はい」

応えたあと眉を吊り上げた。

「イエス。アイム、ヤン」

英語でのやりとりにかわった。

「リアリィ？」《本当か》

葉が英語で訊き返した。待て、と英語で相手に告げ、保留にするとキリたちを見回した。

「ウォレスからだ。寺岡を殺した犯人を捜してくれといっている」

キリは葉を見つめた。葉は電話に戻り、英語でのやりとりを再開した。やりとりはかなりつづいた。やがて、連絡をすると英語で告げ、葉は通話を終えた。

「ウォレスはまだ日本にいるのか」

キリは訊ねた。

「そのようだ。外出先から自宅に戻ったら寺岡が殺されていた、と。犯人を見つけ敵《かたき》を討ちたいが、警察はまず自分を疑うだろう。身動きがとれないので、かわりに寺岡を殺した犯人を捜してほしいと頼まれた」

葉は答えた。

「つまりウォレスは寺岡を殺していない、というのだな」

葉は頷いた。

「疑いをそらすためにいっているのじゃないかと思ったが、俺にそんな依頼をしたところで、警察には通らない。それに本気で仕返しをするつもりでいるのは、口調からも伝わってきた。相棒を殺されて頭にきている」

「ハヤシを殺したのは自分たちだといったか？」

「いや。ハヤシを殺したのも自分たちではない、と。井上についても訊いてみたが、『ホワイトペーパー』を探し始めたのはハヤシが殺された後で、紅火の恋人のことなど知らない、といっていた」

「そんな。じゃあ誰が井上くんを」

紅火が呆然《ぼうぜん》とつぶやいた。

「ハヤシは寺岡とウォレスに『ホワイトペーパー』の入手を依頼していなかったということ?」

マダムが訊ねると葉は頷いた。

「ハヤシは紅火の拉致《らち》を寺岡たちに頼む気でいた。が、俺たちに先を越され、紅火の行方がわからなくなった。そこでもう一度紅火の居場所を捜そうとしていた矢先に殺されたとウォレスはいうんだ。ハヤシと寺岡はその件で連絡をとっていたようだが、詳しいことはわからない。『ホワイトペーパー』を探すことは、寺岡が中国政府の値づけを知って、動くと決めたらしい」

「信じられる?」

マダムが眉をひそめた。

「そのほうがつじつまは合う」

キリはいった。

「つじつま?」

「我々がここに初めてきたとき、寺岡を含め『ホワイトペーパー』を狙《ねら》う連中が集まっていた。『ポターニンオーフィス』なら、『ホワイトペーパー』の情報を入手できると考えたのだろう。だがハヤシを殺し、『ホワイトペーパー』を奪ったのが寺岡たちなら、ここにくる理由はない。我々はそれを、自分たちを犯人ではないと見せかけるためだと思った。いかにも寺岡たちも『ホワイトペーパー』を探しているというフリをしたのだと。が、寺岡やウォレスのようなガンマンがそんな芝居を打つだろうか。さっさと日本から逃げだして『ホワイトペーパー』を売ることを考えるだろう」

「確かにな」

葉は頷いた。キリはいった。

「だがそうなると、ハヤシ、井上、寺岡の三人を殺したのが何者なのか、まったくわからなくなる」

「あのときこの店にきていた連中ではない、ということ？」

マダムが訊ねた。キリは頷き、携帯をとりだした。

「失礼して電話をかけさせてもらう」

個室をでると誰もいない店の隅にいき、弥生の携帯を呼びだした。

弥生はすぐにでた。

「どうした？」

「寺岡を殺したのはウォレスではないようだ。ウォレス本人から葉山海に電話があり、犯人を捜してくれと頼んできた。ハヤシを殺したのも自分たちではない、といったらしい」

「何だと――」

弥生は絶句した。

「俺は今、『コム』にいる。こられるようなら待っている」

「すぐにいく」

電話は切れた。

キリは個室に戻った。

「相棒に連絡したのか」

葉が訊ねた。キリは頷いた。

「この件に関しては弥生も知る権利がある。これからくるそうだ」

「それは別にかまわない。問題は、ハヤシや寺岡を殺したのはいったい誰なのか、ということだ」

「井上くんも」

激しい口調で紅火がいった。

「確かに。井上の死因はわかったのか」

「そこまでは。何せ、東京ではないので」

葉は首をふった。

「『ホワイトペーパー』に高値がついていることは、裏社会の人間には知られている。その中で、ハヤシや寺岡と接点のあった人間が犯人だ」

キリはいった。

「そうね。でもなぜその二人は殺されたの？」

マダムがキリを見た。キリは息を吐いた。

「それはわからない。ハヤシに関しては、井上の情報を犯人に提供したからだと思う。井上が殺されれば、ハヤシは犯人が『ホワイトペーパー』を奪うためにやったと気づく」

「なるほど。つまりハヤシは初めから犯人とつながっていたということだな」

葉が頷いた。

「ハヤシは同じ情報を複数の人間に売りつけるので、評判が悪かった。その報《むく》いにあったというわけか」

「寺岡は？　寺岡はどうして殺されたのかしら」

マダムが訊ねた。キリは黙った。答が思い浮かばない。

「寺岡がハヤシ殺しの犯人と接点があったとすれば、当然ウォレスもそれを知っていた筈だ。だがウォレスは何もいっていなかった」

葉はキリに告げた。

「ウォレスは日本語が話せないのか」

キリは訊ねた。

「さっきの電話の調子では、あまり得意ではないようだ。日本語での交渉などは寺岡に任せていたのかもしれない」

葉は答えた。

「すると寺岡がウォレスのいない場所で犯人と接点をもち、交渉していた可能性はあるな」

キリはいった。

「ないとはいいきれないが、何らかの依頼をうけるようなことがあれば、パートナーには話したのじゃないか」

「ウォレスに訊こう」

葉は頷き、携帯を操作した。耳にあて、相手が応えると、英語でのやりとりを始めた。

やがて通話を終えるといった。

「寺岡が自分に秘密で依頼をうけたり交渉をすることは絶対にない、と断言した。戦場で何度も助け合った仲だ、裏切りはありえない、と」

店の扉が開く音がした。

「すみません、開店はまだなのですが――」

入口に立つ娘の声が聞こえた。

「ここに呼びだされたんだ」

弥生の声が聞こえ、キリは立ち上がった。

「こっちだ」

弥生は娘に頷き、個室に入ってきた。

「こちらは？」

弥生は怪訝《けげん》な顔をした。

「葉山海です」

葉が告げると目をみひらいた。

「こんなに若いのか」

「だまされるな。変装の名人だぞ」

キリはいった。弥生は首を傾《かし》げ、紅火に目を移した。

「とにかく紅火さんが無事でよかった。『ホワイトペーパー』はどうなりました?」

紅火がうつむいた。

「井上くんに預けていたんですが、さっき井上くんらしい人の死体が見つかったって連絡がきて……」

「殺したのは寺岡たちか」

訊ねた弥生にキリは首をふった。

そして葉から聞いたウォレスとのやりとりを話した。

「ちがうようだ」

「すると犯人はあの二人じゃないというのか」

「どうやらそうらしい。ウォレスは相棒を殺され、犯人に復讐したがっている。もしウォレスが犯人なら、そんな芝居をしないでさっさと高飛びするだろう」

「じゃあいったい誰がハヤシと寺岡を殺したというんだ」

「井上くんもです」

紅火がいった。

「井上を殺した犯人は『ホワイトペーパー』を奪ったと思うか」

キリは紅火に訊ねた。紅火は頷いた。

「井上くんは後輩の合宿にいくときも『ホワイトペーパー』をもっていきました。かたときも離さず、守ってくれるって……」

紅火の目から大粒の涙がこぼれ落ちた。

「つらいのはわかるが、教えてくれ。そのことを、君は誰かに話したか？」

キリは訊ねた。紅火は強くかぶりをふった。

「誰にも話していません」

「お母さんには？」

「母とはずっと話せていません」

「ちなみに静代は、紅火の恋人のことを知っていたの？」

マダムが訊ねた。紅火は頷いた。

「話したことはあります。同じ院につきあっている人がいるって」

マダムは皆の顔を見回した。

「犯人が誰にせよ、『ホワイトペーパー』をもっているということね」

「だとすると妙だ」

キリはいった。全員がキリを見た。

「井上が殺され『ホワイトペーパー』が奪われたのは二日以上前のことだ。寺岡は今日の午前中に殺されている。同じ犯人だとするなら、『ホワイトペーパー』を入手したあとに寺岡を殺す理由は何だ？」

皆が沈黙した。

「同一犯人ではないのかもしれん」

やがて葉がいった。

「だが手口はハヤシと同じだった」

弥生がいってつづけた。

「寺岡は犯人と知り合いだった。それはまちがいない。缶コーヒーを手にもったまま撃たれたのだからな。ウォレスに内緒で手を組んでいた相手がいたのじゃないか」

「そんな人間と、ウォレスの住居で会ったというのか？」

キリがいうと、頰《ほお》をふくらませた。

「確かに……そうだな」

「犯人が寺岡ともウォレスとも知り合いだったとしたら？」

葉がいった。

「だったら犯人の見当はつきそうなものだ。わざわざあんたに頼むだろうか」

キリは訊ねた。葉は唸った。

「とりあえずその問題はあと回しにしましょう。『ホワイトペーパー』が、今現在どこにあるか、よ」

マダムがいった。

「順当に考えれば、中国政府に売りつけられている」

葉が答えた。

「犯人の目的が金ならそうなる。金でなく権力だとすれば、手もとにおくだろう」

いって、キリは弥生を見た。

「睦月とは話したのか」

「あんたと別れたあと、先生のお宅にお邪魔して話した」

「睦月の反応は？」

「先生は何ごとにも驚かれない。そうか、とおっしゃっただけだ」

「つづけて『ホワイトペーパー』の行方を探せとはいわなかったのか」

「さっきはおっしゃらなかった」

答え、はっとしたようにキリをにらんだ。

「まさか先生を疑っているのか」

「睦月には動機もあるし、射撃に長《た》けた人間を雇うこともできる」

「ふざけるな！　無関係な人間を殺してまで、先生は『ホワイトペーパー』を奪ったりしない」

弥生の顔がまっ赤になった。

「確かに、ハヤシや寺岡はともかく、井上まで殺すのは、睦月らしくないな」

「あたり前だ！」

キリは葉を見た。

「『ホワイトペーパー』を売ろうとする者が現われたらわかるか？」

葉は首をふった。

「オークションのような真似をしない限り難しい。競《せ》りにかければ情報は広まるが、自分が井上を殺した犯人だと認めるようなものだ。中国を含め、どこかの政府に売りつけた場合は、その国の情報機関の人間でもないと、知るのは無理だ。買いとった側も、それをわざわざ宣伝しないだろうし」

「あいつはどうだ？　ファン・テンテンを使って接触してきた、新《しん》」

考えていた弥生がいった。葉とマダムが反応した。

「新社長を知っているのか」

葉が訊ねた。

「あんたたちが紅火を連れだしたあと、拉致の犯人かもしれないと考え、最初に接触した相手だ」

キリは答えた。

「なるほど。新社長も動いていたか。新貿易公司は、『ポターニンオーフィス』のいわば提携先だ。静代を白中峰に近づけるきっかけを作ってもらった」

新からそのことを聞いていたのをキリは思いだした。

「静代は新貿易公司の香港支社から『白果』に移ったのです。わたしたちの父ポターニンと新社長は盟友で、父の頼みで便宜をはかってくれました」

マダムがいった。

「すると新は怪しくない、と?」

弥生の問いにマダムは首をふった。

「新社長は、強引な手段を好みません。華僑《かきょう》の世界では知られた大金持です。欲しいものがあれば、暴力ではなくお金で手に入れようとする筈です」

「確かにそういう印象はあった」

キリは答えた。

「じゃあ、ハヤシに民泊施設の情報を流したFランドの酒部《さかべ》や民泊業者の金子はどうだ?」

弥生がいった。

「それこそ睦月に調べさせたほうが早い。だが、あんな連中がプロのガンマンを殺してまで『ホワイトペーパー』を欲しがるとは思えない」

「だったら『進化交易』の野間はどうだ? 宮本には知らせず、寺岡と会っていたとか」

「いくらなんでもそれは無理がある。もし野間が犯人なら、わざわざ宮本を俺たちにつけてまで手を組もうとはいわない」

「『進化交易』というのは、台湾情報部の隠れミノの会社だな」

葉がいった。

「そうだ。ハヤシに毎月金を払っていたので、怪しいと思い接触した」

キリは頷いた。

「怪しい奴が多すぎるんだ。次から次に怪しい奴が現われる」

弥生が息を吐いた。

「それだけ多くの人間が『ホワイトペーパー』を欲しがっているということだろう」

いって、キリは携帯をとりだした。闇サイトに何か情報があがっていないか、佐々木に調べるよう頼むメールを打った。

「『ホワイトペーパー』を入手した、と名乗りを上げる人間がいたら犯人捜しも簡単なのだがな」

葉がつぶやいた。

全員が沈黙した。

「ではわたしを捜す人がいなくなるわけではないんですね」

紅火がいった。

「そういうことだ。まだ『ホワイトペーパー』を探す人間の大半が、君のお母さんや君がもっていると信じているだろう」

「犯人が中国政府に売りつけたら、中国政府は値づけを引っこめるのじゃないか?」

弥生がいった。

「すぐにひっこめたら、入手したのだと国際社会に知れ渡る。買いとったあともしばらくはそのままだろう」

葉が首をふった。

弥生はくやしげに天井を見上げた。

「何か手はないのか。犯人をつきとめ、『ホワイトペーパー』をとり戻せるような――」

キリと葉は顔を見合わせた。

「ひとつあるわ」

マダムが口を開いた。

「どんな手だ!?」

弥生が食いつきそうな顔で訊ねた。

「『ホワイトペーパー』を入手したといって、競《せ》りにかける」

「えっ」

紅火が目をみひらいた。マダムは葉を見た。

「偽《にせ》の『ホワイトペーパー』を作れる？　大量じゃなくていい。そうね、二、三ページくらい」

「元になる情報を集めることはできる。だが白中峰の文体で書くとなると――」

葉が首をふった。

「それならわたしができます。母が父の言葉を口述筆記したものを清書する手伝いをしていましたから」

紅火がいった。マダムは微笑《ほほえ》んだ。

「だったら完璧ね。作った『ホワイトペーパー』を商品見本としてインターネットに上げ、最高額をつけた相手に売る、と発表するの」

「そうか。犯人がどこかに『ホワイトペーパー』を売りつけようとしていたら、買い手の疑いを招く」

　葉がいった。

「そう。当然、買い手はどちらが本物なのかを知ろうとして、売り手に接触しようとする。犯人も黙ってはいられなくなる」

　マダムが頷いた。

「三人もの人間の命を奪って手に入れた『ホワイトペーパー』の商品価値が失われるかもしれないとなったら、必ず動くだろう」

　葉がいったとき、キリの携帯が振動した。佐々木からのメールで、闇サイトには今のところ、『ホワイトペーパー』に関する新たな情報は上がっていないという。

　キリは葉を見た。

「偽の『ホワイトペーパー』は、どれくらいの時間で作れる？」

「ひと晩あれば、二、三ページ分なら作れるだろう」

「売り主は『ポターニンオーフィス』にするのか」

　弥生が訊ねた。

「いや、それは賢明とはいえない。ここにまた大勢が押しかけてきかねない。匿名《とくめい》の第三者がいいだろうな。ダミーの『ホワイトペーパー』さえあれば、売り手の正体を問われることはない。犯人を除いては」

　葉がいい、全員が頷いた。

23

「コム」をでたキリと弥生は駅まで歩いた。

「この計画のことだが、睦月にも秘密にできるか」

キリはいった。

「まだ先生を疑っているのか」

弥生は足を止め、キリをにらんだ。

「睦月が犯人ではないとしても、周囲から情報が洩《も》れる可能性はある。民泊施設のことを考えてみろ」

キリがいうと、弥生は唇をかんだ。

「しかたがない。秘密にしておく」

「それでいい」

「このあとはどうする？」

「ダミーの製作に今夜ひと晩かかるとして、インターネットにオークションの情報を上げるのが明日。事態が動くとしたら、明日の午後以降だ」

「それまでは何もしないのか」

弥生は頬《ほお》をふくらませた。

「何かできることがあるか」

キリは弥生を見た。

「ないから訊いているんだ」

「何だ。また俺のうちにきたいのか」

「そんなことはいってないぞ」

弥生の顔が赤くなった。

「ちがうのか。俺と離れるのが嫌になったのかと思ったんだが」

「ふざけるな！」

「からかっただけだ。明日になれば、これまでにかかわった、『ホワイトペーパー』を欲しがる人間すべてが動きだす。紅火と我々の関係を知る者が連絡をしてくるかもしれない。いったいどういうことだ、とな」

「どう答える？」

「とぼけるしかないだろう。紅火は行方不明のままということにして」

「確かにそうだな。睦月先生にも訊かれるかもしれない」

とたんに弥生は苦しげな表情になった。キリは苦笑した。

「何がおかしい」

「いや、今どき、こんな素直な人間もいるのだな、と思ってな」

「馬鹿にしてるのか!?」

「馬鹿になんてしていない。その素直さは、あんたの長所だ」

「何が長所だ。子供扱いするな」

再び弥生の顔が赤くなった。キリの携帯が振動した。登録のない携帯電話からだ。

「はい」

キリは短く応えた。

「突然お電話してごめんなさい。この番号をつきとめるのにすごく時間がかかって」

小林朋華の声がいった。

「あんたか。何の用だ」

「きのう、偶然お会いしたでしょう。そうしたら、すぐにまた会いたくなってしまって。もしまだでしたら、これから夕食をいっしょにいかがかしら」

「連れがいてもいいか」

キリがいうと、そっぽを向いていた弥生がふり返った。

「いっしょにいらした、あの方?」

「そうだ」

「詮索《せんさく》するつもりはないのですけど、あの方とキリさんは――」

「単なる仕事上のつきあいだ」

「じゃあ、ぜひごいっしょに。あの……」

「何だ?」

「食後は、できればふたりきりになりたいのだけど、駄目？」

甘えた声で訊ねた。

「その場の流れだ」

「わかりました。お迎えに参ります。どちらがよろしいですか」

おそらく無関係だろうが、「コム」について知られるのは避けたい。

「品川駅の港南口で」

告げて、キリは電話を切った。

「誰だ？」

「トモカ興産の女社長だ。我々と飯を食いたいそうだ」

「我々？」

「あんたもいっしょだといったら、ぜひいっしょに、とさ」

弥生の目が三角になり、何かをいいかけた。

「嫌ならこなくていいぞ」

キリがいうと言葉を呑みこみ、首をふった。

「いく」

ＪＲで品川駅まで移動したキリと弥生は、港南口に止まっていたハマーのリムジンに乗り込んだ。

二人は朋華と向かいあうシートにすわった。香水の匂いがこもっている。弥生が窓をおろした。

「何を食べるんだ」

リムジンが発進するとキリは訊ねた。

「お肉はお嫌い？」

朋華が訊ねた。

「好き嫌いはない」

キリは首をふった。

「そちらの——」

「弥生だ」

キリが告げると、

「弥生さんは？」

朋華はいった。

「あたしも好き嫌いはない」

「だったら、白金《しろかね》にいいステーキハウスがあるんです。ワインもそろっていて」

「そんな高級な店でご馳走《ちそう》になっても、地上げには応じない」

キリがいうと、朋華は首をふった。

「その件はもう大丈夫です。キリさんのお宅は除外するよう指示しました。考えていただきたいのは、もうひとつのほうです」

「もうひとつ？」

「わたしのパートナーになっていただくお願いです」

弥生がぎょっとしたようにキリを見た。

「その件ならもう少し待ってくれ」

キリがいうと、

「いや、お断わりする。今、我々は厄介《やっかい》な問題を抱えている」

かぶせるように弥生がいった。朋華は弥生を見た。

「あら、どんな問題ですの?」

「それは職業上の秘密だ。答えられない」

弥生はいった。

「キリさんも?」

キリは間をおいた。

「『ホワイトペーパー』という言葉を聞いたことはあるか」

弥生が鋭い目になった。

「名前だけは。わたしに事業のことを教えて下さった大先輩の方が口にするのを聞きました」

「その人は何だといっていた?」

「世界経済の行方を知るのに欠かせない予言だ、と」

「それを聞いてあんたはどう思った?」

「予言なんて、ずいぶん非科学的だと思いました。こんな立派な財界人でも、そういうものを信じるのかと意外でした。統計的に予測できる未来というものはあるでしょうが、予言とはちがいます」

朋華の答は明快だった。

「もし読みたければ紹介しようといわれましたが、お断わりしました。予言を信じるくらいなら、自分の勘を信じたいので」

朋華はいって、足を組んだ。スリットの入ったロングスカートから太股《ふともも》が露《あら》わになったが、隠そうともしない。

弥生がフンと鼻を鳴らし、顔をそむけた。

「その『ホワイトペーパー』にかかわるお仕事を、今、されているの？」

朋華は弥生を無視してキリに訊ねた。

「そうだ。それ以上は話せない」

「キリさんは予言なんて信じる？」

「俺は信じない。が、そのことと仕事は別だ」

朋華は頷いた。

「キリさんの、そういうプロフェッショナリズムに惹《ひ》かれました」

「あんたはボディガードを捜しているのか」

尖《とが》った声で弥生が訊ねた。朋華は間をおいて弥生に目を向けた。

「ただのボディガードならいくらでもいます。キリさんは、体だけでなく心も支えて下さる方だと思うので」

弥生は深々と息を吸いこんだ。

「とにかく『ホワイトペーパー』に関する件が片付くまでは無理だ。我々は非常に忙しい」

リムジンが停止した。窓の外を見やり、

「ついたようです。つづきは食事をしながら――」

朋華がいった。

小さな看板がでているだけの一軒家の店だった。木造の二階に三人は案内された。他に客はおらず、フライパンの載ったガスコンロが並んでいる。コンロの数は全部で四つしかない。

白い調理服を着けた、三十そこそこにしか見えないような男が直立不動で迎えた。

「小林社長、いらっしゃいませ」

弥生が目をみひらいた。調理服の男は驚くほど整った顔立ちをしていた。

男はキリと弥生にも腰をかがめた。

「ようこそ、おいでくださいました」

「シェフの村山さんよ」

朋華がいった。

「村山です。よろしくお願いします」

村山は顔に似合わないだみ声でいった。

「本当はアイドルになる筈だったのだけど、このハスキーボイスのせいであきらめたのですって」

朋華はいった。弥生は無言で村山を見つめている。

「お肉はシャトーブリアンを用意しております。ワインはいかがいたしましょう」

「オーパスがいいわ」

「ご用意いたします。前菜はお任せでよろしいでしょうか」

「好き嫌いはないそうだから大丈夫」

村山は頷き、三台のガスコンロに火をつけた。ひとり分ずつ、肉を調理するようだ。

前菜は別の場所で作られているようで、小海老のフリットとグリーンサラダが運ばれてきた。

「ここはお肉をたっぷり食べさせて下さるお店なの。お二人とも五百グラムくらい、いけそうね」

「そんなに食べられない」

弥生が首をふると、朋華がからかうようにいった。

「村山さんの前だと、初めてきた女性は皆、そうおっしゃいます」

「そ、そういうのじゃないぞ」

弥生の顔が赤くなった。村山は弥生の目をのぞきこんだ。

「僕が自信をもってお勧めします。どうか召し上がって下さい」

弥生は目をみひらいた。そしてこっくりと頷いた。

「はい」

朋華はキリに笑いかけた。

食前酒のグラスシャンパンが三人の前におかれた。

「乾杯」

朋華がいってグラスを掲げた。三人は前菜に箸《はし》をつけた。

村山が肉の焼き加減を訊ねた。朋華とキリがミディアムと答え、弥生がウェルダンを指定した。

「血が少しでもにじんでいると駄目なんだ」

いいわけをするように弥生はいった。

「承知しました。ウェルダンを嫌がるステーキハウスもありますが、うちの肉はどれだけ焼いても固くはならないのでご心配なく」

村山が弥生に微笑みかけると、弥生は顔を赤くした。

ガスコンロにかけた三つのフライパンに村山が肉をのせた。レンガほどの厚みがある。たちまち香ばしい匂いがあたりに漂った。

赤身に白い脂肪が細かく入り、見るからにやわらかそうな肉だ。

「伊賀牛です。松阪ほど脂が強くなくて、食べていて飽きがきません」

村山がいった。

やがてあたためられた皿が三人の前におかれた。村山が肉を皿に移した。ナイフとフォークが届けられる。

「肉を切っておだしする店もあるようですが、当店では、最初にナイフを入れる楽しみをお客様に味わっていただきたいと考えています。もし細かいほうがよろしければ、おっしゃっていただければ、こちらで切り分けます」

「大丈夫だ」

キリはいった。弥生は肉から目を離さずに頷いた。弥生の肉だけ少し早めにフライパンにのせたので、焼き上がりは全員同じタイミングだった。

デキャンタから赤ワインがグラスに注がれた。ひと口飲んだ朋華が、

「いいわ」

と息を吐いた。

キリは肉にナイフを入れた。赤みの残る断面から、肉汁があふれだした。口に入れると瞬時にほぐれるようなやわらかさがあり、肉のうまみが広がる。

緊張にこわばっていた弥生の顔が崩れた。

「な、何だ、これは」

笑っているように見える顔でいった。

「めちゃくちゃおいしい」

「本当においしいものを食べると、人間は自然に笑うんです」

村山が微笑んだ。

キリは無言で頷いた。確かに、これまでに食べたどんなステーキよりもうまかった。

弥生は夢中で食べている。

「ご所望なら、ライスかパンをおもちしますが。追加のお肉でも大丈夫です」

「俺はいい」

「わたしも」

朋華も首をふった。

「これを食べてから考えます」

敬語になった弥生がいった。

三人はあっというまに肉を平らげた。ワインはほとんど減っていない。

「おいしかった」

皿が空になると、うめくように弥生がいった。

「ありがとうございます」

村山が深々と頭を下げた。

「またいつでも小林社長といらして下さい」

その言葉を聞いて、弥生は我にかえったように朋華を見た。

「あんたはいつもこんなにうまいものを食べているのか」

「まさか。特別な人とだけです。会社でカップラーメンやハンバーガーですませることだってあります」

朋華は微笑んだ。

「別室にデザートが用意してあります」

村山がいった。

「デザート？」

弥生が訊き返した。

「自家製のシャーベットとチョコムースです。コーヒー、紅茶、抹茶《まっちゃ》のご用意もございます」

「あんたが作ったのか」

弥生は村山を見つめた。

「村山さんは、パティシエでもあるんです」

朋華がいった。弥生ははあっと息を吐いた。

「こんな、こんな世界があるんだな」

「睦月だって、うまいものを食わせてくれるだろう」

キリがいうと、

「も、もちろんだ。ただ、先生は、さっぱりしたものを好まれる」

弥生はあわてたように答えた。

別室というのは、掘りゴタツがおかれた和室だった。三人はそこで、コーヒーや抹茶を飲み、デザートを食べた。

「村山さん、お二人に名刺をさしあげて。わたし抜きでも、いつでもいらしていただけるように」

朋華がいうと、弥生は首をふった。

「もらっても、とても自分の払いではこられない」

「いらして下さるなら、お勘定の心配はなさらないで」

朋華がいった。

「どういう意味だ?」

「トモカ興産でもたせていただきます。いくらでもいらして下さい」

「そんなわけには――」

いいながら、弥生は村山がさしだした名刺を手にしていた。

「と、とにかくいただいておく。名刺はないが、わたしは弥生という。覚えてもらえると嬉しい」

「弥生さんですね。よろしくお願いします」

村山は頭を下げた。あくまでもさわやかで礼儀正しい。

食事のあいだ他の客は訪れなかった。どうやら貸し切りになっているようだ。

「散財させたな」

キリはいった。朋華は首をふった。

「女の金勘定は、男の人より合理的よ。銀座のクラブで水割りを作って、煙草《たばこ》に火をつけてもらうだけに払う金額に比べたら、ここの支払いなんて安いものです。贅沢《ぜいたく》かもしれませんが、払うだけの価値がある」

「なるほど」

キリが頷くと、

「銀座で飲むことなんてあるのか」

弥生が訊ねた。

「人に連れられていったときくらいだ」

「もてるでしょ」

朋華がいった。キリは首をふった。

「金の匂いがしない人間は相手にされない」

「金の匂いはしなくても、キリさんには危険な匂いがある。そういうのにたまらなく惹かれる女もいる」

朋華はじっとキリを見つめた。弥生があわてたようにいった。

「どうもごちそうさま。いい経験をさせてもらった」

「あら、もうお帰り?」

訊ねた朋華に、

「朝が早かったので」

と弥生は答えた。

「そうですか。でもキリさんはまだ大丈夫よね」

朋華がキリの腕をとった。

「いや、キリも朝早くて、疲れている筈だ。一日、色々なことがあったからな」

弥生が割って入り、つづけた。

「二人とも失礼させてもらう」

朋華は首をふった。

「弥生さんはお帰りになって。わたしはもう少し、キリさんといたい。いいでしょう?」

「帰るときはいっしょだ。キリが残るなら、あたしも残らせてもらう」

「あら」

朋華はいって、弥生を見つめた。

「弥生さんもキリさんといたいの？」

「いたいとかいたくないじゃない。仕事でいっしょに動かなけりゃならないんだ」

「今もまだ仕事中ですの？」

「厳密にいえばそうだ」

「いつ、今日の仕事は終わるんです？」

「まだしばらくは終わらない。そうだろ？」

勢いよくいって弥生はキリを見た。

「ほとんど終わったようなものだ」

「そんなことはない。いつ連絡がくるか、わからないだろう」

弥生は早口で答えた。

「そうなの？」

朋華はキリの目をのぞきこんだ。

「『ホワイトペーパー』のこと、もう少し聞かせていただきたかったのだけど」

「予言には興味がないのだろう？」

「そうだけど、『ホワイトペーパー』には、わたしたちの未来のことは書いてないのかしら」

「いい加減にしろ！」

弥生が怒りを爆発させた。

「何を下らないことをいってるんだ。世界情勢の予言なのだぞ」

「世界情勢なんてどうでもいい。わたしはキリさんが欲しいの。この前みたいに激しいのもいいけど、今日はゆっくり愛されたいのよ」

弥生が目をみひらいた。口をパクパクさせているが、言葉がでてこないようだ。

「キ、キリ、お前という奴は……」

ようやくそれだけをいった。

「もしかして妬《や》いてるの？」

弥生の顔がまっ赤になった。

「今日はこれで失礼する」

キリはいった。

「えっ」

「弥生のいう通り、少し疲れた。帰ってひとりでゆっくり寝る」

「送っていきます」

「その必要はない！」

弥生が叫んだ。

「この場からひとりで帰れっ」

「そうさせてもらう」

「残念」

朋華が肩をすくめた。

「明日か明後日《あさって》、また連絡していい？」

「二、三日は忙しい。もう少しあとにしてもらえるとありがたい」

「わかりました。でもこれが最後じゃない。それだけは約束して」

すがりつくように朋華はいった。

「そんな約束はできない」

弥生がいった。

「もう！」

朋華が弥生をにらんだ。

「あなたは口をださないで」

「いや、そうはいかない。キリはあたしのパートナーだ」

「それはあくまでも仕事でしょ。それとも弥生さんはプライベートでもキリさんのパートナーになりたいの？」

「そ、そんなことはいってない！」

「だったらキリさんのプライベートにまで口をだすのはやめて」

きっぱりと朋華がいうと、弥生の顔がまっ赤になった。

「食事を奢《おご》ったくらいで、指図するのか」

「やめろ」

キリはいった。

「いや、やめない。この女は飯と色気であんたをたぶらかそうとしている。考えてみろ。あんたを立ち退《の》かせようと、殺し屋まで送りこんできたのだぞ。それを助けたのは先生だ」

「それについてはあやまりました」

朋華がいうと、

「あやまってすむ問題か。キリは殺されていたのかもしれないんだ」

弥生は声を大きくした。

「でも今は、わたしとキリさんは理解しあっている。そうでしょ？」

朋華はキリにしなだれかかった。

「理解しあうところまではいってない」

「意地悪！」

「イチャつくんじゃない！」

叫んで弥生は立ちあがった。

「帰るぞ、キリ」

それをすわったまま見上げ、

「あなたもはっきりいえば」

と朋華がいった。

「な、何の話だ」

「あなたもキリさんが好きなのでしょ。わたしのように抱かれたいのでしょ。だったらそういいなさいよ」

「ば、馬鹿な。誰がそんなことをいった」

「いわないで、他人との仲を裂こうとしているだけじゃない。キリさんのことを好きじゃないのなら、わたしたちが何をしようと、あなたには関係ない。ちがう?」

言葉に詰まったのか、弥生は頰《ほお》をふくらませた。

「いいなさいよ、はっきり」

勢いづいた朋華がいった。

「好きです。抱いて下さいって」

弥生は目をみひらいた。

「そ、そんなこと――」

「もしかして、あなた経験がないの? 男を知らないってこと?」

「うるさい! 帰る」

弥生は叫ぶと、ステーキハウスをとびだしていった。

「まさか、あんなお子ちゃまだったとはね」

朋華は息を吐いた。

「いじめすぎだ」

キリはいった。

「キリさんが悪いのよ。あんなネンネまで本気にさせて」

朋華はキリをにらんだ。キリは答えずに立ち上がった。

「とりあえず、今日のところは失礼する」

朋華は肩をすくめた。

24

ステーキハウスの外に弥生の姿はなかった。どうやら本当に帰ってしまったようだ。

キリは自宅に向かった。弥生をからかいすぎたかもしれない。次に会うとき、気まずい思いをしそうだ。

品川駅から歩いていくと、見覚えのあるセダンが家の前に止まっていた。

後部座席から白鳥が降りたった。

「こんばんは。今、お帰りですか」

「見ての通りだ」

キリは答えた。

「突然ですが、キリさんは今日の午前中、どちらにいらっしゃいました？」

白鳥が訊ねた。

「午前中というのは何時頃だ?」

「十時前後といった時間です」

「家にいた。昼前にはでかけたが」

「どちらに?」

「人と会っていた」

「どなたと?」

「なぜそんなことを訊く? 俺が何かをしたと疑っているのか」

「これは失礼。キリさんは寺岡という男をご存じですか。初台のレストラン『コム』でお会いになられている筈ですが」

「あんたに初めて会ったときか」

「そうです。目の下に隈《くま》がある、人相の悪い男です」

「会ったかもしれないが、それがどうした?」

「殺されているのが発見されました。心臓に一発食らって」

「俺は銃をもっていない」

「存じてます。銃は寺岡がもっていました。元傭兵《ようへい》のガンマンでしてね。寺岡は自分の銃で撃たれて死んだんです」

「ガンマンが、自分の銃で撃たれたのか?」

「そうです。やったのはよほどの腕ききか、仲のいい人間でしょうね。寺岡にはウォレスという、傭兵時代からの相棒がいました。そのウォレスの行方がわからなくなっています」

「だったらウォレスが犯人なのじゃないのか」

白鳥は頷く。

「十中、八、九、そうでしょう。ですがいちおう、いろいろな可能性を考えなくてはならないのです。先日、六本木の中国料理店でお会いしたとき、キリさんは、ハヤシが仲間割れの末、殺されたのかもしれない、といわれた。そのとき、私はこう申し上げた。『仲間割れというのは、獲物を手に入れてから起こるものです』。その獲物が何なのかをうかがうと、『我々の口からはいえない』ということだった。そこで私はあなた方の雇い主である、睦月先生にうかがうことにした」

「聞けたのか？」

キリは白鳥を見つめた。この白鳥という刑事は、真綿で首を絞めるようにじわじわと攻めてくる。ひと言でもうかつな答をしようものなら、一気にたたみかけてくるにちがいない。

「ヒントはいただきました」

「ヒント？」

「世界情勢の未来を予言した書類だと。もしそのようなものがあるのなら、私もぜひ拝見したい」

「俺は見たことがない」

キリはいった。それを無視し、白鳥はいった。

「ハヤシと寺岡は仲間だった。ハヤシは、その予言の書をもっていたがために殺された。あなたのいう、仲間割れという奴で。殺したのは寺岡です。ところがその寺岡も、同様に、相棒に殺されてしまった。仲間割れの連鎖ですな。どうやら、予言の書にはとてつもない値打ちがあるらしい」

「一枚につき一万ドルの値がついているそうだ。何枚あるかはわからないが、その全部を手に入れると、さらに百万ドルのボーナスがつく」

「それはすごい。誰からその話をお聞きになりました？」

「寺岡だ。『コム』でいっていた」

「なるほど」

白鳥は微笑んだ。

「そこまでの値がつくとなれば、長年の相棒を裏切る理由になりますな」

キリは無言だった。

「ウォレスがどこにいるか、キリさんはご存じありませんか？」

白鳥は訊ねた。

「知らない」

「キリさんの周囲で、知っていそうな人に心当たりはありませんか。たとえば、『銀影座』の座長とか」

「寺岡とウォレスが『コム』に現われたとき、『銀影座』の座長はその場にいなかった」

「葉山海と名乗っています。おそらく本名ではない。電話では話しましたが、怪しげな男です。ハヤシともつきあいがあり、いわば裏の世界の住人ですな。葉山海が寺岡をそそのかし、ハヤシを殺させ、次にウォレスをそそのかして寺岡を殺させたのかもしれません」

「目的は何だ？」

「もちろん予言の書です。予言の書を手に入れても、金にかえるにはそれなりの手続きが必要だ。質屋で換金できるような代物ではないでしょうからな。葉山海は、自分ならそれができるといって寺岡とウォレスを抱きこんだ。そしてハヤシから予言の書を奪わせ、さらに二人に仲間割れを起こさせた。ちなみにキリさんが先ほどおっしゃった一枚一万ドル、全部だと百万ドルのボーナスというのは、誰がつけた値段です？」

「中国政府と聞いている」

「となれば、尚さら葉山海が怪しい。中国名を名乗るくらいだから、中国政府との交渉も可能でしょう。ただ現段階では、葉山海に出頭を求めるだけの材料はない。なのでキリさんに協力をお願いできれば、と考えています」

「葉山海がどこにいるかなんて、俺は知らない」

「そうなのですか」

まるで信じていないように白鳥は首を傾げた。

「久保野君から聞いたのですが、あなたは横内元巡査長と、香港からの留学生の警護をされていたそうですな。ところがその留学生が姿を消し、ハヤシが居どころを知っているのではないかと自宅を訪ねたところ、殺されているのを発見した。留学生の名は、岡崎紅火。その後、岡崎紅火を見つけましたか」

「無事は確認した」

キリは答えた。

「どこで？」

「それをいうわけにはいかない。紅火は殺人とは無関係だ」

「そうでしょうか。問題の予言の書は、岡崎紅火が所持していたものですよね」

「誰からそれを聞いた？」

「聞くまでもなくわかることです。調べたところ、岡崎紅火の父親は、白中峰という中国人で、『ホワイトペーパー』と呼ばれる書類を、自分の主宰《しゅさい》するシンクタンクの会員あてに発行していた。つまり百万ドルの値がついている予言の書とは、白中峰の『ホワイトペーパー』で、それを娘の紅火が保管していた。あなた方が睦月先生の依頼で紅火を警護していたのは、『ホワイトペーパー』を守るためだった」

「否定も肯定もしない」

キリはいった。白鳥は腹を立てるようすもなく、肩をすくめた。

「ではうかがいます。先ほどキリさんは、岡崎紅火の無事を確認した、といわれた。では『ホワイトペーパー』はどうなのです？　岡崎紅火の手もとに無事、存在するのですか」

白鳥はじっとキリを見つめ、訊ねた。

「手もとにはないようだ」

キリは認めた。

「私としては、岡崎紅火さんのお話をぜひうかがいたいのですが――」

「それには協力できない」

キリはいった。

「なぜです？」

「『ホワイトペーパー』が紅火の手もとにないといっても、そのことを知る人間はわずかだ。『ホワイトペーパー』を狙っている連中にとっては、まだ紅火イコール『ホワイトペーパー』のもち主だ。あんたに紅火との連絡手段を教えたら、そういう連中に伝わらないとも限らない。たとえあんたが黙っていると約束してもだ」

「警察を信用できない、といわれる」

「ボディガードの仕事でまず守るべきは、対象者の所在を容易に察知されないことだ。紅火の居場所が明らかになったら、俺はここであんたの相手をしてはいられない。つまりあんたにだろうが誰にだろうが、紅火の居場所を知る手がかりを与えるわけにはいかない」

キリは白鳥を見つめ、いった。

「それはいいかえれば、現在の岡崎紅火は安全な状態にあるということですな」

「そう考えている。なぜなのかは訊かれても答えない」

白鳥は苦笑した。

「なるほど。では話を戻して、葉山海と話すにはどうすればいいとキリさんはお考えですか？」

「電話で話したときに連絡先は聞かなかったのか？」

「もちろん聞きました。ですが教わった番号にかけても『銀影座』の人間がでて、座長はいないとくり返すばかりで、携帯に至ってはまったくつながりません。位置情報によると、『銀影座』のスタジオにおかれたままです」

「俺にはどうすることもできない」

「もしどこかで葉山海と話す機会があったら、私が話したがっていると伝えて下さい」

「わかった」

「では失礼。ご協力に感謝します」

白鳥はソフト帽をもちあげ、セダンに戻った。運転手が発進させた。

何を考えているのか、そしてどこまで事実を知っているのか、まるでつかみどころがない刑事だ。殺人が起きているのに、犯人を真剣に捕えようとしているようにも見えない。

おそらく白鳥が欲しがっているのは、犯人の身柄ではなく、情報なのだ。誰が何をしているのか、それぞれの動きに関する情報さえ得られれば、それ以外のことはどうでもいいと考えているような節がある。

だからといって軽視はできない。白鳥がその気になれば、誰であろうと拘束し、場合によっては犯人に仕立てることも可能だ。起訴にまでいくかどうかはわからないが、敵に回せばひどく厄介な相手になるだろう。

久保野や金松といった刑事部の刑事とはちがい、必要ならどんな手も躊躇《ちゅうちょ》なく使ってきそうな陰険さを白鳥からは感じる。

これまでに会った、どの刑事より、頭が切れ、危険な男だ。

セダンの尾灯が見えなくなるまで、キリはその場を動かなかった。

25

翌日の昼間をキリはずっと自宅で過ごした。

誰も訪れず、電話も鳴らない。洗濯をし、家の掃除をした。そろそろ夕食の準備にとりかかろうとしたとき、携帯が鳴った。佐々木だった。キリが応えるなり、

「『ホワイトペーパー』の売りだし情報がネットに上がった」

と、佐々木は告げた。

「どこからだ?」

「『香港情報センター』と名乗っている。七十二時間の期限で、金額を提示した購入希望者限定で商品見本を送付する、とある」

「所在地は香港か?」

「辿《たど》れない。おそらくちがうだろう。香港だったら、中国政府に削除される」

「反応は?」

「闇サイトは盛り上がっている。偽物《にせもの》だという意見が大半だが、まだ商品見本を見たという書きこみはない」

「見たという者が現われたら、その反応を知らせてくれ」

「了解」

電話を切ったキリは、葉山海の携帯を呼びだした。

「情報がアップされたようだな」

「反応は上々だ。今日の真夜中に、金額を提示してきたバイヤー限定で、見本を解禁する」

「そんなに時間をかけて大丈夫なのか」

「本物をもつ者ならあわてない。焦って売ろうとすれば、足もとを見られたり、偽物だという疑いを招きかねない」

葉山海は答えた。

「なるほど。その後は？」

「提示された高額上位者を集め、オークションをする。ネット上ではなく、こちらの用意したオークション会場に直接足を運んでもらう」

「犯人もそこに現われると？」

「犯人なら当然、高額購入希望者に接触している筈だ。どちらが本物かをはっきりさせるためにも、購入希望者にくっついてくるだろう。ウォレスにもそれを伝えてある」

「ウォレスにも？」

「三人を殺した犯人だ。どんな手を使ってくるかわからない。武装集団を送りこんでくる可能性もある。ウォレスを呼んでおいたほうが安心だ」

「どこでオークションをするつもりだ？」

「それは今、選定中だ。街なかがいいのか、流れ弾が無関係な人間を傷つける心配のない場所がいいのか、検討している」

「わかった」

「すでに複数から問い合わせがきている。金額もすべて百万ドル以上だ」

「そちらの居場所をつきとめられる心配はないのか」

「そんな素人《しろうと》じゃない。追跡できないルートを使ってアップしている。中国は国内遮断される危険があるので外したが」

「なるほど」

「商品見本を送ったら、もう一度、金額の提示を求め、上位者に限定するオークションの情報を開示する」

「犯人が無視したらどうする?」

「犯人が無視しても、『ホワイトペーパー』の購入者はそういうわけにいかない。どちらが本物かを見定めずに金を払うことはしない筈だ。そんな真似をすれば、それこそ世界中から偽の『ホワイトペーパー』の売り込みが殺到する。結論がでるまで、犯人は金を受けとれない。それに商品見本のできはすごくいい。『ホワイトペーパー』を購読していた者なら、必ず信じる」

葉はいった。

「わかった。何か動きがあったら連絡をくれ」

告げてキリは電話を終えた。

家のインターホンが鳴った。キリは防犯カメラの映像を見た。

シャッターの前に弥生が立っていた。どこか思いつめたような表情を浮かべている。

キリはシャッターを上げた。弥生は無言でキリを見つめ、拳《こぶし》を握りしめた。

「どうした？」

「先生に訊かれた。インターネットに『ホワイトペーパー』を売るという情報が上がっているがどういうことか、と」

「それで？」

「先生に初めて嘘をついた。何も知りません、と」

弥生は上目づかいでいった。

「そんなことをいいにきたのか」

「そんなことっていうな。あんたとの約束があるから、嘘をついたんだ！」

弥生は今にも泣きそうな顔でキリをにらんだ。

「たった今、葉から電話があった。すでに引き合いがきているらしい。見本を送り、高値《たかね》をつけた者を集めてオークションをする、といっていた」

キリは葉の言葉をそのまま伝えた。

「どこでやるんだ？」

「場所はまだ決めていない。撃ち合いになっても巻き添えがでないような場所を探しているようだ。ウォレスもそこに呼ぶつもりらしい」

弥生は考えていた。

「そこに犯人も現われるのか」

「と、葉は考えている。犯人にしてみれば、せっかく入手した『ホワイトペーパー』の価値が損なわれかねないオークションだ。本物をもっているのは自分だと証明するために乗りこんでくるだろう、というのだ。すでに買い手が現われているとしても、ネットの情報を知れば交渉はストップするにちがいないからな」

弥生は頷いた。

「買い手はどちらが本物かを知りたがる。犯人も黙ってはいられない」

「そういうことだ。商品見本のできはとてもいいという話だ」

「それでオークションはいつなんだ？」

「明日か明後日か、場合によってはもう少し先になるかもしれない」

「そんなに時間をかけるのか」

弥生は頰《ほお》をふくらませた。

「焦ればかえって足もとを見られるだけだ、と葉はいっていた」

「そうか。確かに、そうかもしれないな」

弥生は息を吐いた。

「納得したか？」

「その件についてはな」

「他に何かあるのか」

「あのあと、どうした？」

弥生の表情が険《けわ》しくなった。

「あのあと、とは？」

「あの牝狐《めぎつね》と何をしたのか訊いてる」

「別に何もない。すぐに帰った」

「本当か!?」

「なぜそんなに知りたがる？」

弥生は唇をかんだ。黙りこむ。キリはそれを見ていたが、背中を向けた。

「コーヒーでもいれる」

台所にいき、コーヒーメーカーに水を注いだ。コーヒーをセットし、居間に戻った。

弥生が下着ひとつになっていた。ブラジャーとショーツだけの姿だ。脱いだスーツが畳まれ、床におかれている。

服の上からは気づかなかった豊満なふくらみが激しく上下していた。

「何の真似だ」

キリはいった。

「くやしいがあの牝狐のいったことは本当だ。あたしはまだ経験がない」

うつむき、キリと目を合わせないようにして弥生はいった。

「だから？」

「これ以上、いわせるな」

弥生は立ったまま両腕で上半身を抱き、いった。キリは無言で背を向けた。

「服を着ろ」

「なんでだ？」

「俺は遊びでしかセックスはしない。お前の相手はできない」

「嫌いなのか、あ、あたしを」

「好きとか嫌いの問題じゃない。楽しめないセックスに興味はない」

「あの牝狐とは楽しんだのか」

くやしそうに弥生はいった。

「あの女にとってセックスは食事と同じようなものだ。肉を食いたいから食うように、自分がしたいと思った相手とする。そこに好悪《こうお》の感情などない。そういう点では気楽な相手だ」

「あんたも同じなのか。その――」

弥生は生唾《なまつば》を呑んだ。

「食事とかわらないのか」

「そうだ」

キリは答えた。台所にいき、カップにコーヒーを注いで居間に戻った。弥生は床にすわりこみ、服を抱いてうなだれている。

「あたしは、あんたの趣味じゃないということか」

低い声でいった。

「お前と俺とでは、セックスの価値がちがう。お前には重要な意味があるが、俺にはない。お前がセックスをする相手は俺じゃない。セックスの価値を大切に思っている人間とすべきだ」

「女としてのあたしに興味はないというのか」

「当然だ。仕事上の仲間なのだから」

キリがいうと、はっと顔を上げた。

「あたしを仲間だと思ってくれているのか」

「じゃなければ、葉の話を伝えない」

弥生は小さく息を吐いた。

卓袱台《ちゃぶだい》においたキリの携帯が鳴った。キリはコーヒーカップをおき、携帯を手にした。

「進化交易」の宮本だった。

「ネットを見たか」

いきなり宮本は訊ねた。

「『ホワイトペーパー』の件か」

「『香港情報センター』が何者か、心当たりはあるか」

「ない」

「ウォレスが名乗っているのじゃないか。奪った『ホワイトペーパー』を少しでも高く売りつけようと考えて」

「かもしれないな」

「ガンマンにしちゃ知恵が回る。誰かついているのかもしれない」

「誰かとは?」

「たとえば『ポターニンオーフィス』とか」

「お宅の社長の意見か」

キリはひやりとした。

「社長は買いつけに参加する気だ」

キリの問いには答えず、宮本はいった。

「進化交易」の社長、野間のバックには台湾情報部がいる。

「派手なことになりそうだな」

キリはいった。

「俺は、どうも怪しいと思っている。ウォレスが寺岡を殺《や》ったのだとしても、単独犯じゃないのじゃないか。ウォレスに知恵をつけて相棒を殺させた奴がいるんだ」

「だとしたら何者だ?」

「それがわからない。戦場で背中を預けあった相手を裏切らせるのは、並みたいていのことじゃない。ウォレスの、何かよほどの弱みでもつかみ、殺させたのじゃないか」

ウォレスが真犯人を捜していることを知らなければ、説得力のある考えだ。

「寺岡を殺したのはウォレスでまちがいないと思うのか？」

宮本の推理を聞きたくてキリは訊ねた。

「ウォレスじゃなかったら誰なんだ？　寺岡はウォレスの住居で、リラックスしているところを撃たれた。遠くから狙撃《そげき》されたわけじゃない。すぐそばにいる奴に撃たれたんだ。そんな真似ができるのはウォレス以外、考えられない」

宮本は答えた。

「だが自分の住居で撃ち殺し、死体をそのままにしておいたのは不自然だ。疑ってくれというようなものだろう」

キリはいった。

「確かにそれは俺も妙だと思う。いくらガンマンといっても無茶な話だ。だがウォレスがすぐに国外に逃げだすつもりだったとしたらどうだ。自分の住居で死体が見つかっても、高飛びしたあとなら関係ない。ＩＣＰＯに手配されたとしても、隠れられるような国はいくらでもある」

「寺岡を殺した理由が『ホワイトペーパー』なら、金のためだろう。大金を得てガンマンから足を洗おうと考えたのなら、最後の仕事で警察から追われるような証拠を残すのは妙じゃないか」

「確かにそれはそうだが、もしウォレスが犯人じゃないのなら、なぜでてこないんだ？」

「犯人だと疑われているのを知っているからだろう。ましてウォレスはプロのガンマンだ。たとえ寺岡を殺してはいなくても、銃の所持も含め、叩《たた》けばいくらでもホコリのでる身だ。隠れるか高飛びするしかない」

キリがいうと、宮本は唸り声をたてた。

「やけにウォレスの肩をもつじゃないか。何か知っているのか」

「『ポターニンオーフィス』に、ウォレスが接触してきた。自分は動けないので、かわりに寺岡を殺した犯人を捜してもらいたい、と。あんたは信用できると思うから、話している」

「なんだと」

宮本は絶句した。

「むろんウォレスが嘘をついている可能性もゼロじゃない。が、ウォレスはまだ日本国内に潜伏しているようだ。もしウォレスが嘘をついているなら、とうに国外に逃げだしていてもおかしくない」

「つまり、俺たちが見つける前かあとで、ウォレスも寺岡の死体を見た、ということか」

「そのようだ。ウォレスは、寺岡の復讐をするつもりでいる」

「じゃあ『ホワイトペーパー』は、誰がもっているんだ？　ウォレスじゃないのか」

「そこだ。ハヤシを殺した犯人を、我々は寺岡たちだと考えていた。目的は『ホワイトペーパー』を奪うためだ、と。だがウォレスによれば、彼らはハヤシを殺していない」

「待てよ。もしハヤシを殺して『ホワイトペーパー』を奪ったのが寺岡たちじゃないとしたら、なぜ寺岡は殺されたんだ？」

宮本がいい、キリは目をみひらいた。そうだ。ずっともやもやしていたのは、それが理由だ。『ホワイトペーパー』をもっていない寺岡は、どうして殺されなければならなかったのか。

「あんたに話してよかった。悪いが、電話を切らせてくれ」

「ちょっと待て！　それはどういうことだよ」

「ウォレスと話をする」

「できるのか、そんなこと」

「『ポターニンオーフィス』にとりついでもらう」

「俺も話す」

宮本はいった。

「『ホワイトペーパー』を奪ったのが誰なのか、知りたい」

キリは考えた。罠《わな》にはめられたと警戒しているウォレスから情報を引きだすのは容易ではないが、ウォレスは日本語が得意ではない。一方、自分の英語は必要最低限のレベルで、こみいった会話は難しい。

宮本が英語に堪能《たんのう》なことは、六本木でのコットンとの会話でわかっている。

「わかった。接触できるようなら連絡する」

キリは電話を切った。やりとりを聞いていた弥生が訊ねた。

「ウォレスと会うのか」

キリは頷いた。

「あたしもいく」

「いや、お前はくるな。英語でのやりとりになるし、人数が多ければ多いほど、ウォレスは警戒する。まだウォレスが真犯人じゃないと決まったわけじゃないんだ」

キリがいうと弥生はうつむいた。

「あたしは足手まといか」

「いいか、大事なのはオークションだ。そこには必ず、『ホワイトペーパー』を奪った奴が現われる。それまでお前は、葉のアシストをしてくれ」

キリは葉の携帯にかけた。

「ウォレスと話したい。つなげるか？」

「ウォレスと？　電話でか」

「できれば直接会って話したい。あんたはオークション関連で忙しいだろうから、寺岡殺しの犯人捜しを引きうける」

キリは告げた。

「確かに忙しい。この三十分で問い合わせが急に増えた。紅火に手伝わせているが、てんてこ舞いだ」

「今、どこにいる？」

「『コム』だ。奥の個室をオフィスがわりにしている」

「助っ人を連れていく。先日紹介した弥生だ。事情をすべて知っている」

「わかった。あんたがくるまでに、ウォレスと連絡をとってみよう」

26

弥生《やよい》を連れ、キリは初台の「コム」に向かった。「コム」はすでに開店していて、テーブルの半数近くが埋まっている。

「ポターニンオーフィス」の窓口がレストランにおかれているのは、合理的な理由があってのことだとキリは気づいた。

不特定多数の人間が訪れるレストランは、知らない者どうしが顔を合わせたり情報交換をおこなうには格好の場だ。

葉山海《はやまかい》が「コム」のマダムの弟だということさえ知られなければ、店や従業員の安全も保たれる。一般客のいる店内で暴力をふるったり脅迫に及ぶ愚《ぐ》を犯す者は少ない。

二人の父親であるポターニンはそこまで考えてレストランを始めたのだろうか。

元KGBのエージェントなら、十分考えられる。

「いらっしゃいませ。奥へどうぞ」

「コム」の扉をくぐったキリと弥生に、従業員の娘がいった。アルバイトの女子学生のように見えるが、「ポターニンオーフィス」と「コム」の関係についてどこまで知っているのだろうか。

奥の個室に、葉と紅火《べにか》がいた。テーブルにはパソコンが四台おかれている。「ウォレスと連絡がついた。向こうは、会って何を話したいのかを知りたがっている」

キリと弥生が向かいに腰をおろすと、葉がいった。

「寺岡を殺した犯人の手がかりと『ホワイトペーパー』の行方だ。井上を殺したのが寺岡たちでないとすれば、寺岡がなぜ殺されたのかがわからない」

答えて、キリは宮本の疑問を話した。

葉は頷《うなず》いた。

「確かに私もそれはおかしいと思っていた。ハヤシが寺岡たちを雇い、井上を襲わせ『ホワイトペーパー』を奪ったのだとばかり考えていたからな。犯人が寺岡たちでないとすると、話はまったくかわってくる」

「でも井上くんのことを、犯人はどうやって知ったのでしょうか」

紅火が訊ねた。

「情報を提供したのはハヤシでまちがいない。だからこそハヤシは殺された。ハヤシを生かしておけば、井上を殺して『ホワイトペーパー』を奪ったのが誰なのか、すぐ気づかれるからだ」

キリは答えた。

「中国か、それともこれまで存在に気がつかなかった別の国の情報機関なのか」

弥生がいった。

「情報機関なら、ハヤシを殺す必要はない。金を払って黙らせればいい。それなりの金額を払ってやれば、ハヤシは黙っていたさ」

葉が首をふった。

「じゃあ何者だ」

「それがわからない。ウォレスが何か知っていればいいのだが」

葉は答えて、携帯を手にとった。操作し、英語で会話を始める。

途中でキリに訊ねた。

「会うのはあんたひとりか」

「もうひとり、通訳がわりの人間を連れていく。『進化交易』の宮本という男だ」

キリは答えた。葉が英語でそれを伝えた。

しばらくやりとりがつづき、葉がキリを見た。

「会うそうだ。場所については直接あんたに連絡するといっている。携帯の番号を教えていいか」

キリは頷いた。葉は番号を伝え、通話を終えた。

「安全な場所を確保し、携帯に連絡がくる」

キリに告げた。そして、

「商品見本を見るか」

と訊ねた。キリと弥生は頷いた。

紅火がパソコンの画面を二人に向けた。

「これです」

英語と中国繁体《はんたい》文字で二分割された画面をスクロールした。

「中国との領海問題に対して、ベトナムとフィリピンが共闘する可能性があるかについて考察したレポートです。叔父《おじ》さんの文章を、わたしが父親風にアレンジしました。共闘するためには、第三国の仲介が必要になるとし、それはアメリカではなく、インドか日本が好ましい、という説です。グローバルサウスの現状を考えると、日本の働きかけが有効と思われる。ただし、そこにアメリカの意思が介在していると受けとめられれば、ベトナムには逆効果になる。インドが仲介する場合、中国との国境紛争《ふんそう》が激化するきっかけになるかもしれないという予測です」

紅火が説明した。

「まるでわからない」

弥生が途方に暮れたようにいった。

「フェイクとしては、我ながらかなりのできだと思っている。実在する米軍の研究所のデータも引用した。偽物だとわかる者はいないだろう」

自信のこもった口調で、葉がいった。

「すでに送ったのか」

「まだだ。同じような高値をつけてくる相手が多くて、絞りこみに苦労している」

「いったいいくらだと？」

「平均、百万ドル。交渉しだいでもっと釣り上がるということだ」

キリの問いに葉は答えた。

「どれくらいの数がきている？」

弥生が訊ねると、紅火がキィボードを叩《たた》いた。

「現在、六者。個人なのか機関なのかはわかりません。おそらく個人ではないと思いますし、『香港《ホンコン》情報センター』の正体を知ろうと、躍起《やっき》になって動いているところもあります。ひとつは中国政府の機関だと思います」

「まだ増えるだろう。締め切りを明日の正午に設定した」

葉がいった。

キリの携帯が鳴った。非通知着信だ。

「はい」

「ミスター・キリ？」

「そうだ」

「ウォレス」

キリは葉を見て頷いた。

「寺岡を殺した犯人を捜すために、あんたに会って話を訊《き》きたい。どこにいけば会える？」

キリは訊ねた。わずかに間が空《あ》き、

「赤坂《あかさか》、エスプラナード通り。わかりますか？」

とウォレスは訊ねた。

「わかる」

「『プラスイン』というホテルがあります。その一階のバーにきて下さい」

「今から向かったら三十分から一時間くらいかかるが大丈夫か」

「大丈夫です」

ウォレスは答え、電話を切った。

「どこで会う?」

葉が訊ねた。

「赤坂のエスプラナード通りにあるホテルのバーだ」

「赤坂のあのあたりは外国人観光客向けの小さなホテルがたくさんある。バックパッカーとまではいかないが、高級ホテルには泊まらないような個人旅行の観光客が集まる。観光客にまぎれるとは考えたな」

葉がいった。

「これから会ってくる」

キリが立つと、弥生が無言で見た。

「警護を含め、ここの仕事をしっかり手伝え」

キリは告げた。弥生は小さく頷いた。

「コム」をでると駅に向かって歩きながら、キリは宮本の携帯を呼びだした。

「連絡がついた。赤坂のエスプラナード通りにある『プラスイン』というホテルの一階にあるバーで会う」

「あそこか」

「わかるのか」

「台湾からの観光客もたまに使うホテルだ。一階がオープンスペースになっていて、毎晩、いろんな国の連中が盛り上がっている」

「これから向かうが三十分以上はかかる」

「こっちのほうが早く着くな。ようすを探っておく」

「よろしく頼む」

キリは告げ、足を早めた。

ウォレスが指定したのは、赤坂見附《みつけ》から山王下《さんのうした》にかけて南北に走る外堀通りの西側の路地だった。外堀通りのすぐ内側からエスプラナード赤坂通り、みすじ通り、一ツ木通りと平行して三本の路地が走っている。かつては料亭街だったが、今はそのほとんどが消え、外国人向けの小さなホテルが乱立し、そのすきまを比較的安価な飲食店や量販店が埋めている。

新宿で地下鉄丸ノ内線に乗り換えたキリは赤坂見附で降りた。ウォレスが指定した「プラスイン」はすぐに見つかった。八階だての細長い建物で、一階部分にぎっしりとテーブルが並び、外国人客で埋めつくされている。ほとんどがTシャツやパーカーなどの軽装で、ビジネスマンではないと知れた。

どの客も、旅行にきているという解放感からか、笑いや大声がとびかい、日本人はおろか東洋人の客も見当たらない。

国籍はわからないが、ざっと五十人以上の白人が集まっている。年齢も二十代から五十代くらいまでだろう。子供や高齢者はいない。

少し離れた場所からキリはウォレスを捜した。だがこれだけの数がいると簡単には見つからない。「コム」で一度だけ見た記憶では、丸顔で眼鏡をかけていた。が、それらしい者は見当たらなかった。

「よう」

背後から声をかけられ、ふりかえった。スーツ姿の宮本が立っていた。ネクタイを外し、シャツの胸もとを開けている。

「見つけたか」

宮本の問いにキリは首をふった。

「ざっと見てみたが、いろんな国の奴《やつ》がいる。英語以外に、スペイン語やイタリア語、ロシア語が聞こえていた。今日は白人の客しかいないようだ」

宮本はいった。

「中に入って、向こうから接触してくるのを待つしかないな」

キリが答えると、宮本は頷いた。

「たぶん向こうはこっちに気づく筈《はず》だ。ようすをうかがい、安全を確認してから接触してくるのじゃないか」

キリと宮本はバーに入った。日本人二人組に奇異の目を向けてくるかと思ったが、そんなようすはない。

考えてみればここにいる客の大半は旅行者で、このバーを訪れる客に関する知識がない。誰が現われようと、受け入れるわけだ。

空いているテーブルはなく、奥のカウンターにキリと宮本はとりついた。ビールとジンリッキーを注文する。勘定は先払いだ。

「楽しそうだな」

ジンリッキーのグラスを手に宮本が見回した。客の男女比は二対一というところだ。キリはウォレスを捜した。が、眼鏡をかけている客がそもそもいない。

懐ろで携帯が振動した。

「ミスター・キリ?」

「そうだ」

「『プラスイン』をでて、南に二十メートルほどいくと、『ケイジョウ』という焼肉屋があります。そこにきて下さい」

電話は切れた。宮本に内容を告げると、

「昔からある焼肉屋だ。いこう」

と、カウンターを離れた。

「赤坂に詳しいな」

歩きだすとキリはいった。

「赤坂にはアメリカ大使館もあるし、韓国人や中国人など在日外国人が経営する飲食店も多い。スパイ稼業の連中にとっちゃ、庭のようなものだ」

宮本は答えた。

「あんたもそのひとりか」

「そうなるな」

「仕事は楽しいか」

「楽しいかどうかはともかく、おもしろいとは思うね。世間の人間が知らないような裏の情報に触れられるからな。化かし合いが好きな奴にはこたえられない」

「危険な目にも遭うだろう」

「ボディガードほどじゃない。ボディガードは、クライアントをほったらかして逃げるわけにはいかないが、スパイはヤバいと思ったら、さっさと逃げだす。映画とちがって、切った張ったは軍隊に任せる」

答えて、宮本は雑居ビルをさした。

「この地下だ」

「京城」という看板がでているが、潰《つぶ》れたのか、まだ早い時間なのに明りはついていない。

「やってないようだが」

「常連しか入れない店なんだ。女主人がかわり者でな」

宮本はいって地下へとつづく階段を下りた。階段の照明も消えている。とびこみの客はまずこないだろう。

階段を下った先に、ガラスのはまった引き戸があった。宮本がその戸を引いた。

ない。

「アンニョンハセヨ」

すきまから顔をだし、呼びかける。引き戸の内側はテーブルが並んでいるが薄暗く、人の気配が

しばらく宮本は待った。やがて奥から人影が現われた。

「アンニョンハセヨ。今日は貸し切りだよ」

三角形に尖《とが》った眼鏡をかけた中年の女だ。ビーズのついた派手なセーターを着ている。

「店を貸し切った人に会いにきた。ウォレスだろう？」

女は宮本を見つめた。

「あなた、キリって名前だったか？」

「キリは俺だ」

キリは宮本のうしろから告げた。女は宮本とキリを見比べると、首を倒した。

「入って」

二人が引き戸をくぐると、女は戸に鍵をかけカーテンをおろした。

「ウォレスさん、奥にいる」

女はいって、椅子にかけるとテーブルにおかれたリモコンを操作した。壁にかかったテレビから韓国語が流れだす。

宮本は頷き、店の奥へと進んだ。つきあたりのテーブルに眼鏡をかけた白人がすわっていた。テーブルの上にはギターケースと茶碗がある。とうもろこし茶の香りがした。

「ウォレスか」

キリはいった。

「ウエイト！」

白人はいって手にしていた携帯を操作した。キリの携帯が振動した。キリは画面を白人に向けた。

ウォレスは頷き、

「すわれ」

と英語でいった。キリと宮本はウォレスの向かいに腰をおろした。

「俺はミヤモト。『シンカトレード』の社員だ」

宮本が英語で自己紹介した。ウォレスは宮本を見つめ、頷いた。

「タイペイに雇われているのか」

「ふだんはな。今日は、キリの通訳としてきた」

ウォレスはキリに目を移した。

「私に何を訊きたい？」

「いくつかあるが、まず寺岡を殺した犯人についてだ。寺岡の死体を見たか」

キリの問いを宮本が通訳すると、ウォレスは頷いた。

「見た。テラオカは、私のお気に入りの椅子で死んでいた」

「手に缶コーヒーをもっていた。リラックスした状態で撃たれたようだ」

ウォレスの目が険《けわ》しくなった。

「私を疑っているのか」

「あんたの住居で、何の警戒もせずに寺岡は撃たれたんだ。妙だと思わないか」

ウォレスの手がギターケースにかかった。おそらく中には、「コム」で見せたサブマシンガンが入っているのだろう。

「いいたいことはわかるが、テラオカを撃ったのは私じゃない」

「寺岡は、犯人と二人で会っていて、あんたはその場にいなかったというのか」

「テラオカは、私の住居の鍵をもっていた。私もテラオカの住居の鍵をもっている。何かあったときのためにもちあっていた」

「寺岡が殺されたとき、あんたはどこにいた？」

「スポーツジムだ。同じ曜日の同じ時間に通っている。テラオカも知っていた」

「つまりあんたが留守なのを知っていて、寺岡は犯人と会っていたんだな」

ウォレスは頷いた。

「寺岡がそこまで親しくしていた人間を、誰か知っているか」

「そんな奴がいるとすれば、傭兵《ようへい》時代の仲間ぐらいだが、日本にはいない」

「こっそり来日しているとしたらどうだ？」

訊ねると、ウォレスは宙を見つめた。が、首をふった。

「いや、ないと思う」

「寺岡があんたに秘密で、誰かに雇われていた可能性はないか」

「秘密の仕事はしていない。それはまちがいない。ただテラオカは日本人だ。私とちがって、日本に知り合いはいる」

「日本人の友人の名を誰か、知らないか」

ウォレスは首をふった。

「互いに、仕事以外のプライバシーは話さない。何かあったときに迷惑をかけるからな」

「寺岡に奥さんか恋人はいなかったか？」

「昔、フランス人の女とつきあっていた。日本でじゃない。それ以外は知らない。ただ、テラオカがときどき会っている日本人はいた。男か女かも知らないが、情報を得ていたのだと思う」

「情報？」

「どの国にいるとしても、警察は私たちを歓迎しない。特に日本では、商売道具が見つかったらすぐに逮捕される。そうならないように、日本人から情報を得ていた」

「それはハヤシじゃないのか」

「ハヤシもそのひとりだった。我々は何度かハヤシの仕事をしたが、人を殺すようなことはなく、脅しがせいぜいで、報酬も高額ではなかった」

「ハヤシに人殺しを依頼されたことはなかったのか」

ウォレスは首をふった。

「ハヤシがそこまで危険な仕事に首をつっこむことはなかった。だから撃たれたと聞いたときは少し驚いた」

「あんたはハヤシがなぜ殺されたのだと思う?」

ウォレスは肩をすくめた。

「ハヤシは『ホワイトペーパー』のありかを知っていた。それを誰かに教えたので殺されたとは思わないか?」

「口封じだ」

「『ホワイトペーパー』のことは、私にはわからない。『ホワイトペーパー』が金になるという話をもってきたのはテラオカで、私はそれにつきあっただけだ」

「寺岡はどこでその話を知ったんだ?」

「わからない。誰かから聞いたか、インターネットか」

「誰かというのは日本人か?」

「だろうな」

「寺岡が、あんたに内緒で『ホワイトペーパー』を入手していたという可能性はないか」

「ない」

きっぱりとウォレスはいった。

「もし私に秘密で『ホワイトペーパー』を入手したのなら、そもそも『ホワイトペーパー』が大金になるという話を私にしなかった筈だ。ハツダイのあのレストランに、私を連れていく必要もなかった」

「あんたに話をしたあと、入手したのかもしれない」

「入手したのなら、必ず私にそれを知らせる。なぜかといえば、私とテラオカは互いに背中を守る関係にあったからだ」

「だとすると、寺岡が殺された理由は何だ？」

「それを最も知りたいのは私だ。私たちは日本で誰からのオファーも受けていなかった。なのにどうして撃たれたのかがわからない」

「昔の恨みが原因とは考えられないか。商売柄、恨まれることもあったろう」

「もちろんだ。が、そんな人間をパートナーの住居に招き入れたあげく、すわってコーヒーなど飲むか？」

ウォレスの言葉はもっともだった。

三人は沈黙した。やがてウォレスがいった。

「私にいえるのは、テラオカは信用していた人間に撃たれたということだ。そしてそれは日本人だ。日本人の犯人をあんたたちは見つけなければならない」

キリと宮本は顔を見合わせた。

「見つけたらどうする？　敵《かたき》を討つのか」

宮本が訊ねた。ウォレスは頷いた。ジャケットの下から拳銃を抜きだし、テーブルにおいた。

「テラオカの銃だ。犯人がわかったら、この銃を使う」

ウォレスは静かにいった。

「寺岡の住居の鍵をもっている、といったな。それは今もか？」

キリは訊ねた。ウォレスは頷いた。

「テラオカが殺されたあと、犯人の手がかりを探しにいった。が、私は日本語が読めない。見落としたものがあるかもしれない。いってみるか？」

「鍵を預かる」

ウォレスは銃をしまい、かわりに鍵をテーブルにおいた。ありふれたキィだ。

「ハママツチョウにあるマンションだ。私がいったとき、警察はまだきていなかった」

マンションの名と位置を聞き、キリはキィをとりあげた。

「最後にひとつ訊きたい。寺岡がふだん足を運んでいたレストランやバーを知らないか？　あんたといっしょでも、ひとりででも」

ウォレスは首をふった。

「いったろう。プライバシーについては互いに話さなかった」

「わかった。どこまでやれるかわからないが、最大限の努力はする」

ウォレスはキリを見つめた。

「テラオカの話では、あんたは日本でナンバーワンのパーソナルボディガードだそうだ。人を守るのが仕事の人間が、人を傷つけるのを仕事にしていた男を殺した犯人を捜すというのも妙な話だ」

「なりゆきだ。調査は得意じゃない。むしろ苦手だ」

キリは首をふった。

「何かわかったら、連絡をくれ」

「今さら訊くまでもないが、あんたの携帯を警察は知らないのだろうな」

「テラオカとの連絡に使っていた携帯は処分した。本当はテラオカの携帯も処分したかったのだが、なかった」

「なかったとは？」

「言葉通りだ。テラオカを撃った犯人がもっていったのだと思う。テラオカの住居にもなかった。プロなら、当然の処置だ」

　ウォレスは答えた。

「なるほど」

　宮本は頷き、キリをふりむいた。

「何か他に訊きたいことはあるか」

「今のところない」

　キリは首をふった。

「じゃあ引きあげるとしよう」

　キリと宮本が立ちあがると、ウォレスはいった。

「連絡を待っている。もし携帯がつながらないときは、この店にことづけてくれ」

「わかった」

27

「浜松町にいくのか」

「京城」をでると宮本が訊ねた。

「いくしかない。寺岡を殺したのは、ウォレスもいったように、日本にいる知り合いだろう。それもウォレスの住居で会うほど親しい関係にあった人間だ。寺岡の住居にいけば、何か手がかりが見つかるかもしれない。警察がきていなければの話だが」

　キリは答えた。

「だが妙だと思わないか。ウォレスは、寺岡が親しくしていた日本人について知らないといった。それが本当なら、なぜ寺岡はウォレスの住居でそいつと会ったんだ？」

　宮本がいった。

「よほど信用していた上に、ウォレスにその人物を紹介しようと考えていたのかもしれない」

　キリはいった。表通りにでるとタクシーを拾う。距離的に赤坂と浜松町は近いが、地下鉄やJRを使うと時間がかかる。

「相棒に紹介しようと思っていた奴に殺されたということか」

　タクシーに乗りこむと、宮本は小声でいった。キリは頷き、大門の交差点にいくよう、運転手に伝えた。寺岡の住んでいたマンションは、そこから歩いて数分の位置だ。

タクシーを降りると、携帯の地図アプリを確認しながら二人は歩いた。表通りから二本ほど入った場所にある、低層の古いマンションだった。周囲にパトカーらしい車は止まっておらず、張りこんでいるような人間の姿もない。

「警察はまだつきとめていないのかな」

宮本がいった。

「かもしれない」

マンションの入口に防犯カメラがないことを確認してキリはいった。もしあったら、入るのはよそうと考えていた。マンションに入っていく映像を後になって白鳥が見れば、疑われるのはまちがいない。

マンションにエレベータはなく、二人は階段で三階まで上がった。各階に部屋は三つしかない。

預かった鍵で錠を解くと、ハンカチでノブをつかみ、扉を引いた。

奥に長い1DKの部屋だ。手前に台所があり、奥に畳の六畳間がある。六畳間には布団とコタツがおかれ、コタツがテーブルがわりだったようだ。

キリは宮本を見た。

「こういうのは、あんたのほうが得意そうだ」

宮本は無言で頷き、靴を脱いだ。

まず台所におかれた冷蔵庫に歩みより、ハンカチを巻いた手で扉を開けた。冷凍庫も調べ、さらに冷蔵庫の裏側もチェックした。冷蔵庫の中には、バターとチーズ、卵くらいしか入っていなかった。

「布団を調べてくれ」

ユニットバスの扉を開けながら、宮本がいった。キリは頷き、靴を脱いで上がると奥の和室に入った。

布団の上には丸まったパジャマがおかれている。どうやら万年床だったようだ。

布団をめくりあげた。革ケースに入ったナイフが枕の下にあった。和室の隅の洋服ダンスには洋服が何着か吊るされている。その洋服のポケットをキリは探った。名刺が一枚でてきた。

「ミチ　ラウンジ秋香《あきか》」と記されている。

住所は港区新橋だ。どうやらホステスの名刺のようだ。その住所を暗記し、キリは名刺を戻した。

宮本がコタツの周囲を調べていた。

「さっぱりしたものだ。長く住む気はなかった上に、商売道具は別の場所においていたのだろうな」

宮本がいった。キリは訊ねた。

「パソコンはあったか？」

「ない。スマホがあれば、必要なかったのだろう。そっちは何か見つけたか」

「洋服に新橋の飲み屋の名刺があった」

「ホステスか」

キリは頷いた。

「つきあっていた女なら、名刺をもっている理由はないだろうが、少なくとも足を運んでいたのは確かだ。その店をのぞいてみるか。新橋なら、ここからすぐだ」

宮本はいった。

部屋を元の状態に戻し、扉の鍵をかけると、二人はマンションをでた。

「秋香」というラウンジは、歩いて十分もかからない距離にあった。一、二階が居酒屋で、三階から上にスナックやガールズバーが入っている雑居ビルの四階だ。

時刻は十時を回ったところだ。宮本が扉を押すと、

「いらっしゃいませ」

という声とともにカラオケの歌声が流れでた。ネクタイ姿の客がホステスらしいミニスカートの娘とデュエットをしている。

蝶《ちょう》ネクタイをつけた中年の男が二人を迎え入れた。

「初めてでいらっしゃいますか?」

宮本は頷いた。客は二組、四人だ。ホステスも四人しかいない。うちひとりが和服を着ている。

「一時間飲み放題、歌い放題で、おひとり様五千円になります」

蝶ネクタイの男がいい、

「オッケイ」

明るく宮本が答えた。

空いているテーブルに案内された。ウイスキーと焼酎のボトルがおかれている。

「いらっしゃいませ」

やはりミニスカートをはいた娘が席についた。ぽっちゃりとした体つきだ。二人はウイスキーの水割りを頼んだ。

「よろしくでーす」

娘がいって名刺をさしだした。ミチと記されている。寺岡がもっていた名刺の当人のようだ。

「よろしく。何か飲むかい?」

キリは訊いた。

「別にお勘定がかかりますけど、よろしいんですか」

「かまわない」

ミチは顔を輝かせた。

「コークハイ、下さーい」

コークハイのグラスが届くと乾杯し、ミチは訊ねた。

「お二人ともうちは初めてですか」

「初めてだけど、知り合いがきているらしいんだ」

宮本がいった。

「誰かしら」

「寺岡って奴だ。ちょっと悪そうな顔をしたオヤジだ」

「目の下に隈《くま》がある」

キリはつけ加えた。

「あ、わかった！」

ミチが叫んだ。

「ママのお客さんだ。たまぁにくる人」

「ママの？」

キリが訊くと、ミチは和服の女を示した。

「そう。あとでママも席につくと思うから、訊いてみたら」

二人は頷いた。二十分ほどたつとミチが呼ばれ、かわりに和服の女がついた。

「いらっしゃいませ」

四十になったかどうかだろう。切れ長の目もとに色気がある。

「初めてお越しだとうかがいました。ありがとうございます。ママの秋香《あきか》です」

「よろしく。前に知り合いからこの店のことを聞いていてね。ちょうど新橋で打ち合わせが終わったものだからのぞいてみた」

宮本がいった。

「あら、どなたかしら」

「寺岡という奴だ。人相が悪くて、目の下に隈《くま》がある」

「寺岡さん……」

ママは考える風で頬《ほお》に手をあてた。

「ちょっと思いだせないのですけど」

「さっきのミチって子は覚えていた」

「嫌だわ。飲みすぎで脳が溶けちゃったのかしら」

ママは息を吐いた。

「飲むのは商売だからな。しかたがない」

いって宮本はキリを見た。キリは頷いた。

「わたしも一杯いただいてよろしいでしょうか」

ママが訊ね、宮本が頷くと、スパークリングワインらしい飲み物が入ったフルートグラスが届けられた。

「乾杯」

三人は乾杯した。グラスに口をつけたママが、

「お二人は同じ会社でいらっしゃるの？」

と訊ねた。

「そう。小さな貿易会社でね。出張もやたらと多い」

宮本が答えた。

「まあ、貿易会社。商社ってことでしょう？　お名刺をいただけると嬉しいわ」

ママがいって帯から自分の名刺をとりだした。

「俺の名刺ならある。こいつはさっきの打ち合わせで名刺を全部使っちまったから、俺のを渡して

おく」

宮本がいって、「進化貿易」の名刺をさしだした。

「宮本さんておっしゃるのね。こちらは――」

「野間だ」

キリが答えるより先に宮本がいった。

「野間さん。よろしくお願いいたします。秋香です」

「沢野《さわの》秋香　ラウンジ秋香」と記された名刺をさしだした。

「いただきます」

キリはいって受けとった。

「カラオケはいかが？」

「そっちはまるで駄目なんで」

「そうなんですか」

別の席の客が帰るそぶりを見せたので、ママは立ち上がった。二人きりになると宮本が小声でいった。

「怪しいな。寺岡のことはとぼけて、逆に探りを入れてきた」

キリは頷いた。

「長居は禁物かもしれない」

蝶ネクタイの男がフルーツの盛り合わせを運んできた。ガラスの大皿にさまざまな果物が盛られている。

「頼んでないぜ」

宮本がいうと、

「ママからです」

男は答えた。キリは宮本と顔を見合わせた。

やがてママが別のホステスと席に戻ってきた。今度は髪を金髪に染め、化粧の濃い娘《むすめ》だ。

「わっ、フルーツじゃん、すごい！」

「うちからです。どうぞ召し上がって」

ママはいった。

「この店は、初めての客にはいつでもフルーツをサービスするのかい」

宮本が訊ねた。

「とんでもない。お二人にこれからもぜひお越しいただきたいと思ってのサービスです」

ママが笑顔でいった。

「こんなサービスをされたのじゃ、こないわけにはいかないな」

宮本がキリに笑いかけた。目は笑っていない。

「宮本さんに野間さんよ」

ママが二人を紹介すると、

「メグでーす」

金髪の娘はいった。

「フルーツをおとり分けして」

「はーい」

「君も食べるといい」

キリはいった。

「やっさしーい。好きになっちゃう」

メグは上目づかいでいった。

「お、もてるな、野間」

宮本が笑った。

「だって、野間さんカッコいいじゃん」

「そうか？　会社じゃ暗いっていわれているぞ」

宮本が調子を合わせ、キリは苦笑した。

「暗いところがいいんじゃん。ミステリアスで。色気がある。エッチ、強そうだし」

メグはキリを見つめた。

「そんなことはない」

「いや、絶対強い。あたし、エッチ大好きだからわかるんだよね」

「おいおい、もしかして野間を口説いてるのか」

「メグちゃん、早すぎるわよ」

ママもいった。

「タイプなんだもん」

「野間さんは結婚していらっしゃるの?」

ママが訊ね、キリは首をふった。

「やった!」

メグがいった。

「彼女がいるかもしれないじゃないか」

宮本がつっこんだ。

「彼女いてもいいよ。奪うから」

目をキラキラ輝かせ、メグはいった。

「おいおい。危ないな、この子」

「そうなんです。メグちゃんたら手が早くて」

まるで困っているかのようにママがこぼした。

「野間さん、連絡先教えてよ」

「それは今度にしよう」

キリはいった。

「つまんない」

メグはふくれた。

三十分ほど適当なやりとりをして、キリと宮本は立ち上がった。

「俺が払っておく。先にでてくれ」

宮本がいい、キリは「秋香」をでた。十二時近くで、歩道には新橋駅に向かう人の流れができている。車道は路上駐車が多く、車はのろのろとしか進めない。とはいえ酔っぱらいが信号とは関係なく横断するので、飛ばしていたらすぐ事故になる。

すぐ近くに銀座の街もあるが、通りを一本へだてただけで人種はがらりとかわる。

銀座には終電や懐ろ具合を気にして飲むような人間はこない。「秋香」とはひとケタちがう料金を請求するクラブばかりだ。

同じようなサービスを提供しているのに、ひとケタちがう金を平然と払う人種がくるのが銀座だ。

銀座で飲む客に、通りを一本渡れば安く飲める店があると教えたところで、喜びはしないだろう。接待ならもちろんのこと、彼らが求めているのは「銀座で飲む」というステータスだ。

つまりは、金を惜しいと思わない人間が銀座で飲む。これだけの金があったら、家族が何日暮らせるとか、何が買えるとかを考えない連中だ。十万円、二十万円が、庶民にとっての千円、二千円以下にしか感じない。ひと晩で百万、二百万の金を使っても平然としている。

そんな人間は、ごくわずかしかいない。犯罪者なら別だが、額《ひたい》に汗して稼いだ金を雲散霧消《うんさんむしょう》して平気なのは、天文学的な収入のある者だけだ。年収がふたケタの億を超えるような者なら、ひと晩で何百万使おうと気にしない。

キリは、そういう人間のボディガードを引き受けた経験もある。大金持には大金持のネットワークがあり、さらに稼ぐための情報交換や協力をおこなっているのだと、そのときに知った。

そんな情報のおこぼれに与《あずか》ったとしても、金儲《かねもう》けはできない。そのための元手が数億、数十億と必要になるからだ。

五万、十万の金が、何百万や何千万になるというのなら夢がある。が、最初から億単位の金を動かせなければ金儲けはできないといわれたら、一般の人間はあきらめる他ない。

そういう経済体系になっているのだ。元手を用意できない人間は、よほど運に恵まれない限り、庶民的な生活に甘んじる他なく、用意できる人間はさらに稼いで贅沢《ぜいたく》を謳歌《おうか》する。

それを若いときから目のあたりにしたら、絶望と反感が生まれる。

生涯、身を粉にして働いてもたどりつけない世界があることを知れば、残る手段は犯罪しかない。

日本だけではない。アメリカでもヨーロッパでもアジアでも、途方もない豊かさがあるところには、憎悪による犯罪が発生する。

雑居ビルから宮本が降りてきた。

「勘定を――」

いったキリに宮本はウインクした。

「大丈夫だ。野間社長と飲んだことになっている。経費で落とせる」

クラクションが鳴った。無理な横断をしようとした酔客にタクシーが鳴らしたのだ。

不意に宮本がよろめいた。

「くそっ」

「どうした？」

「やられた」

左手で左わき腹を押さえている。血に染まっていた。

キリはあたりを見回した。不審な人物はいない。

「撃たれた」

歯をくいしばり、宮本はいった。キリは即座に目の前のタクシーに手を上げた。

そのタクシーのサイドウインドウに丸い穴が開いた。運転手は車を止めるのに気をとられ、気づいていない。

開いたドアに宮本を押しこみ、身を低くしてキリも乗りこんだ。

「目黒だ」

シートに体を倒し、宮本がいった。

「病院が先だろう」

キリはいった。

「そこらの病院にはいけない。面倒なことになる。うちが提携している病院が目黒にあるんだ」

小声で宮本はいった。

「わかった。これを――」

キリはポケットからだしたハンカチを宮本に渡した。洗ったばかりで清潔なものだ。

「すまない」

宮本はいってそれを左わき腹の傷口に強く押しあてると、携帯をとりだした。

「宮本です、修理の手配を願います」

操作し、応答した相手に告げた。

キリはすぐ横の窓を見た。直径二センチくらいの丸い穴がきれいに開いている。拳銃か、ライフルか。ライフルだったら、宮本の怪我《けが》はもっと重い。おそらく消音器のついた拳銃で狙撃《そげき》されたのだ。

「甘く見てたな。くそ」

電話を終えた宮本が呻《うめ》くようにいった。キリは上着を脱ぎ、宮本にかけた。血を流していると運転手に気づかせないためだ。

「あのママだ。客を送りにいったときに知らせたんだ」

キリはいった。寺岡のことを知らないといったのは、犯人とつながっているからだろう。

「つけられてないか」

宮本が訊き、キリはうしろを振りかえった。タクシーは外堀通りにでる交差点の手前で止まっている。うしろには何台かいるが、タクシーばかりだ。さすがにタクシーの車内から発砲してくることはないだろう。

「見える範囲では大丈夫だ」

宮本は頷き、

「眠くなったな。近くまできたら起こしてくれ」

といって目を閉じた。運転手に聞かせるためだろう。

キリは宮本を観察した。顔色を失くすほど出血しているわけではないから、わき腹という被弾位置からして、致命傷にはならない筈《はず》だ。

あのときタクシーがクラクションを鳴らさなければ、弾丸は宮本の左胸に命中していたのではないか。

クラクションに驚き、拳銃の狙《ねら》いがぶれた。その結果、わき腹に当たった。

あるいは狙いは自分だったのかもしれない。

そのときの状況をキリは思い返した。雑居ビルからでてきた宮本に自分は近よった。支払いを宮本にもたせたことについて訊ねた。

宮本が経費で落とすと答えたときにクラクションが鳴った。

そのときキリは、宮本の向かって右側に立っていた。狙撃は背後からだ。

右利きの者が拳銃の引き金を強くひくと、銃口は左を向く。結果、弾丸は左にそれる。したがって右利きの者に拳銃を向けられたときは、向かって左に逃げろといわれている。

狙撃者はおそらく止めた車の中から、狙いをつけていた。キリを狙っていた可能性が高い。狙撃の瞬間にクラクションが鳴り、銃口が左を向いた結果、キリのすぐ左にいた宮本のわき腹に弾丸が命中したのだ。キリを狙ったのだと考える理由は、タクシーの窓に開いた穴だ。仕損じたと知った狙撃者はすぐに第二弾を放った。弾丸はキリの右をかすめ、窓に穴をうがった。キリは宮本の体を右側から支えていた。宮本を狙って外したのなら、キリの体かタクシーの助手席の窓に当たった筈だ。

キリは宮本をタクシーに押しこもうと、姿勢を低くしていた。その結果、弾丸をよけられたのだ。狙われたのは自分だ。


「ここでいい」

タクシーが目黒の「進化交易」の入ったビルの前にさしかかると、キリはいった。料金を払い、自分のジャケットでくるんだ宮本を手助けして、タクシーから降ろす。まるで抱きあっているように見えたかもしれないが、運転手は何もいわず、走りさった。

ビルのエレベータの前で男が二人、待っていた。どちらもキリが初めて見る顔だ。

「あとは任せてクダサイ。ありがとうございました」

ひとりが告げ、二人で宮本の体を両側から支えた。言葉に訛《なまり》がある。

キリのジャケットが返された。

「悪いな。よごしちまった」

裏地に血の染みがついている。

「気にするな」

答え、キリはそれを羽織った。

「じゃあ、任せた」

二人の男に告げると、

「また連絡する」

宮本がいって、三人はエレベータに乗りこんだ。キリは頷き、ビルをでた。

傷の位置や出血の具合からみて、命にかかわることはないだろう。

だが、新橋の雑踏の中で狙撃されたことに、驚きと怒りがあった。おそらくは高性能の消音拳銃を使ったのだろうが、大きく狙いが狂えば、無関係な通行人を殺傷した可能性もある。

通りかかったタクシーの空車に手を上げ、乗りこんだキリは、

「新橋」

と運転手に告げた。「秋香」のママから、狙撃者の正体を訊きださなければならない。

28

新橋でタクシーを降りたキリは、「ラウンジ秋香」の入った雑居ビルを、少し離れた場所から見張った。

時刻は午前一時を回り、通行人の数はかなり減っているが、路上駐車している車の数はかわらない。

運転席に人が乗っている車が多い。その理由をすぐにキリは知った。

明らかに仕事帰りと思《おぼ》しい、ホステス風の女たちが何人か後部座席に乗りこむと、車は発進していく。別の車に分かれて乗るときには、

「お疲れさまでーす」

と声をかけあっている。

いわゆる「送り」と呼ばれる白タクのようだ。「送り」は、同じ方向のホステスを相乗りさせることで、通常のタクシーより安い料金で自宅までホステスを送る。

「送り」の白タクは、銀座や六本木、新宿にもいる。ドライバーは専業とは限らず、非番のタクシー運転手やサラリーマンの副業というケースもあるようだ。

「送り」の車は、ざっと見ただけで、六、七台いた。白ナンバーのセダンやワンボックスが大半だ。

やがて「秋香」の入ったビルから、ミチとメグの二人が現われ、同じワンボックスに乗りこんだ。二人とも私服に着替えていたが、メグの金髪でキリは気づいた。

午前二時になった。ビルから秋香がでてきた。和服のままだ。

秋香は、並んだ「送り」の車には近づかず、表通りに向け歩きだした。キリは立っていた建物の陰から足を踏みだし、その後を追った。表通りでタクシーを拾うのか、それともこれから誰かと会うのか。

会うとすれば、狙撃犯かもしれない。

秋香は外堀通りにでると、土橋《どばし》の交差点で横断歩道を銀座方向に渡った。そのまま数寄屋橋《すきやばし》交差点方面に歩いていく。

午前二時を回り、週末でもない外堀通りには、さすがに人が少ない。

秋香は急ぐ風でもなく歩いて行くと、銀座七丁目の信号を左に折れた。ＪＲの高架がある方向だ。

キリは足を早めた。タクシーを拾わないことから、歩いてどこかに向かおうとしているのは明らかだ。行き先で待ち合わせているのだろうか。

曲がって最初の角にある細長いビルに秋香は入った。間をおき、キリはビルの入口をのぞいた。奥にあるエレベータが三階で止まっている。

三階は、何軒かのバーが入っているようだ。

キリはエレベータのボタンを押した。三階にある店をすべて調べ、秋香が誰と会っているのかを見届ける。

エレベータが一階に降りてきた。乗りこもうとした瞬間、

「キリさん」

と、背後から声をかけられた。キリはふりむいた。

白鳥が立っていた。キリは唇をかんだ。背後に人がいた気配をまるで感じていなかったのだ。

「いつお声がけをしようか、迷って、ずっとあとをついてきたんです」

白鳥は、驚いているキリにかまわず、にこやかにいった。

「どこからついてきた?」

キリは思わず訊ねた。

「通報のあった新橋です」

「通報?」

「人が撃たれた、という通報です。撃たれたのは二人連れの男性の片方で、助けを求めることなく、

その場からタクシーで立ち去った。タクシー会社に当たって、二人連れを乗せた車を見つけ、車載カメラで乗客を確認しました。すると、ひとりはあなただった。撃たれたのは、あなたではなかったようだが」

キリは無言で白鳥を見つめた。

「運転手から、どこで二人を乗せたのかを訊き、現場にいくと、あなたがいた。なぜ戻ってきたのですか？」

「撃った犯人をつきとめるためだ」

「それは警察の仕事です」

「警察には、あんたしかいないのか？」

キリが訊ねると、白鳥は首を傾《かし》げた。

「どういう意味です？」

「新橋で人が撃たれたという通報があったというが、対応する警察官はあんたしかいないのか」

「ああ、そのことですか」

白鳥はいって微笑《ほほえ》んだ。

「たまたま、別件で愛宕《あたご》署におりましてね。通報があった新橋三丁目を管轄《かんかつ》としている警察署です。深夜ということで、人手も少なかったので、応援に駆けつけたわけです。ただタクシーのカメラに映っていたのがキリさんだったというのは、報告していません」

「なぜ報告しない？」

「発砲事件より重大な事案が関係している、と私個人が考えているからです」

白鳥は淡々と答えた。

「発砲事件より重大な事案？」

「ハヤシの殺害に始まる一連の事件です。二人目の犠牲者である寺岡の相棒だったウォレスが、今夜の発砲にも関係している可能性が高い」

「そうなのか？」

「そうなのか、とは――」

いって白鳥は苦笑した。

「キリさんも人が悪い。今夜いっしょにいて撃たれたのは誰です？　救急車を呼ばなかったのは、何かそうしてはマズい理由があったからなのでしょうか」

「傷が浅かったので、騒ぎになるのを避けたんだ」

「その人は今どこに？」

「知り合いに手当てしてもらうといっていた」

「知り合いというのは、台湾の情報部の人間ですか」

「台湾の情報部？」

キリは訊き返した。白鳥はあきれたように首をふった。

「お二人がタクシーを降りたのは、目黒駅に近いビルの前で、そのビルには『進化交易』という商社が入っています。『進化交易』が、台湾情報機関の隠れミノであることは、公安関係の人間なら、誰でも知っています」

「撃たれたのは、宮本という人物で、宮本とは六本木のバーで知り合った。スパイだとは知らなかった」

「宮本さんは誰に撃たれたのですか？」

キリはいった。

「俺は知らない」

「だが犯人を捕えようと、新橋に戻ってきた」

「万にひとつの可能性を考えた。宮本は、駐車した車の中から消音器をつけた拳銃で撃たれたらしい。もしかすると、犯人の手がかりが得られるかもしれないと思った」

「宮本さんを撃ったのは、寺岡の相棒だったウォレスではありませんか？　ウォレスなら、消音器つきの拳銃をもっていても不思議はない。彼らにとっては商売道具でしょうから」

「ウォレスが犯人だとして、宮本を撃った理由は何だ？」

キリは訊き返した。

「そこです。やっと話がかみあってきた」

白鳥は微笑んだ。

「予言の書、でしたか。ハヤシを殺して奪ったのは、寺岡とウォレスで、その二人にも仲間割れが起こった。今は、ウォレスがもっている」

「ウォレスがもっているなら、なぜ宮本を撃つ必要があるんだ？」

「それを知りたいと私も思っています。この数日間に日本を出国した外国人の中に、ウォレスらしき人物はいません。出入国の管理をおこなっているコンピュータに問い合わせれば、すぐにわかります。つまり、ウォレスはまだ日本国内にとどまっている。ほとぼりがさめるのを待っているのかもしれないし、奪った予言の書を金に換えるまでは身動きがとれないのかもしれません。撃たれた宮本さんは、ウォレスの居どころを知っていた。そこで、ウォレスが口を塞《ふさ》ごうとしたのではありませんか」

「警察に追われているのに、か」

「警察に追われているからこそ、ですよ」

キリは首をふった。

「その推理は外れている。宮本は、ウォレスがどこにいるのかを知らない。宮本が撃たれたのは別の理由だ」

白鳥の目が鋭くなった。

「別の理由？」

「殺された寺岡は、新橋にある『秋香』というラウンジに足を運んでいた。そこで誰かと会ったりしていないかったかを知るために、俺と宮本は店を訪ねた。店の女の子は寺岡のことを覚えていたが、確実に知っている筈のママは、知らないといった。明らかにとぼけていた。

つまり、寺岡のことを調べられたくなかった。その『秋香』をでてきた直後に、宮本は撃たれた。つまり『秋香』のママが犯人に連絡し、狙撃させたんだ」

キリはいった。白鳥の表情はかわらなかった。

「それがウォレスではないのですか」

「寺岡とウォレスはパートナーだ。『秋香』に二人できていたとしても、隠す理由はない。『秋香』のママがかばったのは、別の人間だ。そしてそいつが、ハヤシや寺岡を殺した犯人だ」

白鳥は無言になった。

「俺が新橋から歩いてきたのは、『秋香』のママを尾行していたんだ。このビルの三階にあるバーのどれかで、ママは犯人と会っている」

キリは白鳥を見つめ、告げた。

「わかりました。ではそのママを見つけ、犯人の正体をつきとめましょう」

白鳥は頷いた。

キリはエレベータを見た。エレベータは一階で止まったまま動いていない。

二人は三階に上がった。

三階には、小さな店が五軒ほど入っていた。そのうちの一軒ではカラオケが歌われている。

「手分けをして当たりましょう。そのママというのは、どんな女性です?」

白鳥が訊ねた。

「四十前後で和服を着た美人だ」

キリは答えた。

「わかりました。私は右の奥から調べます。キリさんは左の奥の店から当たって下さい」

「わかった」

左の一番奥の店は、バーテンがひとりいるきりの小さなバーだった。客はいない。

「いらっしゃいませ」

「失礼。店をまちがえたようだ」

ドアを開けたキリは告げ、隣の店に移動した。

二軒目はカラオケをやっている店だった。

従業員と客、あわせて七、八人がアニメの主題歌を合唱していて、ドアが開いたことにも気づかないほどの盛り上がりぶりだった。

秋香がいないのを見届け、キリはドアを閉めた。

廊下の反対側を見やると、白鳥が会釈《えしゃく》して奥から二軒めのドアを閉めたところだった。

キリをふりかえり、小さく首をふった。

残るは中央の一軒だ。二人は店のドアを押した。

「いらっしゃいませぇ」

鼻にかかった裏声が浴びせられた。着流し姿の男がひとりカウンターの中に立ち、カップルの相手をしている。

「あらっ、いい男。お入りになってぇ」

鼻声で着流しがいった。カップルの女性は秋香ではない。

「失礼。店をまちがえたようだ」

キリはいった。

「いいじゃない。まちがえたって。人生、まちがいの連続よ」

着流しはいった。白鳥が苦笑してキリを見た。

「確かにまちがいがあったようだ。どうです、キリさん。まちがいついでにここで一杯やっていきませんか。勘定は私がもちます」

キリは息を吸いこんだ。確かに秋香はこのビルのエレベータに乗り、三階に上がった。だが三階の店のどこにもいない。和服を脱いだのだろうか。しかし一階で白鳥と話したわずかの時間のあいだに着替えは不可能だ。

考えられるのは、三階に上がってから、階段で別の階に移動したという可能性だ。もしそうであるなら、尾行に気づかれていたことになる。とうにこのビルをでていっているだろう。籠脱けでまかれてしまった。

「わかった。一杯だけだ」

キリはいって、カウンターの端《はし》に腰をおろした。白鳥は微笑み、キリの隣にすわった。

「何を召し上がります？」

着流しが訊ねた。

「私はスコッチのオンザロック」

白鳥が答え、キリはビールを頼んだ。

「なぜ新橋で声をかけなかった？」

飲み物が届くと、キリは訊ねた。

「まあ、何というか、職業病ですな。キリさんから事情をうかがいたい。だが、その前にようすを見ようと思ったわけです」

「あらっ、こちら、どんなお仕事なの？」

着流しが訊ねた。白鳥は右手の人さし指と親指で丸を作り、額に当てた。

「えっ」

着流しが声を立てた。キリは頷いた。

「本当だ」

「失礼しましたぁ」

着流しは首をすくめ、カップルの前に戻った。カラオケが始まった。

「俺が女を尾行していたことには気づいたか？」

キリは小声で訊ねた。

「いいえ。それには気づきませんでした。ウォレスがどこかにいるのではと、そればかりを気にしていたので」

白鳥も小声で答えた。

「さっきもいったが、ウォレスは犯人じゃない」

「それについて確信をおもちのようだ。理由を教えていただけませんか」

白鳥はいった。カラオケの歌声が大きくなった。

「ウォレスも、寺岡を殺した犯人を捜している。見つけてほしいと葉山海に依頼があった。警察は自分を疑うだろうから、身動きがとれない。かわりに見つけてくれたら、敵を討つというんだ」

「なるほど。しかし犯人であっても、そう依頼はできます」

「ウォレスが犯人なら、そんな小細工はせずに、さっさと国外へ逃げ出すだろう。日本に残っているのは復讐のためだと考えるほうが自然じゃないか」

「キリさんは葉山海とお会いになったのですか」

「会った」

「私も会って話が聞きたい。どこにいるのです?」

白鳥はキリを見つめた。

「どこにいるのかは知らない。向こうから連絡があったときに会える」

キリは嘘をついた。「コム」と葉山海の関係を教えるわけにはいかない。

「まさかとは思いますが、キリさんはウォレスとも会って、話をされたわけではありませんよね」

「電話で話した」

キリはとぼけた。

「自分は犯人ではないといっていた」

「もっと警察に協力していただけませんか」

白鳥の声が険《けわ》しくなった。

「ウォレスに逮捕状はでていませんが、もしでていたらあなたも罪に問われることになる」

「犯人は、ハヤシと寺岡以外にも人を殺している」

キリはいった。

「誰を、です？」

「予言の書を預かっていた大学院生だ」

「大学院生？」

「予言の書を書いたのは、白中峰《はくちゅうほう》という中国人で、その娘は日本の大学院に留学していた。彼女は万一を考え、予言の書を友人に預けていた。犯人はそれをハヤシから訊きだし、その友人を殺して、予言の書を奪ったんだ」

キリは白鳥を見やり、告げた。

「だからといってウォレスではないという理由にはなりません。寺岡とウォレスがハヤシから予言の書のありかを訊きだし、その友人を殺して奪ったあと、仲間割れを起こしたのかもしれない」

白鳥は首をふった。

「どうしてもウォレスを犯人にしたいようだな」

「もしウォレスが犯人ではないというのなら、彼に会わせて下さい。会って話せば、それが本当かどうかを知る手がかりが得られます」

「会えばつかまえようと考えるだろう」

「申し上げたように、まだ逮捕状はでていません。重要参考人といったところです。ウォレスと連絡をつけられますか？」

「すぐは難しいだろうな」

キリは答えた。カラオケはつづいている。

「時間がたつほど、ウォレスには不利になります」

白鳥はいった。

「ひとつ訊きたい。もしウォレスに会って犯人ではないという確信が得られたら、あんたはどうする？」

キリは白鳥を見た。

「どうする？　別の犯人を捜すだけです」

「ウォレスに押しつければ、すべては丸く収まる。そうは考えないと断言できるか」

白鳥は目をそらした。

「警察官も人間です。仕事の手間を減らしたいと考えることはあります」

息を吐き、いった。

「そのために無実の人間を殺人犯にするのか？」

「無実かどうかはまだわかっていない。すべての状況がウォレスにとって不利なのです」

「いいだろう。ウォレスと話せたら、あんたと話す気はないか、訊いてみる」

白鳥は頷いた。

「そうして下さい」

「じゃあこれで俺は失礼する」

いってキリは腰を浮かせた。

「待って下さい。ウォレスが犯人ではないとして、誰が犯人なのか、キリさんのご意見をうかがいたい」

「まったく見当はつかない。だが、近いうちにわかると思う」

「なぜです？　横内元巡査長が今夜、いっしょにいないことと何か関係があるのですか？」

白鳥は訊ねた。

「わかったら、知らせる」

とだけキリは答え、バーをでていった。

29

翌日の正午、自宅にいたキリの携帯が鳴った。葉山海からだった。

「だいたい買い手がそろった。オークションを開こうと思う」

「買い手の数は？」

「あれから増えて八者になった」

「そんなにいるのか」

「犯人が含まれている可能性がある以上、よほどの安値をつけた者以外は排除しなかった。犯人なら『ホワイトペーパー』の価値を知っている。百ドルでどうだなどという馬鹿な値づけはしない。

そういう奴もいた」

「八者のうちわけは？」

「うちわけといったって、正体を正直にいう者はいない。皆、化けの皮をかぶっている」

「オークションはどこでやる？」

「海ほたるだ」

「海ほたる？」

「東京湾アクアラインの途中にあるパーキングエリアだ。その中にあるレストランの一軒を、夜間二時間だけ貸し切りにした。店側にはドラマの撮影に使う、といって。とりあえずリハーサルをおこない、その映像が使えるようなら、もう一度貸し切りにしてもらう、ということにしてある」

「なぜそんな場所で？」

「東京湾アクアラインは、海に浮かんだ橋と海底のトンネルを結んだ有料道路だ。最寄《もよ》りの出口は、千葉側は木更津金田《きさらづかねだ》、川崎側が浮島《うきしま》と、すぐに一般道路にでられる位置にはない。つまり、強硬な手段で『ホワイトペーパー』を奪っても簡単に逃げるのは難しい場所だ。有料道路である以上、料金所を含め、さまざまな場所にカメラが設置されているし、通報すれば出口で警察が待ちかまえる。それでも力に訴えようという奴がいたら、そいつこそが犯人だ」

「なるほど。だが、オークションじたいはどうする？　『ホワイトペーパー』を競り落としたところに偽物を渡すのか」

「競り落とすのは私だ。変装してオークションに参加する」

葉は答え、つづけた。

「オークションに参加できるのは一者二名まで。それ以上は会場には入らせない。うちの劇団の人間を会場に配置する。オークションの司会は、あんたも知っているジュンが担当する」

「大丈夫なのか。劇団の人間を巻きこんで」

思わずキリは訊ねた。

「いったように、オークション会場でドンパチをやらかそうという人間はいない。『ホワイトペーパー』を奪おうとするなら、オークション会場をでてからの帰り道を狙うだろう。会場には競合者もいるわけだからな」

「だがハヤシや寺岡を殺した犯人はちがう考えかもしれない。オークションにかけられたものと自分がもつものと、どちらが本物の『ホワイトペーパー』なのか、強引に確かめようとするのじゃないか」

「その可能性はなくはないが、そんな真似《まね》をしたら自分が犯人だと認めるようなものだ。用意した偽物を渡し、ただちに警察に通報する。オークションに協力させるのは、ジュンを含め、古顔の劇団員たちだ。ちょっとやそっとで恐《こわ》がる連中じゃない」

「なるほど。ウォレスは？」

「ウォレスも買い手を装って、オークション会場にくる。私のパートナーとして変装させる」

「するとオークション会場にくる買い手は計九組ということか。応募してきた八組と、あんたたちと」

「そうなる」

「俺と弥生はどうすればいい？」

「レストランの従業員のフリをしてもらう。そのための衣裳も用意する」

「紅火もその場にくるのか」

「くるなといってもくるだろう。あんたらと同じく、従業員の格好をさせる。いざというときは守ってくれ」

「わかった。それでオークションはいつ開くつもりだ？」

「三日後の午後十時からだ。当日は、八時までに海ほたるにある『アイランドカフェ』という店にきてくれ。そこがオークション会場になる」

「了解した」

午後、弥生から電話がかかってきた。

「葉から聞いたか？」

「オークションの件なら聞いた。俺とお前は従業員のフリをして紅火を守ることになっているらしいな」

「そうなんだが――」

歯切れの悪い口調で紅火はいった。

「何かあるのか」

「先生もオークションに参加されるらしい」

「睦月《むつき》が？　そうなると会場で顔を合わせることになるな」

「オークションについて黙っていたのが、先生にバレてしまう。しかも偽物を競りにかけていたことまで秘密にしていたと知られたら、先生を裏切ったと思われる」

「だからといって、前もって話すなよ」

「なぜだ」

「万にひとつ、睦月の周辺に犯人がいたら、すべて台無しになる。いった筈だ。睦月は信用できても、周囲の人間に犯人がいないとは限らない、と」

「くそ。やっぱりそうか」

「睦月は如月《きさらぎ》とくるのか」

「たぶんそうだと思う」

「つらいだろうが、犯人を捕えるためにはしかたがない。俺に強制されたといいわけするんだな」

「そんなので許されるだろうか」

「許さないといわれたらそれまでだ。殺人犯を見つけるのと自分との忠誠を天秤にかけて、忠誠をとるような人間なら、一生ついていくだけの価値はない」

「理屈をいうな！」

「だが真実だ。周囲に忠誠ばかりを求める人間は、自分が歪《いびつ》になっても気づかない」

弥生は黙った。やがて訊ねた。

「もし先生のところを追いだされたら、あんたのところで雇ってくれるか」

キリは息を吸いこんだ。

「人を雇うほどの余裕はないが、ボディガードのパートナーが必要なときには声をかけよう。有能な女性ボディガードは引く手あまただ。独立すれば、俺より仕事が多いかもしれない」

「ふざけるな」

いったはものの、弥生の声に力はなかった。

「ふざけてはいない。対象者と女子トイレにいっしょに入れ、そこに暴漢がいても叩きのめせるボディガードはめったにいない」

弥生は息を吐いた。

「わかった。三日後まで、あんたはどうしている?」

「別に何の予定もない。体がなまらないように鍛えるだけだ」

「あの女狐《めぎつね》とまた――」

いいかけ、弥生は言葉を呑みこんだ。

「いや、あたしには何もいう資格はなかった」

「会う予定はない。つまらないことを気にするな」

キリが告げると、弥生の声は少しだけ明るくなった。

「本当か!?」

「本当だ。当日はどうやって海ほたるにいく?」

「まだ何も考えていない」

「ふだん使っているドライバーがいる。もし運んでくれるようなら、拾っていこう」

大仏のことを思い浮かべ、キリはいった。新橋で見た、「送り」のドライバーのことが頭にあった。大仏もふだんは、池袋で「送り」をやっている。

「助かる！」

弥生の声に力が戻った。

それから二日間は何ごともなく過ぎた。キリはランニングとサンドバッグを相手のトレーニングで時間を潰した。

小林朋華からの連絡もない。弥生の件であきれ果てたのかもしれない。

そうならそうでむしろ好都合だ。なりゆきで肌を合わせたが、これからもそういう関係をつづけたいとまでは思っていない。

朋華も朋華で、単なる暇潰《ひまつぶ》しか、欲求不満の解消相手としかキリを見ていなかった可能性もある。

キリは、自分が性欲の対象としか女に見られなくても、まるで気にならない。

男でも女でも、情とは関係なく、欲だけで肌を合わせるときがある。男が女を抱きたいと思うように、女も男とやりたいと思うのは自然の摂理だ。

それを女のくせに淫乱だの何だのというのは、下らない男性優位主義でしかない。男でも女でも、生きものである以上、欲望をもつのは当然のことだ。

自分がやりたいときは相手の気持を考えず、女のほうから誘うのは怪《け》しからんという男は、女と肌を合わせる資格がないとキリは思っている。

キリには、定期的に肌を合わせる女が何人かいる。それは恋人というより、互いの欲求を解消するためのパートナーだ。他にも相手がいるだろうし、そうであってもまったくかまわない。

むろん関係を重ねれば情も湧くし、もし相手が困ったことになれば助けたいと思う。が、言動を縛られるのは御免《ごめん》だった。自分はキリとしか肌を合わせないのだから、キリも他の女との行為をやめろといわれたら、関係を断つしかない。

キリの仕事は危険と背中合わせだ。関係に情がもちこまれれば、別の仕事をしてほしいと求められるのは目に見えている。そこでいい合ったり、互いを説得しようとするのは、エネルギーの浪費でしかない。

情に基づく男女関係を否定する気はない。尊いものだし、生きる喜びにもなる。

ただ自分には不要なだけだ。互いの利益だけを求めてつながっているほうがキリには合っていた。

30

オークションの日がきた。オークション会場については、東京近郊であるとだけ参加者に伝え、詳しい場所はオークション開始時刻である午後十時の二時間前に教えることになっている。

午後七時、キリは品川駅前で大仏がハンドルを握るセダンに、弥生とともに乗りこんだ。

セダンは大井インターから首都高速湾岸線に乗り、川崎浮島ジャンクションを経て東京湾アクアラインに入った。そのまま海底トンネルを走り、海上に抜けたところに海ほたるパーキングエリアがある。

海ほたるパーキングエリアは観光スポットにもなっていて、川崎、木更津両方面からの進入が可能で、Uターンして元のルートを戻ることもできる。週末は観光客でにぎわい、特に夏場は、海ほたるそのものを目的地にする自家用車や観光バスで渋滞が起きるほどだ。が、平日の午後八時近くともなると、遅い夕食をとろうというドライバーが中心で、さほど混んではいない。

パーキングエリア内には複数の飲食店と売店があり、そのうちの一軒が、オークション会場となる「アイランドカフェ」だった。

七時四十分に、海ほたるの駐車場に大仏は車を止めた。

キリと弥生は車を降り、駐車場からエスカレーターで移動した。レストランや売店などがあるのは、駐車場より上の階だ。海ほたるは、ちょっとしたショッピングモールなみの広さと高さがある人工島なのだ。

「アイランドカフェ」の入口には、「本日の営業は午後八時までです」という貼り紙がでていた。それを見届けると中には入らず、キリと弥生は海ほたる内を動いた。レストランや土産物店、コンビニエンスストアなどを見て回る。

オークション参加者に会場のことはまだ伝わっていないが、情報が洩《も》れている可能性も考えたのだ。

駐車場は、大型車と小型車に分かれており、大型車ゾーンには、大型トラックが多く止まっている。ドライバーの休憩所にもなっているようだ。

大型トラックや観光バスを確認していると、一台のバスから女がひとり降りてきた。ロングコートの下にまっ赤なドレスを着て、髪をアップに結っている。

「ハーイ！」

キリと弥生に手をふった。立ち止まり、一瞬後にキリは気づいた。

「ジュンか」

「そうだよ。きれいでしょう」

二人の前でくるりと一回転し、ジュンはいった。

「派手な女だなと思ったら――」

弥生が目を丸くしていった。

「今日は司会の大役だからね。うんとおめかししてきたんだ」

ジュンはあたりを見回し、いった。三人に目を向けている者はいない。それをキリも確認し、訊ねた。

「葉は？」

「マダムたちと会場の店にいってる。このバスで皆できたんだ。メイクアップとか着替えも中でできるし」

ジュンは降りてきたバスをふりかえり、いった。

「立ち話しているのを誰かに見られたらマズい。あとで会おう」

キリは頷き、弥生をうながした。

「オッケイ。あとでね」

明るく答え、ジュンはバスに戻っていった。

「たいしたものだな」

弥生が息を吐いた。

「食事をすませておこう」

キリはいって、「アイランドカフェ」とは別のレストランに弥生とはいった。あまり体が重くならない程度のメニューを選ぶ。レストラン内に知った顔はなかった。

午後八時を回ると、二人は閉店した「アイランドカフェ」に向かった。

「本日貸し切り」の貼り紙にかわっている。扉のすぐ内側に、ウエイターの制服を着た、見覚えのある男が立っていた。銀影座《ぎんえいざ》にジャージ姿でいた若者だ。キリが扉を押すと、

「すみません、今日は貸し切りです」

と告げた。

「俺たちのことを忘れたか？　座長を訪ねていったろう？」

キリはいった。若者は、あっといって道を空けた。

「どうぞ。座長が奥でお待ちです」

二人は「アイランドカフェ」に入った。テーブルと椅子を移動する作業がおこなわれている。フロアを大きく空け、二席一組の椅子が間隔をおいて配置されていた。作業しているのは、ウエイタ

ーとウエイトレスの制服を着た者で、その中に紅火もいる。

指揮をとっているのは葉だった。外からは店内のようすはうかがえない。

葉はスーツ姿で、キリたちに気づくといった。

「奥に制服があるから着替えて作業を手伝ってくれ」

キリと弥生はカウンターの内側でウエイターとウエイトレスの制服を着けた。カウンターの上には、プラスチック製の仮面が積まれている。すべて同じアノニマスの面だ。

「オークションの客を入れる前に、全員にこの仮面を着けさせる」

葉は仮面を示し、いった。

「用意周到だな」

「顔を覚えられた劇団員に万一のことがあったら困る」

九組十八脚の椅子のセットが終わると、葉はカウンターの上にアタッシェケースをおいた。

「この中にダミーの『ホワイトペーパー』が入っている」

小声でキリに告げた。

「ウォレスはどこだ?」

「厨房《ちゅうぼう》でマダムがメイクアップをしている。万一、顔を知っている人間に見られてもわからないように」

葉は答えた。

椅子の配置が終わった。カウンターの中央が司会席で、ドレス姿のジュンが葉と打ち合わせを始めた。

　カウンターの隅にある固定電話が鳴った。

「僕がでる」

　ジュンがいって、受話器をとった。

「『香港情報センター』です。はい、はい。では十時きっかりに、レストランフロアの『アイランドカフェ』にお越し下さい。そのときに、ネットでお伝えしたエントリーコードを確認させていただきます」

　受話器をおろし、

「最初のバイヤーが到着したみたい」

と葉に告げた。

「何番だ？」

「エントリーナンバー二番といってた」

　その後も固定電話は次々と鳴った。そのたびにジュンが応え、同じ言葉をくり返した。

　キリは時計を見た。午後九時を回っている。オークション会場の位置を知らされた買い手が続々と海ほたるに到着しているようだ。

「入口の係、仮面を着けろ」

　葉が指示し、扉の内側に立っていた若者が仮面を着けた。

「九時半になったら全員仮面を着け、携帯をマナーモードにするように」

葉が大声でいった。

厨房のある奥からウォレスがマダムと現われた。ウォレスは白髪頭の老人になっている。ウエイトレスの制服を着けたマダムが、

「照明を下げるわよ」

といって、カウンターの中の調光器のつまみをいじった。店内が暗くなった。

「集合」

葉がカウンターの前に全員を集めた。ウエイターとウエイトレスの数は、キリ、弥生、紅火、マダムを入れて七名だ。

「会場に客が入ったら私語は一切禁止。非常の際はインカムで連絡をとること。私は客の側だから、指示はすべてマダムが下す」

イヤフォンマイクのついた無線機が配られた。葉はウォレスを示し、いった。

「私と彼は、三番のシートにすわっている。椅子のセットには一から九まで番号がふられている。入口でエントリーコードを確認したら、その末尾の数字がシートナンバーだ。全員がそろったところで、ジュンが挨拶《あいさつ》し、オークションの開始を宣言する。司会の手順はわかっているな?」

葉はジュンを見た。

「オークションは百万ドルからスタート。一万ドルずつ競りをしてもらって、最高値がついたときに、座長がさらに大きな額をいって落札する」

ジュンがいった。

「そうだ。簡単だろう。問題は、オークションの前か後に、品物を見たいといってくる客だ。それにはマダムと紅火が対応する。ネットで商品見本として流したダミー以外にも、二十ページほどのダミーを用意してある。それ以上にページを見せろという者がいたら、そいつが犯人だと思ってい い」

葉はキリと弥生を見た。

「暴れるようなら、あんたらに任せる」

二人は頷いた。

「先に暴れてくれたほうが楽だな」

弥生がいった。

「そううまくいくかな」

キリはいった。

「客の中には、まちがいなく、あんたらの知っている人間もくるだろうが、話しかけたりはしないでくれ」

葉が念を押した。

「わかっている」

キリは頷き、弥生を見た。弥生は唇をかみ、頷き返した。

「では仮面を着けて、それぞれの位置についてくれ。あんたらは、何か起こったときにすぐ動けるよう、ジュンの横だ」

ジュンは、カウンターの中央部の前に立つ。九組の椅子は、それを半円形に囲むようにおかれている。

ジュンのすぐうしろに、ダミーの入ったアタッシェケースがおかれ、そのかたわらにキリと弥生が立つ形だ。

「ようし、全員、仮面を着けて」

腕時計をのぞいた葉がいった。キリと弥生もアノニマスの面を手にした。ゴムバンドで固定するタイプで、目と鼻、口もとに穴が開いている。

「インカムのチェックをする。順番に声をだして」

イヤフォンを耳にさしこんだマダムがいった。

インカムにはそれぞれ番号のシールが貼られていて、キリが六番、弥生が七番だ。

「一番」

マダムが呼ぶと、

「チェック」

紅火の声がイヤフォンから流れでた。チェックはつづき、キリと弥生も応答した。

「では、配置について。不測の事態が起きたときは、わたしが指示をだします。もし何か乱暴するような人が現われても、劇団員は手をださないこと。六番と七番に任せて」

マダムがインカムを通していった。

「十時きっかりに、入場を開始します。全員が着席するまで、ジュンは喋《しゃべ》らないように」

マダムは落ちついた声で指示した。

「了解」

ジュンには八番のインカムが与えられている。

キリは弥生を見た。仮面の上からでは緊張しているかどうかわからない。

「では、我々も裏口から外にでる」

葉がいって、ウォレスをうながすと厨房に消えた。

「十時です。お客さんを入れて」

インカムからマダムの声が流れでた。ウエイトレスの姿をしているのは、マダムと弥生、紅火の三人だ。紅火はウエイターと入口に立っている。

ウエイターが扉を内側から開いた。先頭の客が入ってきた。新《しん》とファン・テンテンだった。新に腕を預けたファン・テンテンは、店内に足を踏み入れたとたん立ち止まった。アノニマスの仮面をかぶった集団が迎えたのだから、当然ともいえる。

「六番のシートです。こちらへどうぞ」

紅火がいって、二人を配置された椅子に案内した。

次に入ってきたのは、車椅子に乗った睦月と、それを押す如月だった。その姿を見た瞬間、隣に立つキリにも聞こえるほど、弥生が大きく息を呑んだ。

「シート一番です。どうぞこちらへ」

今度はウエイターが二人を案内した。

その次に案内されたのは、キリの知らない男二人だった。一見、日本人のようだが、五番のシートにすわった二人は、小声の英語で会話を始めた。

つづいて、「進化交易」の野間と宮本が現われた。二人は二番のシートに案内された。

次に現われた客を見た弥生がキリの腕に触れた。キリも目をみひらいた。

スーツ姿の小林朋華だった。ネクタイをした初老の男と二人で会場に入ってくると、八番のシートにすわった。

「予言になんか興味ないといってなかったか」

弥生が小声でいった。

五つのシートが埋まった。残るは四つだ。そのうちのひとつ、三番には、葉とウォレスがすわることになっている。

小林朋華と連れを八番シートに案内し、入口に戻りかけた紅火が、会場の中央で立ちすくんだ。

扉をくぐって現われた男女を見つめている。

女性は五十歳くらいで、男は三十代の初めだろう。

「落ちついて、紅火。自分の位置に戻りなさい」

マダムが呼びかける声がインカムのイヤフォンから流れでた。だがそのマダムの声にも動揺がにじんでいる。

紅火がうつむき、扉に歩みよった。男女はウエイターに案内され、七番シートにすわった。キリは正面から二人を見つめた。

女性は細身で、意志の強そうな顔立ちの美人だ。男は小太りだが、油断のならない目つきをしている。

二人とも明らかに緊張していた。

「何者なんだ」

紅火の変化に気づいた弥生が、二人に背を向け、小声でインカムに訊ねた。

「妹の静代よ」

マダムの声が答えた。

「紅火さんのお母さんか」

「そう。いっしょにいるのは誰だかわからない。たぶん中国人だと思うけど」

弥生がキリをふり向いた。

「聞いたか」

キリは無言で頷いた。行方不明だった母親が現われ、紅火が動揺したのは当然だ。

葉とウォレスが扉をくぐって現われた。紅火が小声で語りかけ、二人を三番シートに案内した。

紅火の言葉を聞いた葉が一瞬目をみひらいた。

一度席にすわったが、ウォレスを残して立ち上がり、七番シートに近づいた。

「姉さん、久しぶり」

葉が小声でいった。岡崎静代は葉に目を向けた。

「久しぶり」

岡崎静代はいった。そして表情をかえず、隣にすわる男を示した。

「こちらは中国外交部の方よ。今回、仕事でわたしと中国から来ました」

「これはこれは――」

いって、葉は中国語で語りかけた。中国人は冷ややかに葉を見ると、そっけない口調で答えた。この場にいることが嫌でたまらないといった表情だ。

葉は頷くとひきさがった。中国人は岡崎静代に、険《けわ》しい口調で何ごとかを告げた。岡崎静代は無言だ。

「どう思う?」

二人に背を向け、弥生が小声で訊ねた。

「人質にされている」

キリは答えた。

「あんたもそう思うか。静代さんは周囲に迷惑が及ばないよう、気をつかっているように見える。紅火さんのことを何も訊かないのも、かえって不自然だ」

弥生の言葉にキリは頷いた。

「今はオークションに集中しよう」

入口に新たな客が現われた。白人と東洋人の男二人だ。紅火が九番シートに案内した。すぐそばの七番シートには母親がすわっている。目を向けたいのをけんめいにこらえているのがありありと伝わってきた。

一方の岡崎静代は硬い表情で、視線をまっすぐ前に向けたまま、動かさない。自分の意思に反して、ここに連れてこられたようだ。

おそらく中国安全部の指示だろう。オークションを主催する「香港情報センター」に紅火が加わっているなら、圧力をかけられると踏んで、連れてこられたのだ。いっしょにいる中国人は、安全部の工作員だろうか。だが、それにしてはこの場への嫌悪感を露《あら》わにし過ぎている。

工作員でないのなら、別に複数の工作員がこの海ほたるにきている可能性がある。オークションで『ホワイトペーパー』を入手できなければ、実力行使にでるかもしれない。

空いているシートは四番だけになった。

キリの肘《ひじ》に弥生が触れた。

小声でいった。キリは睦月を見た。睦月は無言でこちらを見つめている。キリと目が合った瞬間、わずかに口もとをゆるめた。

「先生が気づいた」

「しかたがない」

キリは答えた。少なくとも激怒しているようには見えない。あとで弥生を責めるようなら、弁護しようと決めていたが、おそらくそうはならないだろう。

キリは入口に目を向けた。新たな客が現われるようすはなかった。

時計を見た。午後十時を十分過ぎている。

「午後十時十五分になったら、入口の鍵を閉め、オークションを開始して」

イヤフォンからマダムの指示が流れでた。

ジュンがマイクを手にした。

「皆様、お待たせしております。あとひと組、入札希望の方が到着されておりません。五分ほどお待ちして、お越しにならなければ、オークションを開始させていただきます」

落ちついた声で案内した。席についた八組からは、何の反応もない。他の入札希望者のようすをうかがい、牽制《けんせい》しあっているようだ。

キリは小林朋華とその連れを見つめた。

朋華はこの状況を楽しんでいるようだ。目を輝かせ、他の入札希望者を観察している。

連れの男は、六十代の初めくらいだろう。仕立てのいいスーツにネクタイをしめ、豊かな銀髪をオールバックになでつけている。いかにも大企業の経営者といった風貌だ。

こちらは、やや落ちつかない表情を浮かべている。場ちがいなところにきてしまったと考えているのかもしれない。

野間と宮本は、リラックスした表情ですわっている。撃たれたわき腹の傷が痛んでいるような気配は、宮本からは感じられない。タフな男だ。

ファン・テンテンは明らかに恐がっていた。ひっきりなしに新に小声で話しかけ、他の客を見回している。新は、落ちつきなさいというように、ファン・テンテンの腕を軽く叩いていた。

日本人に見えるが英語で話す二人連れと、白人と東洋人のコンビは、どこかの工作員にちがいなかった。四人とも、上着の内側に武器を隠しもっている気配がある。

が、その点ではウォレスも同じだ。もし銃をふり回す者がいれば、即座にウォレスが銃を抜き、場合によっては撃ち倒すだろう。

葉とウォレスは油断なく、参加者に目を配っていた。

「オークションをスタートして下さい。私は、あまり時間がない」

岡崎静代の連れの中国人が腰を浮かせ、自分の腕時計をさした。流暢《りゅうちょう》な日本語だ。

「お急ぎなのはわかりますが、もう少しだけお待ち下さい」

ジュンがいった。

「オークションに遅刻することじたいが、『ホワイトペーパー』をそこまで求めておらん証左《しょうさ》かもしれん。だがあと数分のことだ。待ってやろう」

睦月がいうと、中国人は不満げに腰をおろした。隣にすわる岡崎静代は無言だ。

十時十五分になった。

「お待たせいたしました。それではオークションを開始させていただきます。入口に鍵をかけて下さい」

マイクを手に、ジュンが宣言した。ウエイターが鍵をかけ、扉のスクリーンをおろした。

これで外からは、店内のようすがまったくうかがえなくなる。

「スタートはUS百万ドルからで、値上げは一万ドル単位でお願いいたします。よろしいでしょうか」

「その前に――」

葉がいった。

「品物を見せていただきたい。ネットで拝見した以外の『ホワイトペーパー』があるという証明を」

オークションにかけられているのが、本物かどうかを疑う他の客の機先を制するような発言だ。

「わかりました」

ジュンが、カウンターにおかれたアタッシェケースの蓋《ふた》を開いた。

「こちらが残りの『ホワイトペーパー』です。全部で二百ページ以上ありますが、すべてをお見せするわけにはいきません。ですから、ネットに上げなかったページをお見せします。中国が万一、台湾に侵攻した際に、北朝鮮が韓国に進軍する可能性について考察したものです」

ジュンは十枚ほどの束をとり、一番シートにすわる、睦月と如月に渡した。

「ご覧になったら、お隣に回して下さい。原文は中国語ですが、英語に翻訳したものも添えてあります」

睦月が老眼鏡をかけ、渡された束を読んだ。読んだそばから如月が、二番シートの野間に渡す。それが葉、ウォレスへと渡り、さらに日系人風の二人、新、中国人へと回された。ファン・テンテンと岡崎静代は、見ようともしない。

中国人がチェックし、小林朋華とその連れに渡すと、立ち上がった。

「申し上げておきたい。この文書が本物の『ホワイトペーパー』であるなら、その所有権は中国政府にある。つまりこのオークションは、中国政府の所有物を無断で競《せ》りにかけた、違法行為だ。ここにいる人が中国国内に足を踏み入れれば、ただちに逮捕される」

「待って下さい。それはちがいます。『ホワイトペーパー』は、白中峰氏の著作であり、その所有権は、著作権と同じく白中峰氏の遺産相続人にあります」

新がいった。中国人はひるむようすもなく答えた。

「その通り。私の名は白福忠《ふくちゅう》。白中峰の息子です。つまり、権利は私にあり、私はそれを中国共産党に寄付する」

新が目をみひらいた。

「あなたが、白中峰氏のご子息なのですか。これは驚いた」

「お待ち下さい」

野間がいった。全員が野間を見た。

「あなたが本物の白福忠氏であるかは別として、白中峰氏の著作物を中国共産党に寄付するという発言は、聞き捨てならない。なぜなら白中峰氏は生前、中国政府の弾圧をうけていました。中国政府は、白中峰氏の予言を共産党に都合よく利用しようとし、白中峰氏はそれに反発していた」

「なぜそんなことがわかるのです？」

白福忠と名乗った中国人は野間を見つめた。

「私は『白果《はくか》』のメンバーであり、『ホワイトペーパー』の購読者でした。白中峰氏は、中国政府の香港政策に不安を抱き、国外への移住を考えていたのを知っています」

野間が答えた。

「もしそうなら、なぜ白中峰は、中国本土の病院に入院したのです？」

白福忠は訊き返した。

「それは、国外での病気治療を、中国政府が許さなかったからだ。そのことは、あなたの隣にすわる、岡崎静代さんが誰よりご存じだ」

野間はいった。そして岡崎静代に問いかけた。

「ちがいますか？」

「彼女は、私のアシスタントとしてここにきている。あなたの質問に答えることはできない」

白福忠はにべもなくいい、岡崎静代を見た。

「どうです？」

岡崎静代は硬い表情のまま口を開いた。

「個人的な発言はできません」

「なぜです？　申し遅れましたが、私は野間といいます。台湾と日本で仕事をしていて、生前の白中峰氏に何度もお目にかかっています」

「台湾のスパイだろう」

白福忠が吐きだすようにいって、会場を見回した。

「ここにきているのは、大半が中国の財産を狙うスパイだ」

「たとえそうだとしても、オークションに参加する権利はある」

葉がいった。そしてつづけた。

「姉さん。姉さんはもしかして、紅火の身を気にしているのじゃないか。不用意な発言をしたら、紅火の身に何かが起きるのじゃないか、と」

「姉さん?」

新が訊ねた。

「あなたは、岡崎静代さんの弟さんなのか」

「そんなことより、姉さんに伝えておく。紅火は無事です。姉さんがここで何をいおうと、紅火の身が危険になることはない」

葉が告げると、岡崎静代は目をみひらいた。

「本当なの?」

「本当です。姉さんと連絡がつかなくなってすぐ、紅火は私たちが保護しました」

葉は頷いた。岡崎静代はほっとしたように目を閉じ、大きく息を吐いた。

キリは紅火を見た。今にもマスクを外しそうだ。それをマダムが腕をつかんで止めた。

「えーと、皆さん――」

ジュンが再びマイクを手にいった。

「『ホワイトペーパー』の所有権は、このオークションで最高値をつけた方のものとなります。オークションを開始してよろしいでしょうか」

「開始するのはかまわないが、もう一度警告しておく。『ホワイトペーパー』は中国政府の財産だ。それを個人で所有するのは、何者であろうと、中国への敵対行為だ」

白福忠が立ち上がり、あたりをにらみつけ、いった。

「オークションを始めて下さい」

九番シートの白人が日本語でいった。

「私たちは議論を聞くためにきたのではない」

「同感です」

五番シートの日系人風の男が頷き、白福忠はいまいましそうに二人をにらんだ。

「では、オークションを開始します。まず百万ドルから――」

新が手を上げ、すぐそれに野間がつづいた。

「百二万ドル」

次々と手が上がり、たちまち百二十万ドルまで値は上がった。

「百二十五万ドル」

小林朋華の連れの男がいった。睦月がいった。

「そこまでの値をつける価値が、お宅にあるかな」

「商社にとって、未来を知るのは重要です。睦月先生」

顔見知りのようだ。

「百三十万ドル」

新がいった。

「百三十一万ドル」

五番シートの日系人の片割れがいった。九番シートの白人が声を上げようとして、連れの東洋人に止められた。携帯の画面を見せている。

「百四十万ドル」

睦月がいった。小林朋華の連れの男が首をふった。

「これ以上は、当社としては無理だ」

「十万ドルくらいなら、わたしがだします」

朋華がいった。それに勇気を得たのか、

「百五十万ドル！」

と男はいった。

「百五十五万ドル」

怒りをにじませた顔で白福忠がいった。これ以上の値上げは許さないとでもいうように、会場内を見回す。

小林朋華の連れの男が顔を伏せた。

「百五十六万ドル」

野間がいった。白福忠は野間をにらみつけた。

「百五十七万ドル」

新がいった。ファン・テンテンは今にも卒倒しそうだ。

「百六十万ドル」

白福忠が苦虫をかみ潰したようにいった。

会場が静かになった。

「百六十万ドル。レイズされる方はいらっしゃいませんか」

ジュンが告げる。

「百六十一万ドル」

五番シートの日系人がいった。即座に野間が、手を上げた。

「百六十二万ドル」

「百六十五万ドル」

新がいった。

「百七十万ドル」

葉が初めて手を上げた。

「クレイジー」

五番シートの日系人が肩をすくめた。

「百七十五万ドル」

白福忠が葉をにらみつけ、いった。

「百八十万ドル」

睦月がいった。白がぎょっとしたように睦月をふりむいた。

「あなたは何者ですか」

「何者だろうと、どうでもいい。百八十万ドルだ」

睦月は答え、あたりを見回した。

キリはジュンを見た。仮面で顔の表情は隠されているが、さすがに緊張しているのだろう。肩で息をしている。

「百八十五万ドル」

白がいって、立ち上がった。

「あなた方は犯罪に加担している。それをわかっているのですか」

蒼白だった。百八十五万ドルの値をつけはしたが、中国政府からその許可を得ているかどうかは疑わしい、とキリは思った。

「二百万ドル」

葉が手を上げた。

「な、何？」

白が目をみひらいた。

「二百万ドルだ」

もう誰もレイズしなかった。ジュンが両手を打ち合わせた。パンという音が響き、

「二百万ドル。落札です！」

と叫んだ。

「『ホワイトペーパー』は三番シートのお客様が落札しました」

九番シートの白人が立ち上がった。ファックユーと吐きだすなり、上着に右手を入れた。

「ノウ！」

葉の隣で立ち上がったウォレスの手に、魔法のように拳銃が現われた。九番シートの白人は固まった。

「オークションは終了です。物騒なものはしまって下さい」

ジュンが震え声でいった。五番シートの日系人二人がいきなりアタッシェケースのおかれたカウンターに突進してきた。

キリはその前に立ち塞がった。

「ゲットアウト！」

男は目をみひらき、キリをつきとばそうとした。その勢いを使って、キリは男を投げ飛ばした。男は一回転し、背中から床に叩きつけられた。そのまま動かなくなる。

「ユー」

男の連れが腰のホルスターから拳銃を抜いた。その手首をつかみ、関節を決めてキリは拳銃を奪った。弾倉を抜き、薬室を空にして床に落とす。一瞬の早業《はやわざ》に、全員が息を呑んだ。

「すげえ……」

ジュンがつぶやくのがイヤフォンを通して聞こえた。

「オークションは終了した。お帰りはあちらだ」

キリは出入口をさし、告げた。まっ先に出口に向かったのは、ファン・テンテンにひっぱられた新だった。それに九番シートの白人と東洋人がつづく。ウォレスは銃口をずっと白人に向けていた。

「しかたない。ひき上げるとするか」

野間がいって、宮本と立ち上がった。

「いきましょう」

銀髪の男が小林朋華にいった。小林朋華は立ち上がると、キリに近づいてきた。

「声を聞いてわかっちゃった。キリさんでしょう?」

「おひきとりを!」

弥生が進みでていった。

「朋華さん、いかないと」

銀髪の男があわてたようにいって、朋華の腕をつかんだ。朋華は肩をすくめ、その場を離れた。

如月が、キリに投げ飛ばされた日系人を抱え起こした。背中に活を入れる。男は呻き声を上げ、目を開いた。

もうひとりの男が落とした拳銃を弥生が拾いあげた。

「それは私が預かって、駐車場で渡しておこう」

車椅子で近づいてきた睦月がいった。

「恐縮です」

弥生がいって、睦月に渡した。

「報告を楽しみにしているぞ」

睦月はキリと弥生を見比べて、いった。

日系人二人がでていくのを待って、如月が睦月の車椅子を押し出口に向かった。

あとに残っているのは、葉とウォレス、白福忠と岡崎静代のふた組だけだ。

「このままではすまないぞ」

白福忠がいって、葉をにらみつけた。

「公平なオークションの結果だ。おひきとり願おうか」

葉がいった。白福忠は首をふった。

「こんなのは詐欺《さぎ》だ。だいたいどこに二百万ドルがある？　最初から売る気などなかったのだろう」

「あなただって百八十五万ドルをもっているように見えないが」

「私には限度額なしのクレジットカードがある。中国政府が保証するものだ」

白は肩をそびやかした。

「だったらなぜ途中で降りたのです？」

「つきあいきれなくなったからだ。『ホワイトペーパー』にそこまでの価値はない。これは値を吊り上げるための芝居だ」

「いずれにしても、あなたは途中で降りた。『ホワイトペーパー』を手にすることはできない」

葉が冷ややかにいった。白は岡崎静代の腕をつかんだ。

「帰ろう」

「おっと。彼女は残して帰ってもらいたい」

葉がいって、紅火に合図した。紅火が仮面を外した。

「紅火！」

岡崎静代が叫んだ。

「お母さん！」

紅火は岡崎静代に駆けよった。

「無事だったんだ。よかった」

二人は手をとりあった。

「お帰りはひとりでどうぞ」

葉が白に出口を示した。

「そうはいかない。私は中国政府の指示をうけているのだ。彼女をおいていくのなら、『ホワイトペーパー』をもらっていく」

葉が紅火を見た。マダムが仮面を外した。

「そんなに欲しいのなら、もっていきなさい」

キリは弥生と顔を見合わせた。

「いいのか」

白福忠はとまどったようにいった。葉はカウンターにおかれたアタッシェケースを手にした。

「どうぞ」

白にさしだした。白が岡崎静代の腕を離し、アタッシェケースを受けとった。偽物だとはまだ疑っていないようだ。

「無事にここをでていけるといいが」

葉がいった。白が訊き返した。

「何だと、どういう意味だ？」

「あきらめきれない連中が待ち伏せしているかもしれない」

白ははっとしたような顔になった。

「駐車場までいけば、大使館の人間が待っている。迎えにきてもらう」

携帯電話を手にした。

「駐車場まで、俺が護衛しよう」

キリはいった。白が怪訝《けげん》そうにキリを見た。

「あなたは何者だ？」

「ただのボディガードだ」

キリはいって、仮面を外した。

「あたしもいく」

弥生がつづいた。

「ボディガード？」

「彼の腕前は見た筈だ」

葉がいった。白は考えていたが、

「わかった。私が中国大使館の車に乗るまでいっしょにいてくれ」

と頷いた。

護衛しようとキリがいったのにはわけがあった。犯人が現われていないからだ。

最後までこなかった四番シートにすわる筈だった者が怪しい、とキリは考えていた。

この海ほたるでオークションが開かれることさえ知れば、オークションそのものには欠席し、落札者に『ホワイトペーパー』を見せてほしいと頼むことができる。自分が奪った『ホワイトペーパー』を持参して、どちらが本物か比べようと告げれば、落札者も断わらないだろう。

「いいか」

キリは葉とマダムを見た。二人は頷いた。

「では着替えるから待ってくれ」

キリはいって、弥生とともに制服を脱ぎ、もとの服装になった。他の参加者が帰るまでの時間稼ぎもある。

三人は「アイランドカフェ」をでた。レストランフロアには、オークションに参加していた人間の姿はなかった。

襲ってくる可能性があるとすれば、五番シートにいた日系人二人組と九番シートの白人と東洋人のコンビだ。

キリが先頭を歩き、白がつづき、うしろを弥生が固める。

レストランフロアから駐車場へと降りるエスカレーターに三人は乗った。

さすがに広い駐車場もガランとしていた。

「車はどこだ?」

「わからない。ちょっと待ってくれ」

白がいって携帯を操作し、耳にあてた。中国語で話しかける。

エスカレーターから遠い位置に止まっていたバンが動いた。青い外交官ナンバーをつけている。

駐車場を回りこみ、近づいてくる。

それとは別に、キリはすぐそばのセダンに目をとめた。見覚えのある運転手がハンドルを握っている。

セダンの後部席のドアを開け、白鳥が降りたち、歩みよってきた。

「これはこれは」

白鳥はかぶっていたソフトをもちあげた。

「中国外交部の白福忠氏とお見受けしますが、ちがいますか」

白はぎょっとしたように白鳥を見た。

「あなたは誰です?」

「警視庁公安部の、白鳥という者です。手にもっていらっしゃるアタッシェケースの中身を拝見したい」

身分証を示し、白鳥はいった。

「警視庁？　私は中国外交部の者だ。あなたの指示にしたがわなければならない理由はない」

白は胸を張った。

「あなたが外交官として来日されているなら、確かにその通りだが、私人、つまり一個人として日本にきておられるなら、日本の法律にしたがう義務があります」

白鳥はおだやかにいった。

「断わる。私は忙しい」

外交官ナンバーのバンがやってきた。それを阻《はば》むように、巨大なハマーのリムジンが一方通行をバックで逆走してくる。

バンは急停止し、クラクションを鳴らした。

リムジンの窓が降り、朋華が顔をだした。

「送っていきましょうか？」

バンが再度クラクションを鳴らした。ハマーの運転席の窓が降りた。坊主頭の運転手が顔をのぞかせるなり、

「やかましいんじゃ、コラ！　待っとかんかっ」

と怒鳴った。

白が目を丸くした。

「いったい、どういうことですか」

「アタッシェケースを」

白鳥がいって、手をさしだした。

「見るまでもない。中身はさっきまでオークションにかけられていた『ホワイトペーパー』だ」

キリは告げた。

「何をいう！」

白があせったようにキリを見た。

「ほう、本物ですかな」

白鳥が訊ねた。

「その目で確かめてみたらどうだ？　自分のもっている『ホワイトペーパー』と比べて」

キリはいった。

白鳥がキリに向き直った。

「今、何と？」

「あんたがハヤシと寺岡を殺し、『ホワイトペーパー』を奪った犯人だ」

キリは告げた。白が目をみひらいた。

白鳥は首を傾げた。

「なぜ、そんな話になるのです？」

「あんたは公安部の刑事として、もともとハヤシとつきあいがあった。『ホワイトペーパー』のことも聞いていた」

「それについて、否定はしません」

白鳥は落ちついた声で答えた。

「だがなぜ私がハヤシを殺さなければならないのです？」

「ハヤシから紅火のボーイフレンドの情報を得たからだ。警察官という、あんたの身分を信じて呼びだしに応じたボーイフレンドを殺して、『ホワイトペーパー』を奪った。ハヤシを生かしておけば、ボーイフレンドを殺したのが自分だとバレる。そこで殺して犯行を寺岡とウォレスになすりつけることを考えた。あんたが警察官だと知って、寺岡はウォレスの住居に招き入れた。あるいは、寺岡も、ハヤシを通じてあんたの知り合いだったのか」

「知り合いなら、犯人だと？」

あきれたように白鳥が首をふった。

「キリさんは警察官に向いていませんな」

「寺岡はあんたを信用し、話していたところを一発食らって死んだ。寺岡が殺された日、俺の家を訪ねてきたあんたは、寺岡は自分の銃で撃たれて死んだ、やったのはよほどの腕ききか、仲のいい人間だといった。相棒のウォレスを犯人だと思わせるためだ」

「ウォレスが犯人だと、今でも私は考えています」

「ひとつ教えてくれ。寺岡が自分の銃で撃たれたと、なぜあんたはわかったんだ？」

「寺岡の体から摘出された弾丸の分析です」

「つまり寺岡の銃は現場に残されていたんだな」

「その通りです」

「ウォレスは、寺岡が愛用している銃をもっていた。これで敵を討つ、といって。愛用の銃は二《に》挺《ちょう》あったのか？　現場に残されていたのと、ウォレスがもっているのと」

白鳥の顔がこわばった。

「さあ……」

「あんたと寺岡の関係は、新橋のラウンジのママが知っている。その店を訪れ、ママに寺岡のことを訊いた俺を、あんたは新橋の路上で狙撃した。が、クラクションの音で狙いを外し、横にいた俺の連れに弾丸は当たった。ママからさらに話を訊こうとした俺の尾行をあんたは邪魔し、ママを逃がすために別の店に誘導した」

「どうやらひどい誤解があるようです。場所と時間をあらためて話しませんか？」

白鳥はいった。

「それはかまわないが、帰る前に、どちらが本物の『ホワイトペーパー』か、確認しなくていいのか？」

キリは訊ねた。白が反応した。

「どちらが本物とは、どういうことです？」

キリは白鳥をさした。

「彼が最後まで現われなかった、四番シートのオークション参加者だ。俺が護衛するあんたを見て、落札したのがあんただと考え、近づいた。紅火のボーイフレンドを殺して奪った『ホワイトペーパー』と、あんたがもつ『ホワイトペーパー』と、どちらが本物なのかを確かめるために」

「何をいうんです？　私はただ、職務質問をしただけです」

白鳥は手を広げた。

「だったら、あの車を調べさせてもらっていいか。比べるための『ホワイトペーパー』をもってきていないかどうか」

キリがいうと、白は白鳥を見つめた。

「『ホワイトペーパー』を、あなたももっているのですか？」

「何のことやら。あの車は公用車なのでお見せするわけにはいきませんが、そんなものはありません」

「公用車？　ただのお抱え運転手に見えるが、彼も刑事なのか？」

キリがいうと、白鳥は息を吐き、白に告げた。

「どうやら、お忙しい中国外交部の方にとんだお手間をとらせてしまったようです。失礼しました。おひきとりになってけっこうです」

「待って下さい。別の『ホワイトペーパー』が存在すると聞いては、ここから帰るわけにはいかない」

白はいった。そしてアタッシェケースをつきだした。

「私のこれをあなたにお見せします。ですから、あなたのものも見せて下さい」

「何をいうんです。別の『ホワイトペーパー』などありません」

弥生が動いた。白鳥のセダンに走り寄り、中をのぞきこむ。

運転手が制止したが、かまわず後部席のドアを開けた。革製の鞄《かばん》をとりあげ、かざした。

「これか!?」

「それは私物です。触らないでいただきたい」

白鳥がいって、セダンに戻ろうとした。キリはその腕をとらえた。

「そんなにあせらなくてもいいだろう」

白鳥はキリの腕をふり払った。そして拳銃を抜いた。ウォレスにも劣らない早業だった。

「私から離れろ」

キリに向け、いった。

「ドンパチは苦手だといっていなかったか」

キリは白鳥を見つめた。

「苦手です。だが、人殺しの濡《ぬ》れ衣《ぎぬ》を着せられてはたまらない」

鞄を開けようとして、

「鍵がかかっている」

弥生がいった。

「横内元巡査長、それを車に戻しなさい。君は重大な犯罪に加担しようとしている」

白鳥が警告した。

「いいのか？　これで終わったら、どちらが本物の『ホワイトペーパー』かを確認できずじまいになるぞ」

キリはいった。

「白鳥さんといわれましたか。私は中国外交部の人間として、あなたのその鞄の中身を見せていただくことを要求します。お互い、国家に仕える公務員だ。協力しあってもよいのではありませんか」

白がいった。外交官ナンバーをつけたバンから、スーツ姿の男たちが降りてきた。

やりとりを見守っていた小林朋華がリムジンを降りた。

「白さんと協力するのはやぶさかではありませんが、この状況下ではいささか難しいようです」

白鳥がいった。

「なぜ難しい？　あんたは警察官で、しかも銃をもっている。あんたに危害を加えようという人間はいない」

キリはいった。白鳥は首をふった。

「そういう問題ではない」

「じゃあ、どういう問題なんでしょう？」

朋華がいったので、白鳥は朋華を見た。

「あなたは？」

「ごめんなさい、しゃしゃりでるつもりはなかったのですが、トモカ興産の小林朋華と申します。先ほどのオークションに丸尾《まるお》物産の丸尾会長と参加していた者です。キリさんとも、ご縁があって」

朋華は流し目でキリを見た。

「どうでしょう、白さん。これから私と二人で別の場所で話しませんか」

白鳥は朋華を無視し、いった。

「二人きりになれば、あんたは殺される」

キリはいった。

「いい加減にして下さい。私は警察官です」

「だがただの警察官じゃない。手を汚したくない政治家のために、陰でいろいろ立ち回っていると聞いた。もっとも、『ホワイトペーパー』を手に入れるのは、政治家のためかどうかはわからないが」

キリはいった。

「何ということを。誰がそんなデタラメをいったのです」

「私だよ」

声がして、全員がそちらをふりかえった。

如月が押す車椅子に乗った睦月がいった。

「帰ろうとしておったが、オークションよりおもしろいものが見られそうだ」

「睦月先生」

白鳥は目をみひらいた。

「デタラメではないと思うが？」

睦月は近づいてくるといった。

「あなたもオークション会場にいましたね」

白が睦月を見た。睦月は頷いた。

「私のことなど、どうでもいい。この国の、ただの歯車に過ぎん」

そして白鳥を見やった。

「悪あがきはやめて、鞄の中身を披露してはどうだ？　それが『ホワイトペーパー』でなければ、一瞬で疑いは晴れる」

「いかに睦月先生のお言葉でも、お断わりします。吊るし上げにされるいわれなどありません」

白鳥はいって後退《あとずさ》った。車に向かおうとして立ちすくんだ。

変装を落とし、拳銃を手にしたウォレスが車のかたわらに立っていた。

「ウォレス！」

ウォレスは手にした拳銃を掲げ、英語でいった。

「俺はテラオカを殺してはいない。これはテラオカの拳銃だ」

「銃を捨てろ！」

白鳥はウォレスに拳銃を向けた。ウォレスは手を広げ、地面に銃をおいた。

「他に誰もいなければ、ウォレスを殺して、犯人を射殺したということができたのにな」

キリはいった。

「ふざけるな！」

白鳥が叫んで銃をキリに向けた。銃声がして、白鳥の銃が落ちた。

ウォレスが別の銃を手にしていた。

「これは俺の銃だ」

白鳥は右肩をおさえ、ウォレスをにらんだ。

ウォレスが白鳥を狙った。

「撃つな」

キリはその間に入った。ウォレスは首をふった。

「どけ。テラオカの敵を討つ。邪魔をするならお前も撃つ」

銃口がキリを狙った。弥生が動いた。気合とともにウォレスの右腕を蹴《け》り上げた。拳銃が宙を舞った。

白鳥が左手で自分の銃をすくいあげた。睦月に向ける。

「さがれ。さもないと先生が死ぬぞ」

弥生が固まった。

「愚か者」

睦月が吐き捨てた。

「この期《ご》に及んで、まだ逃げようとするか」

「あなたが何とおっしゃろうと、ここで何があろうと、私は警察官だ。法律は私に味方する」

告げて、白鳥は銃を白に向けた。

「そのアタッシェケースをお預かりします。鑑定がすんだら、必ずお返しします」

白はアタッシェケースを胸に抱いた。

「断わる。これは中国政府の財産だ」

「渡しなさい。それには何の価値もありません」

女性の声がいった。エスカレーターを下りてきた岡崎静代だった。

「何？　どういう意味だ」

白は眉をひそめた。

「それに入っているのは、娘の紅火が作った、偽《にせ》の『ホワイトペーパー』よ。犯人をおびきだすためのオークションだったらしいわ」

「何だって!?」

白はいって、アタッシェケースを開いた。上の数十枚をのぞくと、すべて白紙の束が現われた。

キリは無言で見つめている白鳥に告げた。

「これでも、法律はあんたの味方かな」

「白鳥警視、拳銃を捨てて下さい」

ウォレスの落とした銃を手に、弥生がいった。

「すでに通報しました。千葉県警がここに向かっています。逃げられませんよ」

白鳥はかっと目をみひらいた。

「いったい何のために、このような愚を犯したのだ？　金か？」

睦月が訊ねた。

「人をアゴで使うようなあんたたちにはわからんだろう。権力なんてものは、立場にしか付随していない。その人間の能力とは何の関係もないんだ」

白鳥は首をふった。そして手にした銃をこめかみに当てた。如月が動いた。まるで赤子の手をひねるように、銃を奪いとる。

白鳥はがっくりと膝《ひざ》をついた。

「走狗《そうく》であることに嫌気がさしたというわけか」

睦月がつぶやいた。

弥生が鞄を手に歩みよってきた。キリは受けとり、

「鍵を」

白鳥に告げた。白鳥がジャケットのポケットから小さな鍵をとりだし、渡した。

鞄の鍵を開け、中に入っていた紙束をとりだした。

「『ホワイトペーパー』です」

静代がいった。


千葉県警が到着する前に、二挺の拳銃を残してウォレスは姿を消した。キリ、弥生、睦月、岡崎静代、紅火らは、警察の事情聴取を受けたのち、解放された。

取調に対し、当初沈黙していた白鳥だったが、紅火の恋人井上が、合宿所をでる際に「刑事と会ってくる」といい残していたことが決め手となり、自供した。

数日後、自宅にいたキリを弥生が訪ねてきた。珍しく、スカートのスーツを着ている。

「先生から届けものを頼まれた」

玄関に立ち、封筒をさしだした。

「何だ？」

「報酬の残金だ。領収書はいらないそうだ」

「あんたも報酬をもらったのか？」

「あたしは月々、ちょうだいしている」

キリは封筒を破った。中から帯封のかかった百万の束をふたつ抜いた。

「じゃあ、これは俺からのプレゼントだ」

「プレゼント？」

弥生は眉をひそめた。

「そんなものは受けとれない」

「いくら給料をもらっているといっても、俺と同じだけ危険を冒したんだ。ボーナスをもらう権利がある」

「いらん！」

いい合っていると、家の前にハマーが止まった。ドアが開き、小林朋華が降りた。

「よかった。いらしたのね。事件も解決したし、今日こそ、わたしのパートナーになって下さるのか、お返事をいただきに参りましたのよ」

微笑んだ。弥生の目が三角になった。

キリはくるりと背を向けた。引っ越しを真剣に考えていた。

【初出】週刊「アサヒ芸能」２０２２年９月29日号～２０２３年９月14日号

本書のコピー、スキャン、デジタル化等の無断複製は著作権法上での例外を除き禁じられています。本書を代行業者等の第三者に依頼してスキャンやデジタル化することは、たとえ個人や家庭内での利用であっても著作権法上一切認められておりません。

大沢在昌（おおさわ・ありまさ）
1956年愛知県生まれ。79年「感傷の街角」で第1回小説推理新人賞を受賞しデビュー。91年『新宿鮫』で第12回吉川英治文学新人賞および第44回日本推理作家協会賞長編部門、94年『新宿鮫 無間人形』で第110回直木賞、2004年『パンドラ・アイランド』で第17回柴田錬三郎賞、10年第14回日本ミステリー文学大賞、14年『海と月の迷路』で第48回吉川英治文学賞を受賞。22年紫綬褒章受章。
大沢在昌公式ホームページ（『大極宮』）
http://www.osawa-office.co.jp

予　幻

2023年12月31日　初刷

著　者	大沢在昌
発行者	小宮英行
発行所	株式会社徳間書店
	〒141-8202　東京都品川区上大崎3-1-1
	目黒セントラルスクエア
	電話　編集(03)5403-4349
	販売(049)293-5521
	振替　00140-0-44392
本文印刷	本郷印刷株式会社
カバー印刷	真生印刷株式会社
製本	ナショナル製本協同組合

©Arimasa Osawa 2023, Printed in Japan
乱丁・落丁はお取り替えいたします。

ISBN978-4-19-865744-4

大沢在昌〈ボディガード・キリ〉シリーズ

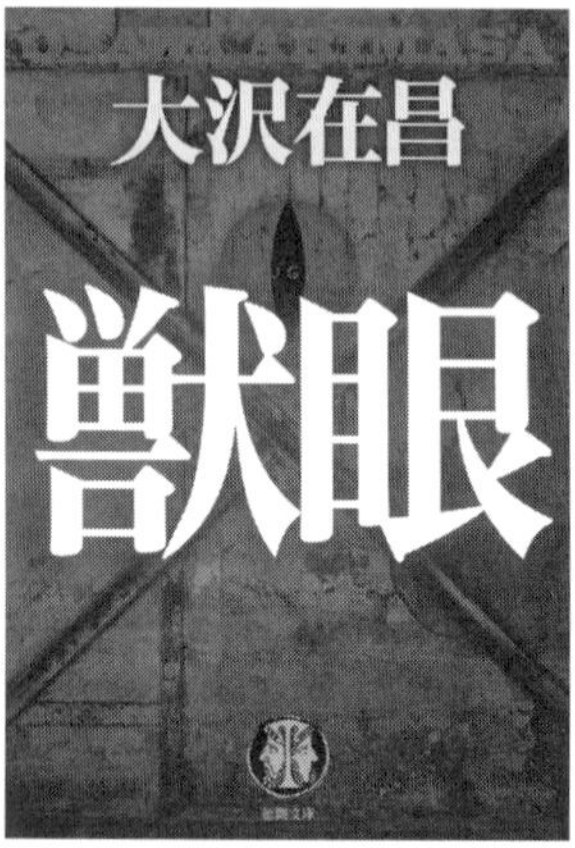

獣眼 【文庫判】

本名・年齢不詳。腕利きのボディガード・キリのもとに、河田早苗と名乗る女性から警護の依頼が。対象者は森野さやか、17歳。期間は1週間。さやかには人の過去を見抜き、未来を予知する特別な能力「神眼」が開花する可能性があるという。それを危惧し、彼女を抹殺しようとする暗殺集団。キリはさやかを守れるか？

爆身 【文庫判】

キリが依頼人との打ち合わせ場所のホテルに到着した途端、爆発が起こり、依頼人のトマス・リーが爆死した。ニュージーランド在住のフィッシングガイドだが、その正体は増本貢介という日本人で、生前「自分は呪われている」と話していたという。増本にキリを紹介した大物フィクサー・睦月から、キリは事件の調査を依頼される……。